THE SIGMA FORCE SERIES ⑧

# チンギスの陵墓

［上］

ジェームズ・ロリンズ

桑田 健［訳］

The Eye of God

James Rollins

JN210852

シグマフォース シリーズ⑧

竹書房文庫

THE SIGMA FORCE SERIES
THE EYE OF GOD
by James Rollins

Copyright © 2013 by James Czajkowski
All Rights Reserved.

Japanese translation rights arrangement with
BAROR INTERNATIONAL
through Tuttle-Mori Agency, Inc., Tokyo

日本語版翻訳権独占
竹書房

目次

## 上巻

## 主な登場人物

グレイソン（グレイ）・ピアース……米国国防総省の秘密特殊部隊シグマの隊員
ペインター・クロウ……シグマの司令官
モンク・コッカリス……シグマの隊員
キャスリン（キャット）・ブライアント……シグマの隊員。モンクの妻
ジョー・コワルスキ……シグマの隊員
ダンカン・レン……シグマの隊員
セイチャン……ギルドの元工作員
レイチェル・ヴェローナ……イタリア国防省警察の中尉
ヴィゴー・ヴェローナ……ヴァチカン機密公文書館の館長。レイチェルのおじ
ジェイダ・ショウ……米国の天体物理学者
ヨシプ・タラスコ……イタリアの神父。ヴィゴーの友人
グアン・イン……香港のドゥアン・ジー三合会の龍頭
ジュワン……グアン・インの側近
ジュロン・デルガド……マカオの裏社会のボス
パク・ファン……北朝鮮の科学者
バトゥハン……モンゴルの有力者
アルスラン……モンゴルの若者
サンジャル……モンゴルの若者

# チンギスの陵墓　上

シグマフォース シリーズ ⑧

パパへ
私たちに翼を与えてくれた……自由に飛び回れる広い空も。

過去、現在、未来の違いは、頑固なまでに消えることのない幻想にすぎない。

——アルバート・アインシュタイン

# ユーラシア大陸

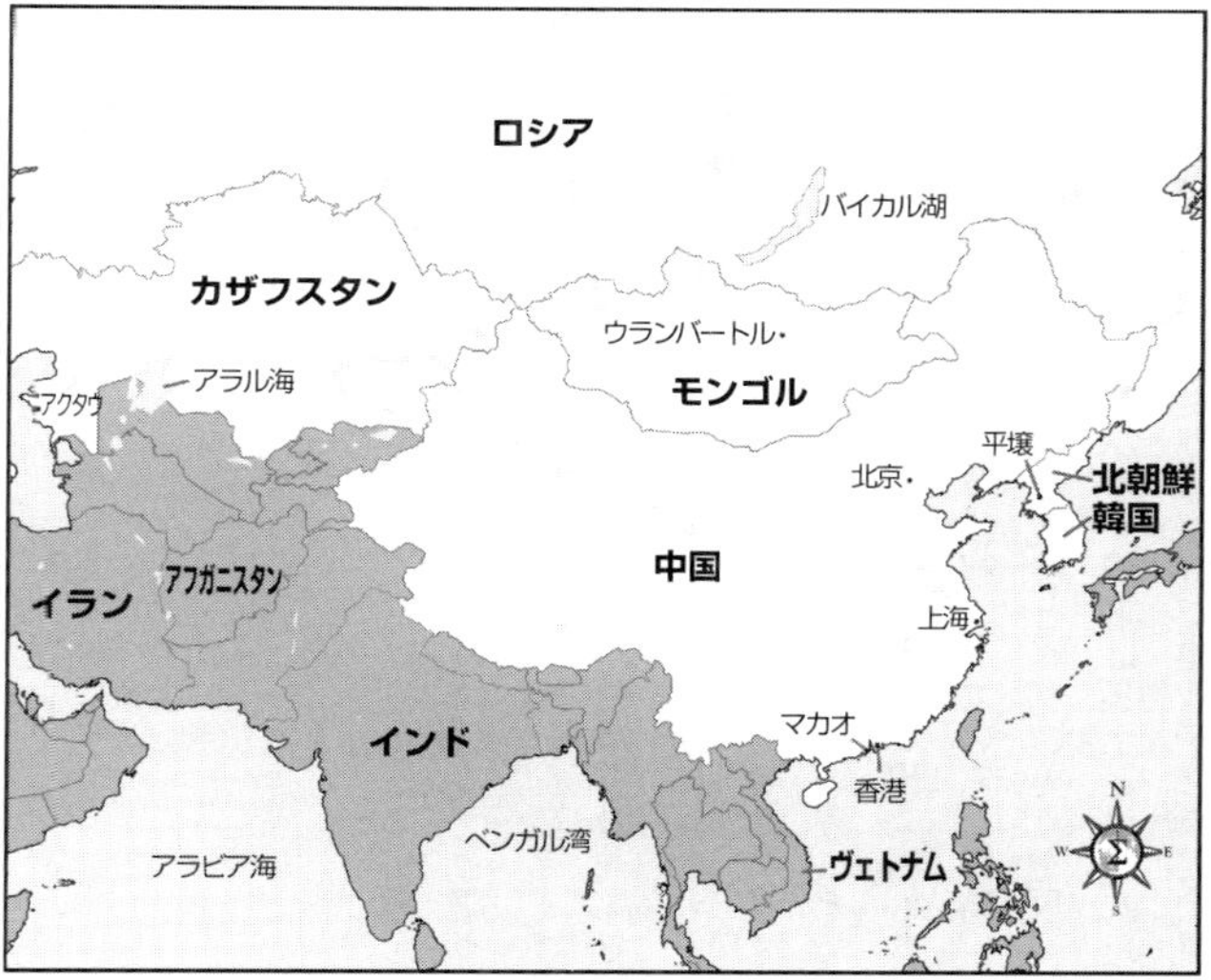
ロシア
バイカル湖
カザフスタン
ウランバートル・
アラル海
アクタウ
モンゴル
平壌
北京・
北朝鮮
韓国
中国
アフガニスタン
イラン
上海
マカオ
インド
香港
ベンガル湾
アラビア海
ヴェトナム
N
W
E
S

## 歴史的事実について

「真実」とは何か？　過去について考えると、これは答えるのが難しい質問である。ウィンストン・チャーチルは、かつて「歴史は勝者によって書かれる」と語った。その通りだとすれば、本当に信用できる歴史的文書などありうるのだろうか？　記録として残っているのは過去六千年分ほどしかなく、これは地球上における人類の歩みのほんの一部でしかない。しかも、その記録にしても空白部分が多いため、歴史はほころびたり虫に食われたりしたタペストリーも同然になっている。何よりも重要なのは、歴史上の最も大きな謎の多くがそうした虫食い穴の中に消えてしまっていて、再び見出されるのを待っているということである。その中には、歴史の重要な転換点に当たり、文明を一変させるような希少な出来事も含まれる。

そのような出来事の一つが、西暦四五二年に起こっている。当時、フン族の王アッティラの率いる軍勢がイタリア北部を席巻《せっけん》し、各地で破壊と略奪の限りを尽くしていた。この蛮族の大軍を前に、ローマ帝国も手の打ちようがなく、陥落は必至と思われた。そんな中、法王レオ一世は馬に揺られてローマを発ち、ガルダ湖の湖畔でアッティラと会見する。法王とアッティラは二人だけで話し合いの場を持ったが、その内容は記録に書き残されていない。この会合の後、アッティラは勝利を約束されていた戦いを取りやめ、すぐさまイタリアを離れたため、ローマは蛮族による略奪を免れることができたのである。

なぜアッティラは引き返したのだろうか？　その秘密の会合でのどんな話を受けて、アッティラは勝利を確実視されていた攻撃を中止したのだろうか？　歴史にその答えは残されていない。

この本のページを読み進めていくと、文明が滅亡の一歩手前にあったことを知るだろう。歴史に記録が残されていないその時、西洋文明は剣の前に――「神の鞭《むち》」の名で知られる男が振るう剣の前に、崩壊の危機に瀕していたのである。

## 科学的事実について

「現実」とは何か？　答えるのが極めて簡単であると同時に、極めて難しい質問でもある。この問題は長年にわたって哲学者と物理学者の双方を悩ませてきた。プラトンは著書『国家』の中で、本当の世界とは洞窟の壁に揺れる影にすぎないと述べた。奇妙なことだが、それから二千年以上を経て、科学者たちも同じ結論に達している。

文章が印刷されているこのページ（あるいは、文章が表示されている電子書籍リーダー）は、ほぼ無からできている。形があるように見えるものを細かく観察すると、大量の原子から成っていることがわかる。そうした原子をさらに細かく見ていくと、陽子と中性子から成る微小な原子核があり、その周囲を数個の電子が回っている。けれども、これらの基本粒子も、クォーク、ニュートリノ、ボソンなどの、より微小な粒子に分解できる。そのさらに先へと進んでいくと、振動するエネルギーの弦だけしかない奇妙な世界が見えてくる。プラトンが述べた「揺れる影」を照らす炎は、このエネルギーを燃料としているのかもしれない。

外に目を向けても、同じような奇妙な世界が広がっている。夜空を見上げてみよう。宇宙空間は人間の理解も及ばないほど広大で、その果てしない広さの中に何十億もの銀河が点在している。その途方もない大きさの宇宙でさえも、多元宇宙を構成する数多くの宇宙の一つにすぎないという可能性もある。それでは、我々の宇宙とはそもそも何か？　最新の考え方によると、我々が経験するものはすべて――振動する微小なエネルギーの弦から、現実を引き裂くブラックホールの嵐の周囲を回転する巨大な銀河に至るまで――「ホログラム」にすぎないのではないかとされている。つまり、我々は三次元の幻想というシミュレーションの世界の中に生きているのかもしれないのである。

そんなことがありうるのだろうか？　プラトンの語った「我々は周囲の実体に気づいていない。我々が知っているのは、洞窟の壁に揺れる影にすぎない」は、正しかったのだろうか？

この本のページ（本当にページなのだろうか？）を読み進めていけば、驚くべき真実を発見することになるだろう。

# プロローグ

# 四五三年夏
# ハンガリー中部

初夜の床で、王はゆっくりと死を迎えつつあった。

暗殺者がベッドの上にひざまずいて王をのぞき込む。ブルグントの皇太子の娘で、王の七番目の妻。婚姻と策略によってこの蛮族の王と結ばれ、昨夜婚礼の儀を終えたばかりだ。花嫁の名はイルディコ――故郷の言葉で「勇猛な戦士」を意味する。けれども、瀕死の王のそばで震える彼女は、勇猛からはほど遠い気分だった。王は「神の鞭」の異名を持つ血に飢えた暴君で、スキタイの軍神が用いた剣を振るうとされる生きた伝説とも言うべき人物だ。

その王の名前――アッティラの名を口にしただけで、都市の城門が開き、包囲網が解かれる。それほどまでに恐れられている王だ。しかし、全裸の状態で息を引き取ろうとしている今は、どこにでもいる普通の男にしか見えない。身長はイルディコよりも少し高いくらいだが、その体は遊牧民の特徴である厚い筋肉とがっしりとした骨格を備えている。左右がやや離れて奥まっているその目を見て、イルディコはブタを連想した。昨夜、体の上にのしかかったアッティラが、婚礼の宴《うたげ》の席で浴びるように飲んだワインのために赤く充血した目で見下ろした時、イルディコはその思いを強くした。

けれども、今度は自分が相手を見下ろす番だ。苦しそうな息遣いに耳を傾けながら、この男が息絶えるまでにあとどれだけの時間がかかるだろうかと考える。ブルグントのグンディオク王の承認を受けて、ウィーンの大司教経由でヴァランスの司教から毒を渡されていたが、今にして思えば使い惜しみをするのではなかった。毒を入れすぎるとワインが苦くなって感づかれてしまうのではないかと、臆病になりすぎたのだ。

中身が半分になったガラスの容器を握ったまま、イルディコはこの殺害計画にグンディオク王よりも位の高い人物が関与していることを意識していた。そのような重荷が自分の小さな手のひらにかかっているという運命を、心の中で呪う。この世界の運命が――現在と未来の両方の運命が、どうしてまだ十四歳の自分に委ねられたのだろうか？

イルディコがこの暗殺計画の必要性について聞かされたのは、半月前のことだ。その夜、マント姿の男性が父のもとを訪れた。すでに蛮族の王との婚姻が決まっていたイルディコも、その男性の前に出るように言われた。男性の左手に枢機卿《すうききょう》の金の指輪が見えたことを覚えている――男性が指輪をすぐに隠したことも。その後、男性はイルディコに話を聞かせた。一年前、アッティラ率いる蛮族の軍勢が、パドヴァやミラノといったイタリア北部の都市を襲撃し、住民を殺害した。男性も、女性も、子供も。山奥や海岸沿いの湿地帯へと逃げ込んだ者だけがかろうじて生き延び、その蛮行を伝えることができたのだ。

「神をも恐れぬアッティラの剣の前に、ローマは陥落する運命にあった」火の入っていない暖炉脇で、枢機卿はイルディコに説明した。「蛮族が近づく中、この運命を回避するために、レオ一世聖下は王座を離れて馬でガルダ湖に向かわれ、湖畔で暴君と会見された。その神聖な力によって、聖下は無慈悲なフン族を追い払われたのだ」

けれども、蛮族が引き返したのは神聖な力のおかげだけではないことを、イルディコは知っていた。アッティラが迷信を恐れたためでもあった。

今、自らも恐怖におののきながら、イルディコはベッドの足側に置かれた台の上の箱に視線を移した。ふたの付いたその箱は、一年前に渡された法王からの贈り物でもあり、同時に脅しでもある。イルディコの前腕部が収まるかどうかというくらいの大きさだが、その内部には世界の運命が握られている。イルディコは箱に触れることを恐れた。箱を開けることを恐れた――箱を開けるのは、結婚したばかりの夫が息を引き取ったことを確認してからだ。

一度に二つの恐怖に対応することなどできない。

イルディコは不安な面持ちで王の寝室の扉に目を向けた。扉は閉ざされているが、窓の向こうの東の空が白み始めていて、間もなく新たな一日が始まろうとしている。夜が明ければ、家臣たちが寝室を訪れる。それまでに王は死んでいなければならない。

王が苦しそうに呼吸をするたびに、鼻の穴から血が流れ出る。仰向けに寝た王の胸が上下するたびに、ごぼごぼという音が聞こえる。軽い咳とともに、王の唇の間から血があふれた。二本に分かれた顎ひげの間を血が伝い、喉の下の窪みにたまっていく。心臓が鼓動を打つたびに、たまった血の表面が揺れる。その振動が次第に弱まっていく。

イルディコは王が死ぬことを祈った――できるだけ早く死んでくれることを。

〈地獄の業火《ごうか》に焼かれるがいい。そこがおまえにお似合いの場所だ……〉

天がその願いを聞き入れてくれたかのように、王は最後に大きく息を吐き出した。喉の奥にたまった血が、再び唇からあふれる――王の胸は空気を吐き出したきり、二度と上下することはなかった。

安堵《あんど》感に包まれ、イルディコは静かに泣いた。目から涙が流れ落ちる。無事に務めを果たすことができた。神の鞭はついにこの世を去った。これ以上、世界に災いをもたらすことはない。差し迫っていた危機も回避された。

父の家での枢機卿の説明によると、アッティラは再度のイタリア侵攻を計画していたらしい。婚礼の宴の席でも、イルディコは不穏な話を耳にしていた。来たるべきローマへの攻撃が、破壊の限りを尽くして住民を皆殺しにする計画が、声高に議論されていた。蛮族の剣の前に、文明のまばゆい輝きは風前の灯《ともしび》となっていた。

けれども、イルディコの手によって、現在は救われた。

ただし、彼女の務めはまだ終わっていない。

まだ危険にさらされている。

イルディコはひざまずいた姿勢のまま体を滑らせてベッドから下り、足の側へと移動した。ふた付きの箱に近づきながら、夫の飲み物にこっそりと毒を入れた時よりも大きな恐怖に怯《おび》えている自分に気づく。

外側の箱は黒い鉄でできている。側面は平らで、蝶番《ちょうつがい》の付いたふたがある。装飾と呼べるようなものは、ふたの表面に刻まれた二つの文字だけだ。イルディコの知らない文字だが、何が書かれているかは枢機卿から聞かされている。アッティラの遠い先祖で、はるか東に住んでいた遊牧民の文字らしい。

イルディコは文字の一つに指先で触れた。真っ直ぐな線だけでできた文字だ。

「木」イルディコは声に出して読み上げた。そうすることで、力をもらおうとするかのように。

文字の形も木に似ていなくもない。イルディコはその隣にあるもう一つの文字――二本目の「木」にも、うやうやしく指先で触れた。

ようやく勇気を奮い起こすと、イルディコは箱のふたを指でつかんで引き開けた。中には二つ目の箱が入っている。光り輝く銀でできた箱だ。銀の箱のふたにも文字が刻まれている。同じように直線から成る文字だが、明確な意図を持って記されている。

「命令」や「指示」を意味する文字なのだという。

時間が残り少なくなりつつあることを意識しながら、イルディコは震える指に力を込め、銀の箱のふたを開けた。三つ目の箱が入っている。今度は金の箱だ。松明《たいまつ》の光を浴びて、表面がまるで液体のように揺れている。金の箱のふたに刻まれた文字は、鉄の箱の文字と銀の箱の文字とを組み合わせたものだ。それぞれの文字を上下に並べて、新たな文字が記されている。

禁

この最後の文字の意味も、枢機卿から教わっている。

「禁じられた」イルディコはかすれた声でつぶやいた。

イルディコは慎重に三番目の箱を開けた。箱の中に何があるか聞かされていたにもかかわらず、中身を見たイルディコの両腕に鳥肌が立った。

金の箱の中から、黄色く変色した頭蓋骨がイルディコのことを見つめていた。下顎の骨は失われている。上を向いたうつろな眼窩《がんか》は、あたかも天を見上げているかのようだ。しかし、収められていた箱と同じように、頭蓋骨にも文字が刻まれていた。頭頂部から螺旋《らせん》を描くように、小さな文字がびっしりと記されている。三つの箱に刻まれていたものとは別の言語のもので、ユダヤ人の古代文字だ――枢機卿の話によれば、そういうことらしい。枢機卿はこの遺物の目的についても説明してくれた。

頭蓋骨は古代ユダヤの呪物《じゅぶつ》で、神への慈悲と救済の祈りを表しているという。

法王レオ一世は、ローマの救済を求めてこの財宝をアッティラに献上した。その際に法王はアッティラに対して、この強力な魔除《まよ》けはローマが保有する数多くの魔除けの一つにすぎず、そのおかげでローマは守られているのだと説明した。ローマの城壁を破ろうとする者には、神の怒りの鉄槌《てっつい》が下り、死を迎えるとも警告したという。それが単なる脅しではないことを示すために、法王はアッティラに西ゴート族の王アラリック一世の話を教えた。アラリック一世は四十年前にローマを蹂躙《じゅうりん》したが、ローマを離れて間もなく病死したのだ。

この呪いを恐れたアッティラは警告を受け入れ、貴重な財宝を手にイタリアを後にした。しかし、人間なら誰しもそうであるように、時の経過とともに呪いへの恐怖が薄れ、フン族の間にローマを再攻撃しようとの気運が高まった。無類の強さを誇るアッティラならば、神の怒りすらも怖くないと思ったのだろう。

イルディコは横たわったまま動かない王の死体を眺めた。

どうやら神の怒りにはかなわなかったらしい。

どんなに強い人間であっても、死から逃れることはできない。

自らの務めを果たすため、イルディコは頭蓋骨に手を伸ばした。それでも、螺旋状に連なる文字の中心に目が留まる。頭蓋骨の祈りは、中心部分に記された内容からの救済を求めている。そこに書かれているのは、世界が終わりを迎える日。

その運命への鍵が、頭蓋骨の下にある――鉄と、銀と、金と、骨の下に隠されている。その意味が明らかになったのは、ほんの一カ月前、ペルシアからやってきたネストリウス派の司祭がローマを訪れた時のことだ。その司祭は教会の宝物庫からアッティラに与えられた財宝の話を聞き、その財宝がかつてコンスタンティノープル大主教のネストリウス自身からローマに対して贈られたものであることを知る。司祭は法王レオ一世に対し、入れ子式になった箱と骨に隠された真実を伝えた。コンスタンティノープルよりもはるか東方から届き、安全のために永遠の都へと移された経緯について説明した。

箱に収められた本当の財宝が何かを、司祭は法王に伝えた――頭蓋骨が誰のものなのかも伝えた。

遺物に触れたイルディコの指が、再び震え始めた。うつろな眼窩の視線すら感じるような気がする。まるで値踏みをされているかのようだ。ネストリウス派の司祭の言葉が正しければ、この同じ目がかつて神の姿を、イエス・キリストの姿をとらえていたことになる。

イルディコはこの神聖な遺物を動かしていいものかと躊躇《ちゅうちょ》した――しかし、寝室の扉を叩く音で、その迷いを後悔することになる。それに続いて、しわがれ声が呼びかけた。イルディコはフン族の言葉を理解できなかったが、呼びかけに対して王からの返事がなければ、アッティラの家臣たちが寝室に入ってくるであろうことは容易に想像できた。

どうやら時間をかけすぎてしまったようだ。

必要に迫られて、イルディコは頭蓋骨を手でつかむと持ち上げた――しかし、頭蓋骨の下には何もなかった。箱の底の金の表面には、かつてそこに置かれていたはずのものの跡が――天から落ちてきたと伝えられる古い十字架の跡が残っている。

けれども、十字架は見当たらない。すでに奪われてしまっていたのだ。

イルディコは死んだ夫の方に目を向けた。残忍であると同時に、巧みな戦略でも知られている人物だ。また、アッティラはあらゆる場所に情報網を張り巡らせていると噂されていた。フン族の王はネストリウス派の司祭がローマで明かした秘密を聞きつけていたのだろうか？　天からの十字架を我が物にしようと箱から取り出し、別の場所に隠したのだろうか？　突如として再びローマを攻撃する気になったのは、それが理由なのだろうか？

部屋の外の声が次第に大きくなっていく。扉を叩く音にも緊迫感が伴う。

絶望感に包まれながらも、イルディコはまず頭蓋骨を箱の中に戻し、それぞれの箱のふたを閉めた。それから両膝を突き、手で顔を覆う。嗚咽《おえつ》が体を震わせると同時に、木の扉の蹴破られる音が響いた。

血が夫の喉を鳴らしたように、涙がイルディコの声を詰まらせる。

家臣たちが寝室に飛び込んできた。横たわったまま動かない王の姿を見て、叫び声が激しくなる。泣きわめく声も聞こえる。

けれども、誰一人としてイルディコに触れようとしない。ベッド脇にひざまずいて体を震わせながら、新妻は悲しみに暮れている。家臣たちはイルディコが息絶えた夫のために、死んだ王のために、涙を流していると信じている。だが、それは大きな間違いだった。

イルディコは世界のために涙を流していた。

焼き尽くされる運命にある世界のために。

**現在**
**十一月十七日　中央ヨーロッパ時間午後四時三十三分**
**イタリア　ローマ**

どうやら星の巡り合わせまでもが悪いようだ。

突き刺すような冬の冷気に備えてたっぷり着込んだモンシニョール・ヴィゴー・ヴェローナは、ピロッタ広場にかかる影の中を横切っていた。厚手のウールのセーターとコートを着ているにもかかわらず、体が震える——だが、寒さのせいではない。ローマ市内を見渡すうちに、恐怖が募ってきたからだ。

たそがれ時の空に彗星《すいせい》が明るく輝いていた。市内で最も高いサンピエトロ大聖堂のドームの真上に浮かんでいる。この数百年で最も明るいとされる天からの訪問者は、昇ったばかりの月をかき消さんばかりの輝きを放ち、夕闇迫る空に光り始めた星の間にきらきらと光る長い尾を引いていた。歴史をひもとくと、彗星の出現が不吉の前兆だと見なされた例は少なくない。

ヴィゴーは今回の彗星がそうではないことを祈った。

荷物を抱えた両腕に思わず力が入る。一度開けた包み紙を乱雑に戻しただけだが、目的地まではそれほど遠くない。付属の建物群に挟まれたグレゴリアン大学のファサードが、目の前にそびえている。ヴィゴーは今も法王庁キリスト教考古学研究所の一員だが、客員教授としてたまに教壇に立つくらいだ。現在はヴァチカンの機密公文書館の館長として法王庁に勤務している。けれども、手にしている荷物が届いたのは、ヴィゴーが教授や館長だからではない。これは友人に宛てて送られたものだ。

〈死んだはずの仲間からの贈り物〉

ヴィゴーは大学の正面玄関の扉を抜け、白い大理石の広間を大股で横切った。今でも大学内には研究室が残されているし、しばしばここを訪れては、大学の膨大な蔵書を整理したり、調べ物をしたりしている。隣接する六階建ての塔には百万冊以上の蔵書が収められていて、その数は同じローマ市内にある国立図書館に匹敵する。古代の書物や稀覯《きこう》本も数多く含まれている。

しかし、この大学の図書館の、あるいはヴァチカンの機密公文書館のどんな資料も、ヴィゴーがその手に抱えている本や、本と一緒に送られてきた荷物の足もとにも及ばない。そのため、ヴィゴーはここローマで信頼できる唯一の人間の意見を仰ぐことにしたのだった。

階段や狭い廊下を進むうちに、ヴィゴーの膝が痛み始めた。すでに六十代半ばになるが、数十年にわたる考古学の実地調査で体は鍛えられている。だが、ここ数年は公文書館内にこもることが多く、机に座ったまま本の山に埋もれ、法王庁での仕事に縛られる日々が続いていた。

〈神よ、私はこの任務を全《まっと》うできるのでしょうか？〉

そうでなければならない。

ようやくヴィゴーは大学の教員棟にたどり着いた。自身の研究室の扉に見慣れた人物が寄りかかっている。どうやら姪の方が先に到着したようだ。職場から真っ直ぐここにやってきたのだろう。深紅のストライプが入った濃紺のズボンと、銀の肩章が付いた同じ色合いの上着という、国防省警察の制服姿のままだ。三十代になってまだ間もないが、すでに美術遺産保護部隊の中尉として、盗まれた美術品や遺物の不法売買の監視に当たっている。

姪の姿を見て、ヴィゴーは誇らしげな気持ちでいっぱいになった。姪に来てもらったのは愛しているからでもあるが、それ以上に専門知識が必要とされているからだ。彼女よりも信頼できる人間などいない。

「ヴィゴーおじさん」声をかけながら、レイチェルが軽くハグした。体を離すと、耳にかかった黒髪を指でかき上げ、キャラメル色の瞳で鋭い視線を向けてくる。「急ぎの件って、いったい何なの？」

ヴィゴーは廊下の左右を確認した。だが、日曜日のこんな時間なので、人影はない。ほかの研究室にも明かりはついていない。「中に入ろう。それから説明する」

扉の鍵を開け、ヴィゴーはレイチェルを研究室内に招き入れた。尊敬を集める地位に就いているにもかかわらず、ヴィゴーの研究室は狭苦しい独房も同然で、壁面を覆う高い本棚には書物や雑誌があふれんばかりに詰め込まれている。小さな机が窓の下の壁沿いに置かれているが、窓は城の矢狭間《やはざま》ほどの幅しかない。その窓から差し込む月明かりが、散らかった室内に銀色の筋を投げかけていた。

二人とも室内に入り、扉をしっかりと閉めてから、ヴィゴーは部屋の明かりをつけた。小さく安堵のため息を漏らしながら、見慣れた光景に安心感と安らぎを覚える。

「机の上を片付けるのに手を貸してくれないか」

場所を作ってから、ヴィゴーは荷物を机の上に置き、茶色の包みを開けた。中身は小さな木箱だ。

「今日、この荷物が私のところに届いた。差出人の名前だけで、住所は書かれていない」

ヴィゴーは包みの端をめくってレイチェルに見せた。

Fr. Josip Tarasco

「ヨシプ・タラスコ神父」レイチェルが名前を読み上げた。「私の知っている人？」

「いや、知らないはずだ」ヴィゴーはレイチェルをじっと見つめた。「彼は十年以上前に死亡を宣告された」

レイチェルの眉間《みけん》にしわが寄ると同時に、体がこわばる。「でも、この荷物はそんなに長く行方不明になっていたにしては、ずいぶんときれいだわ」見つめ返すレイチェルの目は、いつものように様々な可能性を探っている。「誰かがこの人の名前をかたっていたずらをしたとか？」

「何のためにだね？　それに、送り主は宛て名を手書きしている。本当にタラスコ神父が送ったものだと私が確認できるようにするためだ。私たちは親友だった。荷物に記された文字と、まだ手元に残っていた古い手紙の文字とを比べてみた。筆跡は一致したよ」

「でも、まだ生きているのだとしたら、どうしてこの人は死亡を宣告されたの？」

ヴィゴーはため息をついた。「タラスコ神父はハンガリーへ調査に出かけたきり、消息を絶った。十八世紀初頭のハンガリーでの魔女狩りに関する論文を準備していた頃の話だ」

「魔女狩り？」

ヴィゴーはうなずいた。「一七〇〇年代の初め頃、ハンガリーは十年間に及ぶ旱魃《かんばつ》に悩まされ、それに続いて飢饉《ききん》や疫病に見舞われた。その罪を追うべき人間が、責任をなすりつける相手が必要だった。五年間で四百人以上が魔女の疑いをかけられ、殺されたのだよ」

「それで、おじさんの友達は？　どうなったの？」

「理解してもらわないといけないのは、ヨシプが調査のために向かった頃、ハンガリーはソヴィエト連邦のくびきから逃れて間もない時期だった。国内情勢はまだ不安定で、いろいろと質問をして回るには危険なところだったのだよ。地方ではなおさらその傾向が強かったに違いない。彼からの最後の連絡は、留守番電話に残されていたメッセージだ。ハンガリー南部の小さな町で焼き殺された十二人の魔女に関して——魔女といっても、女性が六人、男性が六人だったのだが、それに関して気がかりな情報を見つけたと言っていた。怯えているような、興奮しているような、そんな口ぶりだった。ところが、それきり連絡がない。消息が途絶えてしまったのだ。現地の警察とインターポールが一年間をかけて捜索しても見つからず、行方不明のままさらに四年間が経過した後に、死亡が宣告された」

「だったら、どこかに隠れていたわけね。でも、どうしてそんなことをしたの？　それよりも重要なのは、十年以上たった今になって、どうして再び姿を現したのかしら？」

レイチェルに背を向けたまま、ヴィゴーは誇らしげな気持ちから思わず笑みを浮かべた。こんなにも早く重要なポイントを指摘する姪の能力に、今さらながら感心させられる。

「最後の質問に対する答えは、彼が送ってきたものを見ればおのずと明らかになると思う」

ヴィゴーは答えた。「見せてあげよう」

ヴィゴーは大きく深呼吸をしてから、蝶番の付いた木箱のふたを開けた。箱の中に入っていた二つの物体のうちの一つを慎重に取り出し、机の上に差し込む細い月明かりの下にそっと置く。

レイチェルは思わず後ずさりした。「それって頭蓋骨じゃない？　人間の頭蓋骨なの？」

「そうだ」

最初の驚きが治まったのか、レイチェルは頭蓋骨に近づいた。骨の表面に記されたニワトリの足跡のような文字にすぐに気づいたらしく、直接触れないように注意しながら螺旋状に記された文字を指先で追っている。

「それでこの文字は？」レイチェルが訊ねた。

「ユダヤ人が使っていたアラム語だ。この遺物はバビロニアのユダヤ人が実践していた初期のタルムード呪術の例だと思う」

「タルムード呪術って？　魔術みたいなもの？」

「ある意味ではそうだな。このような呪文は悪魔除けや救済の訴えのためのものだ。考古学者によってこうした遺物が何千と発掘されている――多くは鉢状の器を用いているが、このような頭蓋骨の例も散見される。そのうちの二つはベルリン博物館に所蔵されていて、それ以外は個人が所有している」

「それでこれは？　タラスコ神父は魔女に関心を持っていたという話だったから、こういうオカルト的な遺物にも興味があったということなのね？」

「そうかもしれない。だが、これは本物の遺物ではないと思う。タルムード呪術は三世紀から行なわれるようになり、七世紀までにはすたれてしまった」ヴィゴーはまるで自らが呪文をかけるかのように、頭蓋骨の上で手を振って見せた。「この遺物がそこまで古いものだとは思えない。せいぜい十三世紀か十四世紀といったところだろう。年代の確認のために、大学の研究所に歯を一本送ってある」

レイチェルはゆっくりとうなずいた。無言のまま、考えを巡らせている。

「ここに書かれている文字についても調べてみた」ヴィゴーは説明を続けた。「アラム語のこの形は私もよく知っている。だが、この文字には明らかな誤りが数多く見つかった。発音区分符合が逆になっているものがあるし、強勢記号が間違っていたり欠けていたりする例もある。この古代の言語に関する正しい知識のない人間が、元の文字を書き写す際に間違えたとしか思えない」

「ということは、この頭蓋骨は偽物なのね？」

「ただし、悪意を持って作られたわけではないという気がする。だますために作ったわけではなく、後世に保存することが目的だったのだよ。ここに記された内容が失われてしまうことを恐れた何者かが、さらに古い時代から伝えられてきた知識を保存するために、書き写したのだと思う」

「どんな知識なの？」

「その前にもう一つ、見てもらいたいものがある」

ヴィゴーは木箱の中に手を入れ、二つ目の物体を取り出すと、頭蓋骨の隣に並べて机の上に置いた。かなり古い本で、横は手のひらを広げたくらいの幅が、縦はその二倍ほどの長さがある。表面のざらざらした革装で、ページは太い紐のようなもので縫い合わせて固定されている。

「これは人皮装丁本《にんぴそうてい》だ」ヴィゴーは説明した。

レイチェルは顔をしかめた。「それっていったい……?」

「人間の皮膚を使って装丁を施し、人間の腱《けん》を使って縫い合わせた本のことだ」

レイチェルが再び後ずさりした。今度はすぐに机の近くへ戻ろうとはしない。「どうしてそんなことがわかるの?」

「まだそうだと決まったわけではない。表紙のサンプルを頭蓋骨の歯と同じ研究所に送ってある。年代とＤＮＡを検査してもらうためだ」ヴィゴーは薄気味悪い本を手に取った。「だが、まず間違いないと思う。解剖顕微鏡で調べてみた。人間の皮膚の毛穴は、ブタや牛の毛穴と大きさや形がまったく異なっている。それに注意深く観察すれば、表紙の真ん中あたりに――」

ヴィゴーは表紙の中央にある深いしわのようなものを爪の先でなぞった。

「ちゃんと拡大して見れば、まつ毛の毛穴が確認できるはずだ」

レイチェルの顔が青ざめた。「まつ毛ですって?」

「表紙にあるのは人間の片目だ。細い腱の糸で縫ってふさいである」

傍目《はため》にもわかるほど息をのみながら、レイチェルが訊ねた。「結局、これは何なの？ オカルトの教科書か何か？」

「私も最初はそう思ったよ。ヨシプはハンガリーの魔女に興味を持っていたわけだからね。だが、ここには悪魔的な内容が書かれているわけではない。もっとも、一部の人間はここに書かれた文章を冒瀆《ぼうとく》的だと見なすかもしれないが」

ヴィゴーは装丁を傷めないように注意しながら、慎重に表紙を開いた。中のページにはラテン語の文字が記されている。「これはグノーシス派の聖書だ」

ラテン語に精通しているレイチェルは、小首をかしげながら冒頭部分を翻訳した。「これは生けるイエスが語った隠された言葉である……」ヴィゴーを見るレイチェルの目には、理解の色が浮かんでいた。「これはトマスによる福音書だわ」

ヴィゴーはうなずいた。「キリストの復活を疑った聖人だ」

「でも、どうしてこれが人間の皮膚に包まれているの？」レイチェルの声からは嫌悪感がにじみ出ている。「どうしておじさんの行方不明だった友達が、こんな悪趣味な本を送ってきたの？」

「警告としてだ」

「何に対する警告なの？」

ヴィゴーは頭蓋骨に注意を戻した。「ここに記された呪文は、世界が終わらないことを神に対して祈っている」

「私だって同じ気持ちだけど、それがいったい――?」

ヴィゴーは姪の言葉を遮った。「頭蓋骨にはこの世の終わりが訪れるとされる日も記されている。螺旋を描くように書かれた呪文の中央に当たる部分だ。そこに記された数字を、古代のユダヤ暦から現代の暦《こよみ》に換算してみた」ヴィゴーは呪文の中心部分に指で触れた。「ヨシプが今になって再び姿を現し、これらの遺物を私に送ってきたのは、その日付が理由だ」

レイチェルは無言で説明の続きを待っている。

ヴィゴーは窓の外へと目を向けた。夜空には彗星が輝いている。月よりも明るい光を発している。不吉の前兆とされる彗星を見つめながら、ヴィゴーの体に震えが走った。それとともに、思いが確信に変わる。「世界が終わる日は……今から四日後だ」

# 第一部　墜落・炎上

# 1

## 十一月十七日　太平洋標準時午前七時四十五分
## カリフォルニア州エルセグンド　ロサンゼルス空軍基地

すでに動揺が広がりつつある。

管制室を見下ろすデッキの上にいたペインター・クロウは、異変を感じ取っていた。室内の技師たちの雑談が不意にやんだからだ。宇宙ミサイルシステムセンター（ＳＭＣ）のあちこちで、同僚や上司と不安そうに視線を交わす姿が見られる。まだ朝の早い時間のため、基地の幹部のほか、国防総省の開発部門の担当者数人しか立ち会っていない。

眼下の部屋はＮＡＳＡの地上管制室の小型版といった感じだ。奥の壁に設置された巨大な三台のＬＣＤスクリーンを中心にして、コンピューター機器や衛星制御用の装置が半円形に広がっている。中央のスクリーンの世界地図上には、二基の軍事衛星とそのすぐ近くにある彗星の軌道が、光る線で映し出されていた。

両側の二つのスクリーンに表示されているのは、二基の衛星のカメラから送信されているライブ映像だ。向かって左側のスクリーンに映っているのは、宇宙空間を背景にゆっくりと動いている地球の曲線。一方、右側のスクリーンいっぱいに輝いている彗星のまばゆい尾は、その先にある星の光を覆い隠してしまっている。

「様子がおかしいです」ペインターは小声でささやいた。

「何の話だ？」デッキの隣に立つ上司が訊ねた。

グレゴリー・メトカーフ大将は、国防総省の研究・開発部門であるＤＡＲＰＡ（国防高等研究計画局）の長官を務めている。正装に身を固めたメトカーフは、ウェストポイント陸軍士官学校出身のアフリカ系の男性で、年齢は五十代半ばだ。

対照的に、ペインターは黒のスーツ姿ではあるものの、カウボーイブーツをはいてカジュアルな雰囲気を出している。ブーツはニューメキシコ州で現地調査中のリサからのプレゼントだ。アメリカ先住民の血が半分流れているペインターは、本来ならばカウボーイブーツなどはくべきではないのかもしれないが、実はけっこう気に入っていた。調査のために一カ月近く留守にしている婚約者からの贈り物なので、なおさらはかずにはいられない。

「ＯＳＯが何かを気にしているみたいです」ペインターはコンピューターが並ぶ管制室の二列目に座る運用支援担当官を指差した。

主任搭乗運用技術者が担当官のもとに近づき、画面をのぞき込んでいる。

メトカーフはペインターの不安を打ち消すかのように手を振った。「任せておけばいい。それが彼らの仕事だ。状況は把握しているだろう」

大将はすぐさまコロラドスプリングスの第五十宇宙航空団の団長との会話に戻った。

不安を覚えたまま、ペインターは下の管制室の様子を見守り続けた。動揺は治まるどころか、さらに広がりつつある。ペインターが今回の極秘軍事任務に立ち会うように招待された理由は、DARPA傘下《さんか》の組織シグマの司令官の地位にあるからだけでなく、二基の衛星のうちの一基に搭載されている装置を自ら設計したからでもある。

二基の衛星――IoG-1とIoG-2は、四カ月前に宇宙空間へ打ち上げられた。衛星の名称のIoGは、重力研究のために今回のプロジェクトを立ち上げた軍事物理学者の造語「Interpolation of the Geodetic Effect（測地線効果内挿《ないそう》）」の頭文字から取られたものだ。その物理学者は地球周辺の時空の曲率を徹底的に分析し、衛星やミサイルの軌道計算に役立てようと考えていた。

当初からかなり大がかりだったこのプロジェクトは、二年前に二人のアマチュア天文学者によって彗星が発見された後、その主な目的が変わることになる。それには彗星から異常なエネルギーの放出が確認されたことが関与している。

ペインターは左隣の人物を一瞥《いちべつ》した。スミソニアン天体物理観測所に所属する細身の研究者が立っている。

若干二十三歳のドクター・ジェイダ・ショウは、背が高く長距離ランナーのような体型をしている。肌は滑らかなコーヒー色で、黒い髪をショートヘアにまとめているため、長く伸びた首筋が際立つ。研究室用の白衣にジーンズ姿で、両腕を組んだまま、落ち着かない様子で親指の爪の先を噛んでいる。

まだ若いこの天体物理学者は、十七カ月前にハーヴァード大学から引き抜かれ、今回の極秘軍事プロジェクトの一員に加わった。ベテランの研究者たちに囲まれて今なお気後れしているに違いないが、それを表に出すまいとしている様子がうかがえる。

けれども、彼女には周囲の目を気にする必要などない。すでに自身の研究で国際的な評価を得ているからだ。「量子方程式」というペインターの知能ではまったく理解の及ばない計算式を用い、ドクター・ショウはダークエネルギーに関する特異な理論を構築していた。ダークエネルギーとは宇宙の四分の三を占める謎の力で、宇宙が加速しながら膨張を続ける原因はこのエネルギーにあると考えられている。

ドクター・ショウの優秀さは、空に光り輝く天からの訪問者――アイコン彗星の接近に際して小さな異常に気づいた、ただ一人の物理学者という事実からも証明されている。

一年半前にドクター・ショウは、アメリカのフェルミ国立加速器研究所によって開発され、チリの山頂の観測所に設置された五百七十メガピクセル（五億七千万画素）の新しい「ダークエネルギー・カメラ」から送られてくるデジタルデータを研究に利用した。そのカメラで彗星の動きを追っている時に、彼女はある異常を発見する。彗星が通過する際にダークエネルギーを放出したか、あるいはダークエネルギーに干渉したせいでその異常が発生したのではないか、ドクター・ショウはそのように考えたのである。

ドクター・ショウの研究は国の安全保障という名目のもと、即座に機密扱いとされた。このような新たなエネルギー源は、無尽蔵の可能性を秘めている――経済的な見地からも、軍事的な見地からも。

その時点から、極秘のＩｏＧプロジェクトの目的は、彗星が持つ可能性のあるダークエネルギーの調査という一点に絞られた。そのために、ＩｏＧ‐２を彗星の光り輝く尾の中に突入させ、ドクター・ショウが観測した異常なエネルギーの採取を試み、そのエネルギーを地球周回軌道上のＩｏＧ‐１に転送するという計画が立案された。

幸運なことに、この新たな任務のためには、当初のミッション用に準備されていた衛星に少し修正を加えるだけでよかった。衛星にはもともと、中心部に完全な球体の水晶が埋め込まれていた。衛星が軌道に乗ったらこの球体の水晶を回転させて、地球周辺の時空の曲率を観測するためのジャイロ効果を発生させる。実験が成功すれば、一方の衛星からもう一方の衛星に送られたダークエネルギーにより、時空の曲率にわずかなひずみが生じるはずである。

これは実に壮大な実験だ。ＩｏＧの頭文字も、今では冗談交じりに「Ｅｙｅ　ｏｆ　Ｇｏｄ（神の目）」の意味だと言われている。宇宙の謎をのぞき込もうと待ち構えながら回転する完全な球体を思い浮かべて、ペインターはこの新しいニックネームの方がしっくりくるような気がしていた。

主任搭乗運用技術者が声をあげた。「衛星は十秒後に尾に突入！」

最終カウントダウンが開始されると、ドクター・ショウの目は巨大なスクリーン上を流れる大量のデータに釘付けになった。

「あなたの先ほどの予感が外れているといいですね、クロウ司令官」ドクター・ショウが口を開いた。「様子がおかしいのではないかという話。こんな時になって問題が発生しては困ります。この宇宙の誕生と関係のあるエネルギーを探ろうという時になって」

〈問題が発生しようとしなかろうと〉ペインターは思った。〈もはや引き返すことはできない〉

## 午前七時五十五分

六分間というもどかしくなるほど長い時間をかけて、ＩｏＧ―２の軌道はイオン化した気体と塵《ちり》の流れの奥へと消えていった。ＩｏＧ―２のカメラからのライブ映像を表示する右側のスクリーンが白一色になる。衛星の姿を目視することはできないため、この先は遠隔測定によるデータだけが頼りだ。

ペインターにも管制室の興奮が伝わってくる。この歴史的な瞬間のすべてを見逃すまいとする。

「ＩｏＧ－２のエネルギー量が急増しています！」ＥＥＣＯＭ（電気・船内環境指令操作）担当の技師が報告した。

数カ所から小さな歓声があがったが、緊張感と重圧のせいですぐにかき消される。数値は誤りの可能性もあるからだ。

全員の視線が別の人物のもとに集まった。ＩｏＧ－１を監視している技師だ。だが、彼は首を横に振った。ＩｏＧ－２の検知したエネルギーが地球周回軌道上のＩｏＧ－１に転送された形跡は今のところないようだ――次の瞬間、ＩｏＧ－１担当の技師がはじかれたように立ち上がった。

「何かをとらえました！」技師が叫んだ。

ＳＭＣの管制室長が技師のもとに駆け寄る。

全員が固唾《かたず》をのんで確認を待つ中、ドクター・ショウはスクリーンを指差した。遠隔測定によるデータがスクロールされ続けている。「今のところ、期待が持てそうですね」

〈君がそう言うのなら間違いないだろう……〉

スクリーン上に流れるデータは、ペインターにはまったく理解不能だった。しかも、スクロールの速度がどんどん増している。さらに息詰まるような一分間が経過すると、あまりの速さにデータの文字が確認できなくなった。

ＥＥＣＯＭの技師も立ち上がった。彗星の尾を通過するＩｏＧ-２の軌道を監視し続けていた彼のコンピューター画面に、警告とエラーのメッセージが次々に表示されていく。「室長、エネルギーの値が異常な高さを記録しています。このままでは危険です。どうしたらよろしいでしょうか？」

「遮断しろ！」管制室長が命じた。

ＥＥＣＯＭの技師は立ったまま目にも留まらぬ速さでキーボードを叩いた。「遮断できません！　衛星のナビゲーションシステムとコントロールシステムが反応しません！」

右端の巨大なスクリーンが突然真っ暗になった。

「カメラからの映像も途絶えました」技師が付け加えた。

ペインターはＩｏＧ-２がこのまま宇宙空間を漂い、冷たく暗いスペースデブリとなる様を思い浮かべた。

「室長！」ＩｏＧ-１担当の技師が手を振って管制室長を呼び寄せた。「新たに何かをとらえました。ご覧いただいた方がいいと思います」

ドクター・ショウがデッキの手すりから身を乗り出した。自分もその「何か」を見たいのだろう。ペインターのほか、デッキ上にいた基地の幹部たちも手すりに近づいた。

「測地線効果に変化が見られます」技師はモニターを指差しながら説明した。「〇・二パーセントの偏差です」

「そんなのありえない」ペインターの隣でドクター・ショウがつぶやいた。「地球周辺の時空が波打ち始めたのでもない限りは」

「それに見てください！」技師の説明は続いている。「『目』のジャイロモーメントが徐々に強くなっています。打ち上げ前の想定よりもはるかに強い値です。推進力すらも確認できるほどです！」

ドクター・ショウは手すりをさらに強く握り締めた。今にも手すりを乗り越えて、管制室に飛び下りそうだ。「外部から何らかの力が『目』に加わっていなければ、そんなことが起こるわけないわ」

ダークエネルギーの力だと宣言したい彼女の気持ちが、ペインターにもひしひしと伝わってくる。それでも、迂闊《うかつ》に結論を出してはいけないと、かろうじて自分を抑えているようだ。

別の声が聞こえてきた——CONTROLと記された持ち場にいる技師からだ。「IoG-1の軌道の安定が失われつつあります！」

ペインターは中央の大きなスクリーンに目を向けた。世界地図と衛星の軌道が表示されている。IoG-1の軌道を示す正弦波の波形が、見た目にもはっきりとわかるほど小さくなっていた。「衛星内のジャイロモーメントの力が、衛星を軌道の外へと押し出しているに違いないわ」そう説明するドクター・ショウの口調からは、焦燥《しょうそう》感と高揚感の両方が感じ取れる。

左側のスクリーンに映し出された地球の姿が次第に大きくなり、映像の大部分を占めるようになった。それに合わせて、背景の暗い宇宙空間が小さくなっていく。衛星は周回軌道から完全に外れ、一度は逃れた重力に再び引き込まれ、地球に向かって落下を始めた。

衛星が高層大気圏に突入した途端、送信される映像が乱れ始める。データのノイズとゴーストが映り込み、二重あるいは三重になった画像を見ていると気分が悪くなる。

大陸がよぎり、雲の間を抜け、青い海が映る。

その直後、左側のスクリーンも真っ暗になった。

管制室内を重苦しい沈黙が支配する。

世界地図上に表示されていた衛星の軌道の先端が、ほつれた糸のような形状になる。コンピューターは可能性のある複数の墜落軌道の推定作業に入った。様々な変数を考慮に入れて計算が行なわれている――地球の高層大気圏の動き、突入角度、衛星の分解速度。

「残骸はモンゴル東部の国境沿いに落下する模様」遠隔測定担当の技師が報告した。「中国にかかる可能性もあります」

第五十宇宙航空団の団長が小声でうめいた。「きっと北京が気づくぞ」

ペインターも同意見だった。燃えながら自国に向かって落下してくる宇宙ごみを、中国が見逃すはずはない。

メトカーフ大将が険しい眼差しを向けている。ペインターはその表情から大将の意図を理解した。衛星に搭載されている高度な軍事技術は極秘扱いだ。他国の手に渡るようなことがあってはならない。

ほんの一瞬、左側のスクリーンが点滅し、再び暗くなった。死にゆく衛星の最後のあがきだろうか?

「衛星の反応消滅!」管制室長がようやく宣言した。「すべての通信が途絶した。ただの塊となって落下中」

地図上のデータのスクロール速度がゆっくりとなる——やがて完全に停止した。

突然、ドクター・ショウの指がペインターの前腕部を握り締めた。「さっきの最後の画像を呼び出す必要があります。衛星からの通信が途絶する直前の画像です」

彼女はデータ中の何らかの異常に気づいたに違いない。しかも、その何かに明らかに怯えている。

メトカーフの耳にもその声が届いたようだ。

ペインターは上司の目を見た。「そうしてやれ。確認するんだ」指示が返ってくる。

その要請が基地の幹部を通じて管制室に伝達された。技師たちが懸命に作業を進める。デジタル処理、解像度の向上、ノイズの除去には数分間を要したが、ようやく最後に送られてきた一瞬の画像が大きなスクリーンに映し出された。

施設内にいた全員が息をのむ。

メトカーフはペインターに耳打ちした。「たとえ小さな破片であっても、あの衛星が残存しているならば発見する必要がある。敵が入手するようなことがあってはならない」

ペインターも同意見だった。メトカーフの意図を理解する。「すでに部下を東アジアに派遣してあります」

メトカーフはキツネにつままれたような表情を浮かべた。どうしてそんなに手回しがいいのか、不思議に思っているに違いない。

〈たまたま運がよかっただけのことだ〉

その幸運のおかげで、衛星回収チームを即座に動かすことができる。そう思いつつも、ペインターは唖然《あぜん》としたままスクリーンから目をそらすことができずにいた。

アメリカ合衆国の東海岸の光景が表示されている。炎上しながら上空を通過した衛星から撮影された画像だ。鮮明な画像のため、東海岸沿岸の主要都市を確認することができる。

ボストン、ニューヨーク、ワシントンＤＣ。

すべての都市が煙を噴き上げる廃墟《はいきょ》と化していた。

# 2

## 十一月十七日　マカオ時間午後十一時五十八分
## 中国　マカオ

彼らは幻を追うために地球を半周してきた。

グレイ・ピアース隊長は大勢の乗客とともに船を降り、深夜のフェリーターミナルに足を踏み入れた。香港からマカオ半島までの所要時間は、高速の双胴船《そうどう》で一時間強だ。混雑したターミナルビルで入国審査の列に並びながら、グレイはストレッチをして背中の凝りをほぐした。

夜空に輝く彗星に合わせて特別に企画された水燈祭《すいとう》を祝うために、多くの人々が半島を訪れている。今夜は大きなイベントが行なわれていて、死者の魂を弔うための灯籠《とうろう》が湖や川に浮かべられていた。フェリーターミナルの周囲でも何百もの光が水面に輝いていて、まるで光る花びらを散りばめたかのような光景だ。

グレイの前に並ぶしわだらけの老人は、生きたガチョウの入った木製の籠を抱えていた。老人もガチョウも不機嫌そうな顔をしている。十七時間の長旅を終えたばかりのグレイも同じような気分だった。

「どうしてあのガチョウは俺の方ばかり見ているんだ？」ジョー・コワルスキが訊ねた。

「ガチョウだけじゃないと思うけどな」グレイは応じた。

ジーンズに丈の長いダスターコート姿の大男は、グレイよりも頭一つ分ほど身長が高い。つまり、フェリーターミナルにいるほとんどの人にとっては、見上げるような高さということになる。アメリカ人の巨漢を写真に撮っている人もいる。クルーカットの髪型をしたいかつい顔のゴジラが、街中に迷い出てきたとでも思っているのかもしれない。

グレイはもう一人の仲間の方を見た。「ここでの接触相手から何か情報を得られる可能性は低いと思う。そのことは理解しているんだな？」

セイチャンは肩をすくめた。平然としているように見える。しかし、グレイは眉間に寄った一本のしわからセイチャンの緊張を感じ取っていた。三人がはるばるマカオを訪れたのは、一人の男から聞き取り調査を行なうためだ。セイチャンの母親の運命に関する手がかりを探す最後の希望が、この男との面会だった。二十二年前、母親はヴェトナムの自宅から武装した男たちによって連れ去られた。セイチャンがまだ九歳だった時の話だ。セイチャンは母親がとっくの昔に死んだものと思っていた。ところが四カ月前、新たな情報が明らかになった。母親はまだ生きている可能性があるという。その後、シグマが持つ情報ルートやほかの機関とのコネを駆使して、ここまでたどり着くことができたのだった。

何の手がかりも得られずに終わる可能性は高いと思われる。それでも、確認をしないわけにはいかない。

ようやく列の前が空き、セイチャンが退屈そうな表情を浮かべた入国審査官のもとに向かった。黒のジーンズにハイキングブーツ、瞳の色と同じエメラルドグリーンのシルクのブラウスというでたちで、夜の冷え込みに備えてカシミアのベストを着用している。

このフェリーターミナルではアジア系の人が九十九パーセントを占めているため、セイチャンはごく自然に周囲に溶け込んでいた。もっとも、彼女にはヨーロッパ系の血が混じっているので、ほんの少しだけ雰囲気が違って見える。頬骨の高い細面《ほそおもて》の顔は、青白い大理石を彫ったかのようだ。やや吊り上がった目は、磨き上げられた翡翠《ひすい》のような輝きを発している。唯一やわらかさを感じさせるのは、カラスの羽を思わせる漆黒《しっこく》の髪が垂れている様だけだ。

そんなセイチャンの姿が入国審査官の目に留まらないはずがない。

制服のボタンをきつそうに留めた小太りの男性は、セイチャンが前に立つと姿勢を正した。セイチャンは審査官と視線を合わせ、強さと威厳を兼ね備えたメスライオンのような優雅な物腰で応対する。彼女が審査官に手渡したのは偽造パスポートで、それはグレイとコワルスキのものも同じだ。ただし、三人のパスポートはワシントンＤＣから到着後の香港でのより厳しい入国審査を問題なく通過している。

三人とも本当の身分を中国政府に知られるわけにはいかなかった。グレイとコワルスキはＤ

ＡＲＰＡ傘下の秘密特殊部隊シグマフォースの隊員だ。シグマは様々な科学分野の再訓練を受けた元特殊部隊の兵士たちで構成される組織で、その任務は世界規模の脅威への対応にある。一方、セイチャンは国際的な犯罪組織の元暗殺者で、現在は諸般の事情によりシグマに協力している。ただし、シグマの正式な隊員ではなく、その存在が公になることはない。

少なくとも、今のところは。

グレイとコワルスキも入国審査をすませてから、三人はフェリーターミナルの外でタクシーを呼び止めた。歩道に近づくタクシーを雑踏の中で待ちながら、グレイはマカオ半島へと、さらに橋でつながれた島々へと目を向けた。まばゆいネオンの海が広がっている。大音量の音楽や、行き交う人々の話し声も聞こえてくる。

かつてポルトガルの植民地だったマカオは、中国南岸における「欲望の街」となり、ギャンブルのメッカとして、今ではカジノの収入でラスベガスをしのぐ規模だ。フェリーターミナルから目と鼻の先には、市内最大のカジノの一つであるサンズ・マカオの黄金のタワーがそびえている。建物の総工費二億四千万ドルは、一年もかからずに回収できたらしい。それ以外にも大手の参入が続き、新たなカジノが相次いで建設された。今ではワシントンＤＣの六分の一の面積の街に、三十三ものカジノが林立している。

けれども、マカオの魅力はギャンブルだけにとどまらない。この街が提供する様々な快楽は、合法的なものもあるが大部分は違法で、スロットマシンやポーカーテーブルだけを見ていては体験することができない。ラスベガスについて言われていたことは、このマカオにも当てはまる。

〈マカオで起きたことはマカオの中だけの話だ〉

グレイはそのことを肝に銘じた。タクシーが歩道脇に停車する。グレイは周囲の雑踏に目を凝らした。一人の男がグレイを肩で押しのけ、先にタクシーに乗ろうとする。だが、グレイは腕を突き出して割り込みを阻止した。コワルスキが体をかがめながら助手席に座り、グレイとセイチャンはタクシーの後部座席に乗り込んだ。

セイチャンが身を乗り出して、運転手に早口の広東語で指示を与える。

タクシーはすぐに目的地へ向かって発車した。

セイチャンは座席に深く腰掛けてから、グレイに財布を返した。

グレイは驚いて自分の財布を見つめた。「いったいどこから――？」

「スリに目をつけられていたのよ。ここでは常にまわりを警戒しておかないと」

助手席のコワルスキが大声で笑った。

グレイは周囲を見回した。タクシーに割り込もうとした男の姿を思い浮かべる。あの男がグレイの注意を引いた隙に、もう一人が財布を抜き取ったのだ。財布ばかりか、威厳まで失うところだった。だが、セイチャンにも同様の才能があったおかげで助かった。彼女の才能はここと同じような街で生きていく過程で学んだものだ。

母親が姿を消した後、セイチャンは東南アジア各地の不衛生な孤児院を転々としながら子供時代を過ごした。その後、ストリートチルドレンとして暮らしていた時、スカウトされて暗殺者としての訓練を受けている。初めて出会った時、グレイはセイチャンに胸を撃たれた。とてもじゃないが、心温まる歓迎とは言えない。かつての雇い主であった組織が壊滅した今、セイチャンは再び拠り所を失ってしまっている。新しい世界をさまよいつつ、自分の居場所を探している段階だ。

有能な殺し屋でありながら、根無し草のような存在。

グレイでさえも、セイチャンが今にも目の前から消えてしまうのではないか、そのまま二度と姿を見せないのではないかと案じている。この四カ月間、セイチャンの母親の運命に関する手がかりを一緒に捜索するうちに、二人の関係は親密になっていった。セイチャンはグレイの協力を受け入れ、援助を受け入れ、一度はベッドを共にしたものの、それでもグレイとの間の壁を壊そうとはしなかった。確かに、その夜に何かがあったわけではない。仕事が長引いて遅くなったため、翌日のことを考えてグレイの部屋に泊まっていくことにしたにすぎない。だが、隣で眠るセイチャンの存在を意識し、寝息を聞き、夢を見て体を震わせているのを感じながら、グレイが眠れぬ夜を過ごしたのも事実だ。

彼女は野獣に似ている。気紛れで、人になつかず、警戒心の塊のような存在。

グレイがおかしな動きを見せれば、セイチャンは怯えて逃げ出すことだろう。

今もセイチャンはタクシーの車内で体をかたくして座っていた。まるでチェロの弦のように張り詰めている。グレイは手を伸ばし、セイチャンの背中に手のひらを添えて、自分の方に抱き寄せた。鋼《はがね》のようなかたさがゆっくりとほぐれていくのを感じる。セイチャンは抵抗することなく、グレイに体を預けた。片手で首から下げた小さなペンダントをまさぐっている。竜の形をした銀のペンダントだ。セイチャンのもう片方の手がグレイの手を握った。指先がグレイの親指の傷跡をなぞる。

この新しい世界で彼女が自分の居場所を見つけるまで、グレイにできることはこのくらいしかない。同時にグレイは、この四カ月間に及ぶ母親の捜索を支えているものの正体にも気づいていた。これはセイチャンが自分を再発見するためのチャンスなのだ。かつて自分を愛し、自分を守ってくれた人との絆を取り戻す。失われた家族を再び築く。それが実現して初めて、セイチャンは過去から未来へと目を向けることができるのだろう。

グレイもそのことを目標に掲げていた。彼女のためにも、そうなってほしい。その実現のためには、どんな協力をも惜しまないつもりでいた。

「この男が何かを知っているのなら」グレイは声に出して約束した。「絶対に聞き出してみせる」

## 十一月十八日　マカオ時間午前零時三十二分

「連中は向かっている途中です」電話の相手が告げる。「数分以内に目的地に到達すると思われます」

「それで、やつらの正体は間違いないんだな、トマズ？」

ジュロン・デルガドはセイロンサテンウッド材の机の前を歩いていた。この木材は貴重かつ高価で、その二点こそがジュロンの好みでもある。オフィス内にはほかにもアンティークの調度品が並んでいて、ポルトガルと中国を折衷《せっちゅう》した趣を醸《かも》し出している。ジュロンの体を流れる血と同じだ。

「小さい方の男の財布を盗もうとしたのですが」トマズは答えた。「女に邪魔されました。いつの間にか男の財布を奪い返されていたのです」

なるほど、一筋縄ではいかない女だ。

ジュロンは立ち止まり、机の上に置かれた三枚の写真のうちの一枚に手を触れた。女はユーラシア系で、自分と同じように異文化の融合から生まれている。ただし、この女の場合はフランス系のヴェトナム人のように見受けられる。

電源の入っていないコンピューターの画面に映り込んだ自分の姿が目に留まる。父方の姓のデルガドは、十九世紀初頭のアヘン戦争の時代からマカオで暮らす一族の、ポルトガル系の血筋を示している。一方で、ジュロンの名は母方の一族から取られたものだ。それは外見も同じで、丸い目と短く刈り込んだ濃いひげは父親譲りだが、どこか上品な顔つきと滑らかな肌は母親に似ている。すでに四十を過ぎているが、他人からは若く見られることが多い。そんな若々しい見た目のジュロンを経験が浅そうだと侮ると、相手は痛い目に遭うことになる。その誤った判断に基づいてつけ入ろうとしようものなら、痛い目に遭うだけではすまない。

その過ちを繰り返すことのできた人間はいない。

ジュロンは写真の女に注意を戻した。名の知れた暗殺者だけあって、その命にはけっこうな額の懸賞金がかかっている。これまでのところ、この女の過去の犯罪歴を理由に最も高額の金を提示してきたのは、イスラエルのモサドだ。しかも、生きたまま引き渡せば、向こうで始末するという。ジュロンの関与が表沙汰になることはないとも約束してくれた。

それこそがジュロンの最も得意とするところだ。誰にも気づかれることなく動き、離れた場所から指示を出し、利益はしっかりと確保する。

ジュロンは兵士の写真に視線を移した。元陸軍のレンジャー部隊所属。灰色がかった青い瞳をした男で、顔は日に焼けていて、そのせいで目尻のしわがひときわ目立つ。力強い顎はうっすらとひげで覆われている。この男の命への入札額も上昇を続けていて、特にこの十二時間ほどは、その傾向が著しい。どうやらこの男には大勢の敵がいるようだ――あるいは、とんでもない秘密情報を握っているのかもしれない。しかし、その理由に興味はない。ジュロンにとっては単なる商品にすぎない。現時点では、シリアの匿名のバイヤーがこの男に対して最も高い金額を提示している。

三人目の人物――ゴリラのような顔をした男は、単なるボディーガードだろう。真の戦利品を手にする前に、軽く始末すればいいだけの相手だ。

だが、まずはこいつらの身柄を確保しなければならない。

フェリーターミナルで拉致《らち》するのはそれほど難しいことではなかっただろうが、人目につく場所で大胆な作戦に打って出れば無用な注目を集めかねない。一九九九年にマカオが中国に返還されて以降、それまでよりも慎重な作戦が要求されるようになっていた。その一方でプラスの側面もある。新体制によって取り締まりが強化され、対立する三合会《さんごう》のほとんどがこの半島から一掃された。競争相手が消えた結果、ジュロンはより強力な支配体制を敷くことができたのである。今では「マカオのボス」とも呼ばれるジュロンは、あらゆるものを支配下に置いていた。あまり派手な行動をしない限りは中国政府も見て見ぬふりをしてくれるし、ここの役人どもは定期的に賄賂《わいろ》をつかませておけば問題ない。

マカオが豊かになるにつれて、ジュロンの懐もますます潤う。

「部下はカジノ・リスボアで配置に就いているんだな？」ジュロンはトマズに確認した。ミスは絶対に許されない。「連中の身柄を押さえる準備はできているな？」

「はい、セニョール――

「よろしい。ところで、相手側の抵抗はどの程度を予想しているんだ？」

「やつらは銃を携帯していません。ですが、全員がナイフ類を隠し持っていると考えられます。けれども、問題にはならないでしょう」

ジュロンは満足してうなずいた。

通話を終えると、ジュロンはアンティークのポルトガル製のキャビネットの上に置かれたプラズマスクリーンに目を向けた。トマズに命じてカジノ・リスボアの警備員を買収し、建物内の監視ビデオにアクセスできるよう手配済みだ。必要とされるのは、メインのカジノフロアから離れたところにあるＶＩＰルーム内の映像。そのような部屋はマカオのどこでも簡単に見つけることができる。個室で賭けを楽しみたい、あるいはマカオでも最高級の売春婦とひと時を過ごしたいという顧客の便宜を図るために、そのような部屋が設けられている。

画面に表示されたＶＩＰルーム内では、一人の男が赤いシルクのソファーに座り、客の到着を待っている。ここ数日間、男は口を滑らせることが多く、この深夜の密会のことや、間もなく大金が手に入りそうだという話を、あちこちで吹聴《ふいちょう》していた。これほどの規模の金の動きの情報は、それも外国から流れ込んでくる金に関しては、必ずジュロン・デルガドのもとに届けられる。ジュロンはすぐに新たな関係者の身元を突き止めた。

大金が動くところには、常に利益を手にする方法が存在する。

ジュロンは机の後ろに回り込んだ。自宅の窓からはセナド広場を一望できる。ポルトガル統治時代の趣を残す歴史地区の中心に当たる場所だ。かつては何世紀にもわたってポルトガル軍が行進していた広場を、今では祝日になると中国風の竜が練り歩く。今夜も公園の周囲の木々には、鳥籠の間に小型の灯籠が吊るされている。広場一帯には小さな陶器の鉢にろうそくを浮かべたミニチュアの廟《びょう》が配置され、死者の魂のために道を照らしている。

けれども、最も大きな炎は、夜空で明るく光り輝いていた。彗星の発する銀色の炎だ。ジュロンは椅子に座り、プラズマスクリーンの映像に意識を集中した。間もなくカジノ・リスボアで夜の特別なショーが始まろうとしている。

## 午前零時五十五分

これは記憶の中にあるマカオとは違う。

セイチャンはタクシーから降りると周囲を見回した。最後にマカオを訪れたのは十五年以上前のことだ。港からの深夜の移動中、狭い路地や植民地時代の邸宅やバロック風の広場といった、ポルトガル風の古い退屈な街並みはほとんど確認することができなかった。

そうした昔の風景は、見上げるような高さのきらびやかなネオンの壁の奥に追いやられてしまっている。かつてはカジノ・リスボアでさえも、もっとみすぼらしい建物だった。それが今ではネオンサインでバースデーケーキを模したような施設になっている。しかも、ハスの花の形をした高さ二百五十メートル以上の黄金のタワーホテル、グランド・リスボアが併設されていた。

記憶の中にあるマカオとはまったく違う。

退屈な街並みだった時代と変わらないのは、すぐ近くの南灣湖《ナンバン》に浮かぶ何千もの灯籠だけだ。湖岸でも香《こう》が焚《た》かれ、海から吹く穏やかな風にチョウジ、トウシキミ、ビャクダンの香りを添えている。死者を敬うために何千年も前から行なわれている伝統だ。

セイチャンも長い間、母をしのんでいくつもの灯籠を浮かべてきた。

〈けれども、もうそんな必要はないのかもしれない〉

グレイが腕時計を見ながら急ぐように促した。「あと五分で約束の時間だ。どうやら遅刻だな」

グレイとコワルスキが並んで前を歩き、セイチャンは二人の後を追う――夫を立てる妻を演じているのではない。背後に目を配るためだ。マカオにはネオンのきらめきとまばゆい光の仮面に隠れた別の顔がある。こんな狭い場所にこれほど大量の富が流入すれば、犯罪と腐敗が深く根を張る。今までこのような大金とは無縁だった地域であればなおさらだ。かつてのマカオは――ギャングの抗争、人身売買、殺人事件が当たり前だった街は、今もなおネオンの裏で栄えている。

セイチャンは入口近くにタイ人の売春婦たちがたむろしているのに気づいた。マカオを中心としてこの地域一帯にはびこる腐敗のネットワークの象徴だ。そのうちの一人がグレイに向かって近づいた。精悍《せいかん》な顔立ちとアメリカドルのにおいに引き寄せられたのだろう。だが、厚化粧の目がセイチャンの視線をとらえると、女はあわてて暗がりへと戻っていく。

それ以上は邪魔されることなく、三人はカジノ・リスボアの光り輝くネオンの下をくぐり、正面玄関から建物内に入った。すぐさま濃厚な葉巻の煙が鼻を刺激し、目と喉に痛みを覚える。よどんだ空気が前方のメインのカジノフロアに漂う闇の世界の雰囲気をいっそう際立たせる。

セイチャンはグレイの後を追って闇の世界の中心に足を進めた。

ここからはラスベガスの大カジノに見られる過剰な華やかさは感じられない。目の前にあるのは昔ながらのギャンブル場で、ラット・パックが幅を利かせていた一九六〇年代のラスベガスを思わせる。天井は低く、照明も薄暗い。スロットマシンの音が響いてくるが、機械は隣接する別のスペースに設置されている。中央の部屋にあるのはテーブルだけだ——バカラ、牌九《パイゴウ》、大小《タイサイ》、番攤《ファンタン》。顔にあばたのある男たちやつまらなそうな顔をした女たちがテーブルを埋め、ひっきりなしにタバコを吸っては幸運のお守りを指でこすっている。ここから抜け出せずにいるのは、ギャンブル依存症のせいなのか、それとも一攫千金《いっかくせんきん》の夢のせいなのか。天井から十二体の竜の飾りが吊るされていて、時間とともに色が変化する電球を握っている。けれども、そのうちの二個の電球は切れたままだ。どうやらメンテナンスが十分に行き届いていないらしい。

それでも、セイチャンは緊張がほぐれていくのを感じていた。ここで繰り広げられる熾烈《しれつ》な駆け引きを楽しみ、飾ることのない人々の姿に好感を抱いている自分がいる。この空間に対して不思議な親近感を覚える。

「エレベーターはあそこだ」そう言いながら、グレイが左手の壁沿いに並んだ扉を指差した。

セイチャンたちの目的地はこのフロアの上にある。施設内の奥深くの、人目につかない場所に存在するいくつものＶＩＰルームこそが、マカオに流れる真の富の象徴的存在だ。そうした個室内に隠されたテーブル数は、メインフロアのテーブル数を上回る。

エレベーターに乗り込むと、グレイは四階のボタンを押した。上の階のＶＩＰルームはジャンケット・オペレーターが一切を取り仕切っている。彼らは中国本土などから大金を落としてくれる顧客を招くプロモーターのような存在で、贅《ぜい》を尽くして顧客をもてなし、どんな要望にも応じてくれる。カジノの地下のショッピングモールは売春婦斡旋《あっせん》所も兼ねており、顧客の希望に合わせて若い女性を派遣している。

ＶＩＰルームを担当するジャンケット・オペレーターの数は二十社にのぼる。その中には組織犯罪グループが運営する会社も含まれ、カジノがマネーロンダリングの場として利用されている。そうした匿名性と秘密保持は、グレイとセイチャンの目的にも合致していた。二人は大金を動かすギャンブラーを装って、このカジノを訪れている。情報提供者への支払いはジャンケット・オペレーターを通じて行なわれるので、グレイとセイチャンの関与が表に出ることはない。情報を入手し、相手に金を払い、マカオを後にする――単純な計画だ。

エレベーターの扉が開くと、赤と金で豪華さを醸し出そうとしたものの、今では色あせた雰囲気しかない廊下が目の前に延びていた。その両側にはいくつもの扉が並んでおり、多くの扉の前で屈強な体格の男たちが警戒に当たっている。

コワルスキがいらついた雄牛のような目で男たちをにらみつけた。

「こっちよ」セイチャンは先頭に立って歩き始めた。

目的地が見えてきたことで、自然に足が速まる。セイチャンにとって、これは母の運命を発見するための最後の頼みの綱だった。これまで当たってきたほかのすべての手がかりからは、何も得ることができなかったからだ。セイチャンは募る不安を必死に抑えつけた。この四カ月間は、過去の訓練で培った能力が役に立った。一瞬たりとも気を緩めることなく、希望と絶望と恐怖が絡まったような胃の奥の不快感を意識しないように努めてきた。だからこそ、自分のことをもっと深く知りたいというグレイの気持ちに気づいていたものの、あえて彼との間に距離を置いていたのだ。

自分を見失うわけにはいかない。

目指すVIPルームは廊下の突き当たりにある。上着の下が不自然にふくらんでいる大柄な男が二人、扉の両側に立っている。この部屋を予約したジャンケット・オペレーターが手配したボディーガードだ。

二人の男に向かって、セイチャンは偽のＩＤを示した。

グレイとコワルスキもＩＤを見せる。

三人のＩＤを確認してから、ボディーガードの一人が扉をノックして開けた。セイチャンが最初に入り、室内の様子を観察する。壁は金色に塗られ、絨毯《じゅうたん》には紫と黒の模様が織り込まれている。左手には緑色のベーズのバカラ用テーブルが一卓、右手には赤いシルクの椅子やソファーが並んでいる。室内にいるのは一人だけだ。

ドクター・パク・ファン。

この男のために、これほどまでの慎重さと偽装が必要とされている。彼は北朝鮮の寧辺《ニョンビョン》核施設――同国の核計画で使用される濃縮ウラン生成施設の主任科学者だ。ドクター・パクは重度のギャンブル依存症でもあるが、その事実はごく一部の情報機関だけが握っている。

灰皿に押しつけてタバコの火を消しながら、パク・ファンがソファーから立ち上がった。身長は一メートル六十センチに満たず、棒切れのように痩せている。パクはかすかにお辞儀をした。その視線がグレイに留まる。誰がリーダー格なのかを察知したのだろう。ただの女と判断したのか、セイチャンには目もくれない。

「予定より遅れたね」パクは丁寧だがきっぱりとした口調で告げた。訛《なま》りはほとんど聞き取れない。パクはポケットに手を入れ、携帯電話を取り出した。「君たちは私の時間から一時間分を購入した。八十万という約束で」

セイチャンは両腕を組んだまま、ジャンケット・オペレーターの用意した送金コードを入力するグレイを見守った。

「まずは四十万だ」グレイは伝えた。「残りはそっちの情報が満足のいくものかどうか、判断してから支払う」

金額は香港ドルで、アメリカドルに換算すると約八万ドルに相当する。この男が本当に母のことを知っているのであれば、セイチャンはその十倍の額でも惜しくはなかった。しかし、パクの目に浮かぶ焦りの色からすると、はるかに少ない金額でも話をつけることができたかもしれない。噂によるとこの科学者は危険な相手に対して多額の借金があり、今回の報酬でも完済することはできないらしい。

「きっと満足してもらえるはずだ」パクは答えた。

## 午前一時十四分

来客に対して赤いシルクのソファーに座るよう勧めるパク・ファンの姿を見ながら、ジュロン・デルガドはマカオ市街の離れた場所にある自らのオフィスで笑みを浮かべていた。図体の大きな男はソファーには向かわず、バカラ用のテーブルに寄りかかり、フェルト地の表面を指でつまんでいる。

高額の懸賞金がかかっている二人のターゲット――暗殺者と元軍人は、パクの勧めに従ってソファーに座った。

ジュロンは三人の会話を聞いてみたいと思ったものの、残念ながらカジノ・リスボアからの監視ビデオの映像に音声は入っていない。

だが、これから手に入る報酬を考えれば、そんな些細《ささい》な問題は気にならない。

こっちはただ待つのみ。じっと待っていれば、必ずいい結果が転がり込んでいる。

## 午前一時十七分

セイチャンはパク・ファンへの尋問をグレイに任せることにした。この北朝鮮の科学者は、同じ男性からの質問でなければ、まともに答えないだろうと感じたからだ。

〈女を下に見ている嫌なやつ〉

「おまえは我々が探している女性を知っているんだな?」グレイが切り出した。

「ああ《イエ》」パクは素早くうなずきながら答えた。新しいタバコに火をつけ、大きく煙を吐き出すその様子から、不安を抑えつけようとしていることが見て取れる。「彼女の名前はグアン・インだ。もっとも、それが本名かどうかは怪しいものだが」

〈本名じゃない〉セイチャンは思った。〈少なくとも、本名ではなかった〉

母の本当の名前はマイ・フォン・リーだった。

不意に記憶がよみがえってくる。〈こんな時に、どうして？〉……幼い頃、セイチャンは庭にある小さな池のそばで腹這いになり、指先で水面に触れながら、金色のコイをおびき寄せようとしていた。その時、水面に映った自分の顔のすぐ隣に、母の顔が映し出された。母の顔が水面の動きに合わせて揺れ、そのまわりには散ったサクラの花びらが浮かんでいる。

それが母の名前の由来だ。

サクラの花びら。

セイチャンはまばたきをした。目の前の問題に意識を集中させる。母が新たな名前を名乗っていることは驚くに値しない。逃亡中の身で、姿を隠し続ける必要があったのだから。しかも、新たな名前は新たな人生を約束してくれる。

シグマの情報源を駆使した結果、セイチャンは母の拉致に関わった武装した男たちの正体を突き止めることができた。彼らは公安省という穏やかな名称で呼ばれているが、その実態はヴェトナムの秘密警察とも言うべき組織の隊員たちだった。母がアメリカの外交官だった父と関係を持ち、愛を育んでいることを知った隊員たちは、母からアメリカの秘密を聞き出そうと考えたらしい。

セイチャンの母はホーチミン市郊外の刑務所に収監されたが、一年後に発生した暴動の際に脱走した。その際、書類上の手違いにより、暴動時に殺されたとして死亡が宣告された。すぐに記録は訂正されたものの、その隙に乗じて母はヴェトナムを出国し、どこへともなく姿を消したのだった。

〈母は私を探したのだろうか?〉セイチャンは思う。〈それとも、私はすでに死んだと思ったのだろうか?〉

答えのわからない疑問が無数にある。

「グアン・イン」パクが繰り返した。その唇が小さな笑みで歪《ゆが》む。嘲《あざけ》りと憎しみのこもった笑みだ。「そのような美しい名前は、あの女に似つかわしくない……少なくとも、八年前に私が会った時はそうだったな」

「何の話だ?」グレイが訊ねた。

「『グアン・イン』とは観音、つまり慈悲の女神という意味だ」パクは左手を差し出した。指が四本しかない。「彼女の慈悲の結果がこれだ」

セイチャンは身を乗り出し、初めて言葉を発した。「あんたはどうして彼女を知っているの?」感情のこもっていない声で訊ねる。

最初、パクはセイチャンの問いかけを無視しようとした。だが、その眉間にかすかにしわが寄る。パクはセイチャンの顔を凝視した。セイチャンのことをまともに見たのはこれが初めてだ。その視線に疑いの影がよぎる。

「君の声は……」パクは言葉に詰まった。「あの時……いや、そんなことはありえない」

グレイが顔を近づけ、パクの目を見た。「こっちは高い金を払っているんだ、ドクター・パク。この女性の質問に答えろ。どうしてグアン・インのことを知っている？　どういう関係なんだ？」

パクは背広の襟の折り返しに手を触れた。気持ちを落ち着かせようとする仕草だ。北朝鮮の科学者は改めて説明を始めた。「彼女はかつてこの部屋を取り仕切っていた」そう言いながら、VIPルームの室内を顎でしゃくる。「九龍《カオルーン》の組織、ドゥアン・ジー三合会の龍頭《りゅうとう》として」

その名前を耳にして、セイチャンはたじろいだ。動揺を抑えることができない。

グレイはパクの説明を鼻で笑った。「つまり、グアン・インはその三合会のボスだったと言うのか？」

「ああ《イェ》」パクはきっぱりと答えた。「龍頭の地位にまで上り詰めた女は彼女しかいない。そのために彼女は一切の感情を排する必要があった。あんな女から金を借りた私が馬鹿だったということだ」

パクは切断された指の付け根をさすった。

グレイはその動作に気づいた。「彼女が部下に命じてその指を切らせたのか？」

「いいや《アニョ》」パクは否定した。「あの女が自ら切った。九龍からハンマーと鑿《のみ》を持参してやってきたのだ。あの女の三合会の名称は『折れた小枝』を意味する。それは同時に、借金のすみやかな返済を促すための常套《じょうとう》手段をも表している」

グレイが顔をしかめた。作業の模様を頭に思い浮かべたのだろう。

動揺しているのはセイチャンも同じだった。呼吸が速くなる。今の話と、翼の折れたハトを優しく手当てしていたかつての母の姿とが結びつかない。けれども、セイチャンにはこの男が嘘をついていないとわかっていた。

だが、グレイは納得していない様子だ。「この三合会のボスの女が我々の探している女性だと、なぜわかるんだ？　何か証拠を持っているのか？　彼女と一緒に写っている写真でもあるのか？」

シグマが情報機関を通じて発信した問い合わせの中には、収監されていたヴェトナムの刑務所の記録から入手した母の写真も含まれていた。そのほかにコンピューターで作成した二十年後の現在の姿の予想写真を添え、彼女がいる可能性のある場所も示した。ただし、場所に関しては東南アジア一帯のかなり広い範囲が該当していた。

その情報に反応した中で、唯一の有望な手がかりがドクター・パクだったのだ。

「写真だって？」北朝鮮の科学者はかぶりを振った。また新しいタバコに火をつけている。ギャンブルだけでなく、ニコチン依存症でもあるらしい。「あの女は決して人前に姿を見せない。彼女が率いる三合会の中でも、高位の人間だけしか顔を見たことがないのだ。ほかの誰かが顔を見たとしても、そのことを別の人間に伝える前に殺されるだろうな」

「だったらなぜ――？」

パクは指先で喉に触れた。「竜だよ。彼女がハンマーを振り下ろす時に見たのだ――首から吊るされていたあの銀色のペンダントは、持ち主と同じように冷たい光を放っていた」

「これと似ている？」セイチャンは襟元に指を入れ、体をくねらせた竜のペンダントを取り出した。シグマの問い合わせ資料の中には、このペンダントの写真も入っていた。セイチャンのペンダントは母のペンダントを模して作成してもらったものだ。母のペンダントの形は記憶にしっかりと焼きついている。夢に見たことも何度もある。

〈……母の腕に抱かれて小さなベッドで眠っている。開いた窓から夜の鳥のさえずりが聞こえ、月明かりを浴びて母の喉元で輝く銀の竜は、息遣いに合わせてまるで水のように揺れる……〉

だが、パク・ファンの記憶はそれとは別物のようだ。セイチャンのペンダントを目にすると、まるで逃げ出そうとするかのように身をすくめる。

「似たデザインの竜のペンダントはいくらでもある」グレイが言った。「おまえの話は証拠にならない。八年前に見たアクセサリーの話だけじゃないか」

「本当の証拠が欲しいのなら――」

セイチャンはパクの言葉を遮り、立ち上がってペンダントをしまった。グレイに向かって二人だけで話がしたいと合図を送る。

バカラ用テーブルを挟んで部屋の反対側へと移動してから、セイチャンはグレイに耳打ちした。コワルスキの巨体がパクの視界を遮ってくれる。

「あいつは本当のことを話している」セイチャンは伝えた。「尋問を次の段階に進めて、母が九龍のどこにいるのかを突き止めないと」

「セイチャン、彼の話を信じたいという気持ちはわかるが、ここは俺に任せて――」

セイチャンは上腕部を強く握ってグレイを黙らせた。「例の三合会の名前よ。ドゥアン・ジー」

グレイは口をつぐんだまま、話の続きを待っている。セイチャンの表情から何かを読み取ったのだろう。

セイチャンは涙がこみ上げるのを感じた。幸せと悲しみの場所から、今も夜に鳥がさえずるジャングルから、こみ上げてくる涙だ。

「あの名前……折れた小枝」セイチャンは続けた。その言葉を口にしただけで、心の中で何かが壊れるのを感じる。

グレイは待っている。理解できずにいるものの、説明する心の準備ができるのを待ってくれている。

「私の名前」セイチャンは言葉に詰まった。不意に裸で立っているかのような思いに襲われる。

「母から与えられた名前……私が捨てた名前は、子供時代を忘れるためにそうしなければならなかった名前は……チーだった」

〈新たな名前は新たな人生を約束してくれる〉

グレイは目を見開いた。「本名はチーなのか」

「チーだった、のよ」セイチャンは強調した。

その女の子はとっくの昔に死んでいる。

セイチャンは深く息を吸い込んで気持ちを落ち着かせた。「ヴェトナム語で『チー』は『小枝』を意味する」

グレイの表情に理解の色が広がっていく。

母は失った娘の名前を三合会の名称に取り入れていたのだ。

それに対してグレイが反応するより先に、扉の外から咳き込むような鋭い音が聞こえた──だが、人間の喉が発した音ではない。廊下で次々と何かの倒れる音がする。サイレンサーを装着した銃弾を浴びて人が倒れている。

グレイはすでに体勢を変えてコワルスキに合図を送り、扉の向こうの脅威に備えている。

部屋の奥からパクが呼びかけた。「さっき証拠を出せと言ったな！」パクは火のついたタバコの先端を扉に向けた。「向こうから来てくれたぞ！」

セイチャンはパクの企みを即座に理解した。もっと早く気づくべきだった。得たばかりの情報から察するべきだった。セイチャンは自分を責めた。以前だったらこんな風に不意を突かれることなどありえなかった。シグマと行動を共にしたせいで感覚が鈍ってしまったのだ。

パクは後ずさりしながら扉から離れていくが、怯えた様子は見られない。すべてパクが仕組んだ罠《わな》だ。グレイが持ちかけたよりもはるかに多額の報酬を、借金を完済できる額の報酬を、手に入れるための作戦だったのだ。この科学者は策を弄《ろう》して自分たちを裏切り、母が率いる三合会に対して情報を流した。表の世界から顔を隠し続けている女に対して、正体を嗅ぎ回っている人間がいると警告を伝えたのだ。

そのような女は、真相に近づきすぎた人間を容赦しないだろう。

セイチャンはそのことを理解した。

自分も同じことをするはずだ。

生き残るためには、必要な手を打たなければならないのだから。

## 午前一時四十四分

ジュロン・デルガドはカジノ・リスボアにおける突然の事態の変化をとっさに理解できずにいた。立ち上がって携帯電話を手に取る。

プラズマスクリーン上に映っているのは、ＶＩＰルームの扉の向こうでの動きに反応する三人の外国人の姿だ。二人の男がバカラ用テーブルを横に倒し、扉との間に置いて盾代わりにしている。扉から離れたところにいる北朝鮮の科学者は、それほど狼狽《ろうばい》している様子には見えないが、危険に巻き込まれないように部屋のさらに奥へ逃れている。

ジュロンは親指で短縮ダイヤルを押し、カジノ・リスボアのトマズを呼び出した。トマズのチームに対しては、ドクター・パクがＶＩＰルームを離れるまでターゲットと接触しないようにとの指示を出してある。北朝鮮とのトラブルは避けたいからだ。あの国の政府とは金銭上の太いパイプがあり、パク・ファンのような重要人物をマカオで接待しながら関係を保っている。ジュロン自身も何度か平壌《ピョンヤン》を訪問し、そうしたコネの育成と維持に努めていた。

電話がつながるとすぐにトマズが報告を入れた。走りながらなのか、激しく息をしている。

「我々も監視カメラの映像で確認しました、セニョール。銃撃戦です。現在、そのフロアに向かっているところです。何者かが例のＶＩＰルームを襲撃しているものと思われます」

ジュロンは激しい憤りを覚えた。自分の獲物を横取りしようとしているやつらがいるのか？入札に不満を抱く人間が、オークションの結果を無視して直接の行動に打って出たのか？

トマズがその疑問に答えた。「三合会の一派の仕業だと思われます」

ジュロンは拳を握り締めた。

〈中国人の犬どもめ……〉

どうやら計画がまずい連中の耳に入ってしまったようだ。

「これからどうすればよろしいでしょうか、セニョール。いったん引きますか、それとも計画通りに進めますか？」

ジュロンに選択の余地はなかった。総力をあげて復讐《ふくしゅう》しなければ、三合会はそれを弱みと見なしてつけ込むだろう。その結果として、何年にも及ぶ縄張り争いが繰り広げられることは必至だ。自分の組織に被害が及んだり、マカオを仕切る中国の役人の目に地位が弱体化していると映ったりするような事態は、絶対に容認できない。

徹底抗戦あるのみ。

「リスボアを封鎖しろ」ジュロンは指示した。縄張りを荒らす者には見せしめが必要だ。「増援を呼べ。リスボア内にいる三合会の人間は、この件に関与していようがいまいが、見つけ次第殺害するように。また、三合会の協力者と疑われる人間――今回の襲撃を手引きしたり知っていたりした可能性のある者にも、死んでもらわなければならない」

「ターゲットはどうしましょうか？」

ジュロンは利益と不利益を秤《はかり》にかけた。あの二人から得られる利益がかなりの額にのぼることは否定できないが、二人の死は重要な教訓としても役に立つ。威厳と地位を維持するためには利益を犠牲にすることも厭《いと》わないというジュロンの姿勢を示すことができる。中国人の間では、名誉と面子《メンツ》を守ることは命の次に大切だと考えられている。

ジュロンは怒りの感情を排除しながら、直面している状況に考えを巡らせた。こうなってしまったからにはやるしかない。

それにたとえ死体であったとしても、あの二人はそれなりの金額になるかもしれない。

まったく利益を得られないよりも、多少の利益の方がありがたい。

「殺せ」ジュロンは指示した。「全員殺してしまえ」

# 3

## 十一月十七日　太平洋標準時午前九時四十六分
## カリフォルニア州エルセグンド　ロサンゼルス空軍基地

宇宙ミサイルシステムセンター内は依然として混乱した状態にあった。

廃墟と化したアメリカ東海岸を撮影した衛星からの画像が巨大なスクリーン上に映し出されてから、二時間近くが経過していた。基地の職員がすぐに連絡を取り、ニューヨーク、ボストン、ワシントンＤＣに異常がないことは確認済みだ。東海岸ではいつもと変わらぬ日常生活が続いている。

その時点で、管制室内はひとまず大きな安堵感に包まれた。ペインターの反応も同じだった。北東部一帯には数多くの友人や同僚がいる。それでも、ペインターは婚約者がニューメキシコ州にいることにほっとしていた。リサの顔を思い浮かべる。長いブロンドの髪の間からのぞく顔には、いたずらっぽい笑みが浮かんでいる。その笑顔を見るたびに、ペインターの心臓は高鳴る。もし彼女の身に何かあったりしたら……

しかし、東海岸一帯には何の異常もないことが判明した。

〈それならば、墜落前に衛星が送ってきた画像はいったい何なのか？〉

この二時間の大きな疑問はその一点に集中していた。管制室では様々な意見が飛び交っている。〈画像は何かの予測を示したものではないのか？〉〈核攻撃を受けた場合を想定したコンピューター・シミュレーションでは？〉……だが、そのような計算式は衛星のプログラムに組み込まれていなかったという点で、技師たちの意見は一致していた。

そうなると、いったい何が起こったのか？

ペインターはドクター・ジェイダ・ショウとともに巨大なスクリーンの前に立っていた。そのほかに、数人の技師と基地の幹部もいる。

スクリーン上にはマンハッタン島の衛星画像が映し出されている。レーザーポインターを手にした若い技師が、赤く光る点で島のあちこちを指し示しながら説明を始めた。

「これはＩｏＧ－１が炎上しながら東海岸上空を通過したのと同時刻に、国家偵察局《NRO》の衛星が撮影した画像です。ここには交差する通りと、セントラルパーク内の池が映っていますね。次はＩｏＧ－１が撮影した画像の同じ部分です」

技師が手に握ったボタンをクリックすると、最初の画像の横に別の画像が現れた。新しい画像は墜落前の衛星が撮影したもので、マンハッタン島の同じ場所が拡大されている。

「二枚の画像を重ね合わせるとですね……」

技師が二枚目の画像を移動させて一枚目の画像の上に重ねた。煙や炎の間に見え隠れする道路の線が一致する。セントラルパーク内の池の位置までもが、完全に重なっていた。

集まった人々の間からつぶやき声が漏れる。

ドクター・ショウが一歩前に出た。スクリーンを見つめるその顔には、不快なものを見るかのような表情が浮かんでいる。

「ご覧いただいておわかりのように」技師は説明を続けた。「これは本物のニューヨーク市です。模型や作り物とは違います。表示されている破壊の画像は、たまたま東海岸が炎上しているように見えるデジタルノイズのようなものではありません。ここまでの精度を持つことなどありえないのです」

自らの言葉を証明するため、技師はマンハッタン島内の主要な場所を拡大して示した。画質は悪くなったものの、実際のマンハッタンとは寸分の狂いもない。ただし、二枚目の画像では、エンパイア・ステート・ビルディングは燃えさかる松明と化しているし、金融街には大きなクレーターの跡しかないし、クイーンズボロ橋はねじれた鋼鉄が絡み合っているだけだ。パニック映画の精巧なCG画像を見ているかのような気分になってくる。

ボストンとDCも同じ状況だった。

見守る人々の間から疑問の声があがる中、ドクター・ショウはさらにスクリーンへと近づいた。顎に手を当てたまま、再び左右に分かれて表示されている二枚の画像を見比べている。

数メートル離れた場所からメトカーフ大将がペインターの名前を呼んだ。その声からはいらだちが聞き取れる。「クロウ司令官、ちょっといいかね」

ペインターは世界地図の前に立つ上司のもとに向かった。

「これは最新かつ最も精密な遠隔測定によるデータだ」そう言いながら、メトカーフは地図上に表示された墜落する衛星の落下経路を指差した。「墜落地点はこのあたりと推定される。モンゴル北部のかなり辺鄙《へんぴ》な地域だ。見てわかる通り、ロシアおよび中国との国境からそれほど距離はない。これまでのところ、この墜落に関して両国で目立った情報の動きはない」

「墜落地点付近での地上からの目撃情報は？」

メトカーフは首を横に振った。「モンゴルのこのあたりは山間部で、市街地から離れている。遊牧民くらいしか住んでいない」

ペインターはメトカーフの意図を理解した。「ということは、ロシアや中国が感づく前に、我々が墜落地点に潜入し、炎上した軍事衛星の破片を回収できる可能性がわずかながら残されているというわけですね」

「その通りだ」

ペインターはもう一つのスクリーンに視線を移した。何が原因であのような不安を煽《あお》る画像が送られてきたのかは、誰にもわからない。だが、その答えがあるとすれば、墜落した「神の目」の残骸の中に違いない。それに加えて、衛星の高度な技術が外国の手に落ちないようにすることも重要だ。

「シグマ司令部のキャット・ブライアント大尉には、すでに捜索チームを編成するように指示を出してあります」

「よろしい。君もできるだけ早くDCに戻ってくれ。現在、君を乗せる予定のジェット機の給油作業が行なわれている。最優先事項は、衛星の残骸を発見し、確保することにある」

メトカーフが背を向けた。話は終わったという意味だ。

近くでドクター・ショウと技師が額《ひたい》を寄せ合って話をしている。技師は何度もうなずいてはスクリーンに目をやっていたが、話を終えた時にはその顔は恐怖で引きつっていた。

〈いったいどうしたんだ？〉

技師はドクター・ショウから離れると、自分の持ち場へと戻り、ほかの技師たちに向かって集まるように声をかけている。

ペインターは興味を引かれて若い天体物理学者のもとに歩み寄った。ドクター・ショウはスクリーンを見つめたままだ。

彼女はペインターの視線に気づいた。「やっぱり彗星のせいだと思います」

ペインターはさっき聞いた話を思い出した。「ドクター・ショウ、君は今もまだ、このすべての原因がダークエネルギーにあると考えているのか？」

「ジェイダと呼んでください。今の質問に対する答えは、イエスです。衛星から送られてきた最後のデータによると、測地線効果は五・四パーセントのずれを示していました」

その言葉とともに向けられた眼差しからすると、数字を聞いて驚くことを期待されているようだ。

だが、何のことだかわからない。

「それはつまり、どういうことなんだ？」ペインターは訊ねた。

ジェイダはいらだちを隠そうともせずにため息をついた。この二時間ほど、彼女は基地の幹部たちと意見を戦わせていた。自分の考えを聞いてもらおうとしたものの、相手のあまり熱心とは言えない反応に、すでに堪忍袋の緒が切れかかっていたと見える。

「薄いトランポリンの布の上に置かれたボウリングのボールを想像してみてください。ボールの重さでトランポリンの表面はへこみますよね。地球がその周辺に与えている影響もそれと同じです。時空を曲げているのです。このことは理論からも実験からも証明されていて、その曲率を測定する道具が測地線効果です。つまり、データがずれを示していたということは、その時空にしわが生じていたことを意味します。ＩｏＧ－１がダークエネルギーの流れを採取すれば、私が理論で仮定したようなことが起こりうるのです。けれども、これほどまでに深いしわができるなんて、予想していませんでした」

ジェイダの眉間にも深いしわが刻まれる。

「それで、何をそこまで気に病んでいるんだ？」ペインターは訊ねた。

「測地線効果にわずかな歪みが生じれば上出来だと考えていました。〇・一パーセント以下のずれが、ほんの一瞬だけ、ナノレベルの時間だけ生じる程度だろうと。けれども、五パーセント以上ものずれが、一分近くも続くなんて……」ジェイダはかすかに頭を振った。

「さっき君は、ダークエネルギーの大量放出によって時空に小さな穴が開き、別の宇宙への窓が短時間だけ開いたのではないかと推測していた。我々の宇宙と平行するその宇宙では、東海岸が破壊されていたのだと」

ジェイダはスクリーンを見つめている。「あるいは、私たち自身の未来をのぞく窓が開いたのかも」

この不気味な可能性については、彼女と基地の幹部との間の話には出ていなかった。

「時間というのは直線的に機能するものではないんです」ジェイダは説明を続けている。頭の中で理論を構築しながら言葉に出しているかのような口調だ。「時間というのは別の次元にすぎません。上下あるいは左右と同じです。時間の流れは、重力や速度によっても影響を受けます。つまり、時空が裂けたり時空にしわができたりした場合は、時間が飛ぶかもしれないんです。レコードプレーヤーの針がレコード盤の傷で飛ぶようなものです」

ジェイダの瞳に浮かぶ恐怖が色濃くなる。

ペインターは彼女の焦燥感を和らげようとした。「君のような若い子がまだレコード盤で音楽を聴いているのかい？」

その言葉にジェイダが反応した。不安の表情が薄れ、不満気な顔つきに変わる。「ご存じないかもしれませんが、ジャズのレコードのコレクションに関しては世界で誰にも負けないと自負しています。Ｂ・Ｂ・キング、ジョン・リー・フッカー、マイルス・デイヴィス、ハンス・コラー……」

「わかった、わかった」ペインターは片方の手のひらを向けながらなだめた。

「昔ながらのレコード盤に勝るものはありませんからね」ジェイダは憤慨した様子で断言した。

それに関してはペインターも同意見だった。

技師が戻ってきたため、ペインターは天体物理学者によるレコード擁護論をそれ以上聞かされずにすんだ。

「あなたの言っていた通りです」ジェイダに話しかける技師の顔は、さっきよりも恐怖で歪んでいる。

「何が言っていた通りなんだ？」ペインターは訊ねた。

「見せてください」ジェイダはペインターを無視した。

巨大なスクリーンの前に戻ると、技師は再びＮＲＯの衛星からの画像を呼び出し、ＩｏＧ-1が撮影した画像の上に重ね合わせた。二枚の画像を何度も切り替えて見せる。

「あなたの考えていたように、影が一致しません。この部分だけではありません。ボストンの画像の何カ所かでも確認しましたが、同様のずれが記録されています」技師はワークステーションのまわりに集まったほかの技師たちを指差した。「我々は東海岸沿いの何カ所かの異なる地点を特定して、偏差の値を計算しているところです」

ジェイダはうなずいた。「時間差を計算しないといけないわ」

「すでに作業に取りかかっています」

ペインターは二人の話についていけなかった。「何があったんだ？」

ジェイダは巨大なスクリーンを指差した。「二枚の画像の影が一致しないんです。比べてみると、ほんのわずかですが、ずれが生じています」

「つまり？」

「二枚の画像は同時刻に撮影されたものだから、影が一致していないとおかしいんです。同じ日時計を同時に撮影した二枚の写真を比べれば、当然そうなりますよね」ジェイダの視線が険しくなる。「でも、この二枚は一致しません。影がずれているんです。ということは――」

「空にある太陽の位置が、二枚の写真では異なっている」

ペインターの背筋を恐怖が貫く。

ジェイダは不安そうに深呼吸した。「『神の目』がマンハッタン島を撮影したのは別の時刻です。墜落した時に私たちの時計が示していた時刻ではないのです」

ペインターはレコード盤の傷に引っかかって針が飛ぶ様を思い浮かべた。

ジェイダの説明は続いている。「技師の皆さんには、ＩｏＧ－１の画像にとらえられた太陽の位置が、いつの日時に当たるのかを計算してもらっています。正確な時刻を特定するために、東海岸沿いの複数の地点で三角測量を行なっているところです」

技師たちの間に動きが見られることに気づいて、ほかの人たちも集まってきた。

主任技師がコンピューターの画面から目を離し、ジェイダを振り返った。「偏差は八十八……」別の技師が袖を引っ張ったため、主任技師は画面を見直してから、再び顔を上げた。

「今から九十時間後ということになります」

〈四日もないじゃないか〉

メトカーフ大将がペインターのもとに歩み寄った。「いったい何事だ?」

ペインターはジェイダの顔へと視線を向けた。彼女は計算結果を確信している。

「あの画像ですが」ペインターは廃墟と化した都市の画像に向かってうなずいた。「機械の不具合のせいではありません。あれは今から四日後のこの世界の姿です」

**中央ヨーロッパ時間午後六時五十四分**
**イタリア　ローマ**

溺れている夢を見ていたレイチェル・ヴェローナは、電話の呼び出し音で目を覚ました。あえぎながら体を起こす。自分の部屋のベッドにいるのではなく、ヴィゴーおじさんの研究室のふかふかのソファーで寝ていたことに気づくまで、一瞬の間があった。使徒トマスに関する資料を読んでいるうちに眠ってしまっていたようだ。

室内にはガーリックとバジルソースのにおいが漂っている。さっきおじと自分のために買ってきたテイクアウトの料理のにおいだ。料理は容器に入ったまま、手をつけられることなくおじの机の上に置かれている。

「電話に出てもらえるかな?」ヴィゴーが声をあげた。

老眼鏡を鼻先に乗せたおじは、古い頭蓋骨を食い入るように見つめていた。コンパスを開いて手に持ち、鼻骨の長さを計測し、計測が終わるとグラフ用紙に何かをメモしている。

再び大きな呼び出し音が鳴る。レイチェルはソファーから立ち上がり、おじの机に歩み寄った。幅の狭い窓から夜空を見上げると、欠けた月の近くには弧を描いた彗星の長い尾がある。

「もう遅いわ、おじさん。続きは明日の朝にしたら?」

ヴィゴーはコンパスを振ってレイチェルの提案を却下した。「二、三時間も寝れば十分だ。それにこれくらい静かな方が仕事もはかどる」

レイチェルは机の上の電話を取った。「プロント?」

疲れた調子の男性の声が聞こえる。「ソノ・ブルー・コンティ、ドットーレ・ディ・レチェルコ・ダ・チェントロ・ストゥディ・ミクロチテミア」

レイチェルは通話口を手で覆った。「ＤＮＡ研究所のドクター・コンティからおじさん宛てよ」

ヴィゴーは電話に手を伸ばした。「ずいぶん長くかかったな」

おじが遺伝学者と早口で会話をする横で、レイチェルは頭蓋骨を眺めた。おじがいらだっている理由は理解できる。頭頂部に記されたかすかな文字が、運命の日を示しているからだ。だが、レイチェルは骨に刻まれた予言に対して不安を覚えてはいなかった。世界が終わるとの予言は、人類の歴史上、幾度となく告げられている。古代マヤ暦の予言から、最近では西暦二〇〇〇年の終末論者に至るまで。

〈どうせこれもその類《たぐ》いだわ〉

ヴィゴーの口調がより熱を帯びたものになる――レイチェルがそう感じた時、おじは不意に電話を切った。

レイチェルはおじの両目の下にくまができていることに気づいた。「研究所からの返事はどうだったの？」

「頭蓋骨と本の年代に関する私の推測が正しかったと確認された」

ヴィゴーは人間の皮膚で装丁されたトマスによる福音書を手で示した。〈どうしてこんなことをするのだろう？〉……その疑問がレイチェルの頭から離れない。確かに、当時この福音書は異端と見なされていた。救済への唯一の方法である宗教上の正当な考え方を否定し、神への道はすべての人の内に存在するのであって、目を見開いてその道をたどればよいと主張した。

〈訊ねよ、さらば見出さん〉

けれども、異端であろうとなかろうと、どうしてこの本を人間の皮膚で装丁したのだろうか?

「それで、本と頭蓋骨の年代は?」レイチェルは訊ねた。

「研究所の調査結果から、十三世紀のものであることが判明した」

「だったら、実際にアラム語が使用されていた三世紀のものではないのね。つまり、過去に考古学者たちが発見したものとは違って、これは本物のユダヤの魔除けではないわ」

「そう、私が推測した通りだ。おそらく見よう見まねで作ったものだろう。そもそも、この頭蓋骨からして、ユダヤ人のものではない」

「どうしてそんなことがわかるの?」

ヴィゴーはレイチェルを手招きした。「君が居眠りをしている間に、頭蓋の構造と解剖学的な形態を調べてみた。そもそも、この頭蓋骨は中頭型だ」

「どういうこと?」

「頭蓋の幅が広く、中程度の高さを持つ。さらに、頬骨が厚く、眼窩が円形で、鼻骨は平らで幅がある」ヴィゴーは頭蓋骨を手に取り、ひっくり返した。「それにこの歯を見てごらん。門歯がシャベルのような形状をしている。地中海人種のものとはまったく異なる」

「それなら、この頭蓋骨はどこから来たの？」

コンパスの先端でグラフ用紙のメモを叩きながら、ヴィゴーはレイチェルを見た。「目の幅、副鼻腔《びくうか》の深さ、下顎前突《かがくぜんとつ》の角度など、様々な頭蓋の特徴を計算した結果、この頭蓋骨の起源は東アジアで、モンゴロイド系だろうと思う」

レイチェルはおじに対して尊敬の念を覚えた。単なる聖職者ではないことを改めて認識させられる。「つまり、この頭蓋骨は東アジアに住んでいた人のものなのね？」

「本もだ」ヴィゴーが付け加えた。

「本？」

ヴィゴーは老眼鏡をずらしてレイチェルの顔をまじまじと見つめた。「聞いていなかったのかね、私がドクター・コンティと話をしているのを」

レイチェルは首を横に振った。

ヴィゴーはしわの寄った装丁の本の上に手のひらをかざした。表紙部分の縫い合わされた目が薄気味悪い。「ドクター・コンティの分析によると、本に使用された皮膚と頭蓋骨のＤＮＡは一致する。どちらも同じ人間のものだ」

おじの言葉の意味を理解して、レイチェルは胃液がこみ上げそうになるのをこらえた。

この魔除けを作った何者かは、一人の人間を材料にしたのだ。ある人間の皮膚で本に装丁を施し、同じ人間の頭蓋骨でこの遺物を作成している。

ヴィゴーは話を続けている。「研究所には常染色体とミトコンドリアのＤＮＡの両方を使って、人種的な特徴を引き続き調べてもらっている。この遺物の起源をさらに特定できるかもしれない。ヨシプがこれを私に送ってきたのには理由があるはずだ。残り時間は少なくなりつつある。私なら助けてくれると思ったのだろうし、彼にはアクセスできない施設も私ならば利用できるはずだと考えたのかもしれない」

「ＤＮＡ研究所のようなところね」

ヴィゴーはうなずいた。

「でも、それならタラスコ神父はおじさん宛てに手紙を書けばよかったんじゃないの？」

ヴィゴーは姪をからかうかのようにウインクをした。「書いていないなんて言った覚えはないよ」

意外な事実を耳にして、レイチェルはおじをにらみつけた。「それなら、どうして教えてくれな――？」

「十五分ほど前に発見したばかりなのだよ。頭蓋骨を調べていた時にね。でも、まずは測定をすませておきたかったし、君も寝ていたじゃないか。そうしたら電話がかかってきて、ＤＮＡ検査の結果を知らされたものだから」

レイチェルは頭蓋骨をじっと見つめた。「だったら見せて」

ヴィゴーは頭蓋骨をひっくり返し、穴を指差した。脊髄《せきずい》の頭蓋骨への入口に当たる部分だ。

ペンライトを手に取り、内部を照らす。「秘密の知識を隠すとしたら、ほかにどこがあるかね？」

　レイチェルは顔を近づけ、頭蓋骨の内側をのぞいた。頭蓋骨内部の表面に、小さな深紅の蠟《ろう》の塊が付着している。法王の書簡《しょかん》の封緘《ふうかん》のようだ。蠟にはラテン語の細かい文字が丁寧に彫られている。レイチェルはタラスコ神父が頭蓋骨の狭い穴から先端のとがった道具を挿し込み、一文字ずつ書き込んでいる姿を想像した。

〈どうしてそこまでして秘密を守ろうとするの？　被害妄想に取りつかれているんじゃないかしら？〉

　レイチェルは神父からのメッセージを見つめた。

　声に出してラテン語を翻訳する。「助けてほしい。アラル海まで来てくれ」

　レイチェルは顔をしかめた。アラル海は中央アジアのカザフスタンとウズベキスタンとの国境にまたがる湖で、砂漠に囲まれた荒涼《こうりょう》とした地域にある。レイチェルは形態学的な特徴からおじが頭蓋骨の起源を東アジアだと断定したことを思い出した。タラスコ神父も同じ結論に達したのだろうか？　遺物の人種的な特徴が、神父をハンガリーから東にいざない、調査を続けさせているのだろうか？　けれども、仮にそうだとしても、神父は何を探しているのだろう？　どうしてここまで秘密にしているのだろう？

目を凝らして文字を見つめているうちに、レイチェルはラテン語の下におぼろげに見えるアラビア数字に気づいた。

ヴィゴーがレイチェルの注意を引いたものを説明した。「経度と緯度だ」

「特定の場所を示しているというわけね」レイチェルは不信感が声に出るのを抑えることができなかった。「タラスコ神父はおじさんにそこまで来てほしいというわけ？」

「そのようだな」

レイチェルは眉をひそめた。十年以上も前に行方不明になった変わり者の神父から送られてきた謎のメモを手がかりにして、行ったこともないような場所をおじがうろつくなんて。

ヴィゴーは頭蓋骨を机の上に置いた。「明朝、早い時間に出発する。朝一番の飛行機でカザフスタンに向かうつもりだ」

レイチェルは賛成できなかったが、旅行を取りやめるようにおじを説き伏せるのは不可能だということも、長年の経験からわかっていた。レイチェルは妥協点を見つけた。「だったら、私も一緒に行くわ。ちょうど有給休暇がたまっているところだし。だめだとは言わせませんから」

ヴィゴーは笑みを浮かべた。「そう言ってくれるだろうと期待していたよ。クロウ司令官に連絡を入れて、応援の部隊を派遣してもらうように依頼しようかとも思っていたのだ」

「シグマフォースを巻き込むつもりなの？　はるか昔の十三世紀に頭蓋骨の表面に記された、破滅に関する古代の予言のために？」

レイチェルはおじの考えにあきれて目を丸くした。確かに、自分もおじも過去にシグマと作戦を共にした経験がある。グレイ・ピアース隊長と再会できる口実ができることをうれしくないと言ったら嘘になる。レイチェルとグレイは交際したり疎遠になったりした時期が何年か続いた後、今では友人関係という形に落ち着いている。確かに、思いが高まった時期もあった。けれども、遠距離恋愛を続けるのが難しいことは、二人とも認識している。だけど……レイチェルはおじの提案を少しだけ考えたものの、すぐに頭の中から振り払った。科学と軍事の専門訓練を受けたシグマの隊員の手を、この程度の案件で煩わせるわけにはいかない。

「彼らの専門知識は我々の役にも立つはずだ」ヴィゴーはあきらめない。「それに、残された時間は少なくなりつつあるわけだし」

その言葉が聞こえたかのように、ガラスの割れる音が響き渡った。破片が研究室内に降り注ぐ。狭い窓の石の縁に何かが当たって跳ね返り、部屋の中に転がり込んでくる。

突然の大きな音に、ヴィゴーがひるんだ。だが、訓練を積んでいるレイチェルはすでに行動を開始していた。おじの腰を抱えて窓から離れ、部屋の反対側へと走る。

二人で床に伏せ、身を挺《てい》しておじをかばいながら机の陰に隠れる——次の瞬間、轟音とともに手榴弾《しゅりゅうだん》が爆発し、炎と煙が研究室を包んだ。

## 太平洋標準時午前十時十八分
## カリフォルニア州上空

ワシントンDCに向けて大陸横断の進路を取ったジェット機の翼の下に、ロサンゼルスの街並みが隠れていく。ペインターは操縦士に対して、燃料を惜しむことなくボンバルディアグローバル５０００の限界に挑戦するよう指示を出していた。バーカウンターや革張りの座席といった贅沢《ぜいたく》な内装の一方で、この機種は最新のエンジンを搭載していることでも知られており、最大巡航速度は時速九百三十四キロだ。

ペインターはこの移動で製造会社の宣伝文句に嘘がないことを確かめるつもりでいた。四日後に東海岸一帯が廃墟と化すかもしれない今こそ、その性能を発揮するべき時だ。

メトカーフ大将はペインターに対して、本当にそんな事態が起こるかどうかの謎の解明よりも、より現実的な問題に対処するための任務を与えた。墜落したＩｏＧ－１の回収だ。メトカーフの命令の言葉が耳によみがえる。

〈衛星の残骸を発見せよ。それが君のなすべき最優先の課題だ。衛星が撮影した画像の解析は技師たちに任せろ。万が一に備えて、東海岸に差し迫っているかもしれない脅威のリスク評価は私の方で行なう〉

各自が果たすべき役割を担っている。

ジェット機は旋回してロサンゼルスの空域から離れつつある。青空には彗星が光り輝いていた。昼間でも目視できるほどの明るさだ。夜になると彗星はほかの星の間に長い尾を引く。ゆらゆらと瞬《またた》く様子まで確認できるほど明るく輝くその尾は、まるで生きているかのようだ。彗星は地球の近くをゆっくりと通過しながら、空を見上げる人々の目を一カ月近く楽しませてくれると予想されている。

隣の革張りの座席に静かに腰を下ろした女性が、ペインターの視線に気づいた。ジェット機のほかの乗客はこの女性だけだ。手にはコーラの入ったグラスが握られていて、その中の氷がかすかな音を立てる。

ジェイダはメトカーフに対しても、時空のしわが原因で時間が飛んだのではないかという仮説を話して聞かせた。写真の影がずれていたのはそれが原因で、ずれを計算すると写真は九十時間後の東海岸をとらえたものである可能性があるとの説明を繰り返した。

「大将殿を納得させることはできなかったみたいだな」ペインターはジェイダの方を向いてつぶやいた。

「自分でも半信半疑の状態ですから」ジェイダが応じた。

　意外な反応にペインターは驚いた――その思いが表情に現れていたに違いない。

「かなり多くの不確定要素が関係しているんです」ジェイダは居心地が悪そうに座席で体を動かしながら説明を始めた。「さっきも話をしたように、あの画像は別の未来を写したものだという可能性もあります。必ずしも私たちの未来だとは限りません。未来はすでに決まっているなんて信じたくないですから。事実、量子力学ではそのような時間の直線的な道筋を否定しています。観測という行為そのものが運命を変えることだってあるのですから。シュレーディンガーの猫の例のように」

「その話がどう関係してくるんだ？」

「じゃあ、その猫の話をしましょう。量子力学の不思議さを示す典型的な例です。その思考実験では、箱の中に猫を一匹と、毒の入った装置を入れておきます。その装置が猫を殺す可能性と殺さない可能性は等しいものとします。箱のふたが閉じられている時、猫は宙ぶらりんの状態にあります――生きている可能性もあるし、死んでいる可能性もある。箱を開いて猫の様子を確認した時に初めて、どちらの運命にあるのかが本当に決定するのです。箱のふたを開いた時に宇宙が二つに分かれるという説を唱える人もいます。一つの宇宙では猫が生きていて、もう一つの宇宙では猫が死んでいるのだと」

「なるほど」

「それと同じ状況が、周辺の時空にしわが寄った時に衛星が撮影した写真にも関係しているのかもしれません。ある宇宙では世界が炎上し、もう一つの宇宙では炎上しない、というように」

「つまり、我々が生き延びられるかどうかは五分五分の確率ということか。人類の運命がかかっていることを考えると、その確率はあまりうれしい数字だとは思えないな」

「けれども、時間の流れはそこからいっそう曖昧《あいまい》になってきます。衛星が写真を撮影し、私たちみんながその写真を見たということは、観測という行為にほかなりません。ここからどう行動するかによって運命が変わる可能性もあります――ただ、私たちの行動によって、世界の終わる可能性が高くなるのか、それとも低くなるのかはわかりませんけれど」

「つまり、これからの四日間、我々は箱の中に閉じ込められたシュレーディンガーの猫も同然で、生と死の間の宙ぶらりんの状態に留め置かれるということなんだな」

ジェイダはうなずいた。ペインターと同じように、あまりうれしそうには見えない。

「つまりは、どっちに転ぶにしても手の打ちようがないということか」

ジェイダは肩をすくめた。「量子力学の考え方でいくとそうなりますね」

「だったら、君はどうすればいいと思う？」

「あの衛星を発見しないと。それが最優先の課題ですね」

「メトカーフ大将の言い方と似ているぞ」

「でも、あの人の言う通りです。私の理論はどれも推測にすぎませんから。でも、衛星の残骸を分析すれば、もっと具体的な何かを提示することができるかもしれません」ジェイダは椅子に座ったまま体をひねり、ペインターに正面から向き合った。「衛星の残骸の捜索のためにモンゴルへ向かうチームに私が参加することに対して、あなたがあまり賛成でないことは承知しています。けれども、あの衛星のことをいちばんよく知っているのは私です。詳しい知識のある人間が現場にいなければ、貴重なデータが失われてしまうかもしれません――あるいは、もっと悪い事態が起こるかも」

「『もっと悪い事態』とはどういう意味なんだ?」

ジェイダは大きくため息をついた。「ダークエネルギーの流入によって時空にしわができ、そのしわが事前の予測よりもはるかに深いものだったという話は、すでにお伝えしたと思います。けれども、私の仮の計算はより大きな危険の可能性を示唆しているのです」

「どんな危険だ?」

「可能性としては小さいのですが、私たちは時空にねじれを生じさせてしまったかもしれません。ねじれは半永久的なもので、かなり長時間にわたって継続します。しかも、そのねじれはあの衛星の残骸と量子レベルで今なおもつれているかもしれないのです」

「もつれている？」

「二つの物体がある程度の時間にわたって相互に作用し、量子状態を共有した後に分離した場合、そのような事態が起こります。二つの物体の量子状態がつながったままの場合には、一方の量子状態が変化すると、もう一方の量子状態も同時に変わるのです。二つの物体の間に相当な距離があったとしても、関係ありません」

「論理的におかしな話だな」

「光の速度の面から考えても、おかしな話です。事実、アインシュタインはこのことで大いに頭を悩ませました。この現象に『不気味な遠隔作用』と名付けたほどです。けれども、この現象は亜原子レベルにおいて研究室内で実証されています。そればかりか、つい最近の話ですが、中国の研究グループが肉眼で見ることのできる二個のダイヤモンドを使って成功させているのです。十分なエネルギーさえあれば可能なんですよ」

「強烈なダークエネルギーのようなものだな」

「その通りです。地球周辺の時空の曲率にねじれが存在していて、その量子状態が衛星ともつれているとしたら、墜落した残骸の取り扱いを誤っただけで、そのねじれが宇宙から地上に通じる穴を開けてしまうかもしれません」

「それはかなりまずい状態だろうな」

「この惑星に生命がいてほしいならば、そういうことになりますね」

「君はなかなか売り込みがうまいな」

ペインターが最終的な判断を下すより先に、衛星電話の着信音が鳴った。画面を見ると、ワシントンDCのシグマ司令部から電話が入っている。副官のキャスリン・ブライアント大尉がかけてきたに違いない。キャットはシグマにおいて情報収集を専門としているが、ペインターは衛星捜索チーム編成のための作業を行なうように指示を与えていた。

キャットとは、すでに電話で短時間だが一度打ち合わせを行なっていた。ピアース隊長のチームを中国からモンゴルの首都ウランバートルに直行させ、現地でワシントンから派遣される二人の隊員と合流するという仮の計画が立てられている。

キャットは捜索チームを少人数で編成するべきだと考えていた。衛星が墜落したと思われる地域はモンゴルのハン・ヘンティー厳正保護区内で、自然および歴史的遺物の保護の見地から、特に外国人に対しては立ち入りが厳しく制限されている場所だ。また、その周辺はモンゴルの人々からは聖地と見なされている。ちょっとでも問題を起こせば、捜索チームは国外追放処分を受けかねない。

そのため、作戦の詳細については慎重に練られているところだ。

電話に出たペインターは、キャットからのいい知らせを期待した。

だが、最初に聞こえてきた言葉がその期待を打ち砕いた。

「司令官、新たな問題が発生しました」

〈勘弁してくれ……〉

キャットの報告が続く。「とある情報ルートから、イタリアで襲撃事件が発生したとの知らせが入ってきました。詳しいことは不明ですが、何者かがモンシニョール・ヴェローナの大学の研究室に手榴弾を撃ち込んだ模様です」

「ヴィゴーの？　彼は無事なのか？」

「ええ。実を言うと、モンシニョールから司令官とお話がしたいとの連絡が入っていて、電話会議の回線で待っていてもらっているところなのです。まだ少し動揺している様子ですが、襲撃された時に姪御さんが居合わせていたおかげで、とっさに対応できたそうです。ぜひとも司令官とお話がしたいとのことで――私も話を聞いた方がいいように思います」

ペインターはすでに手いっぱいの状態だったが、モンシニョール・ヴェローナには借りがある。失礼な対応はできない。「つないでくれ」

キャットが回線を切り替えると、モンシニョール・ヴェローナのテノールの声が聞こえてきた。

「クロウ司令官、ありがとう」襲撃を受けたばかりにしては落ち着いた口調だが、ヴィゴーがタフな人間であることはペインターもよく知っている。「忙しいこととは思うが、非常に気がかりな問題があって、君にも伝えるべきだと思ったものだから」

「何があったのですか？」

「単刀直入に言うと、世界は重大な危機に直面している」

ペインターは背筋に寒気が走るのを感じた。「なぜそうだと考えるのですか？」

モンシニョールは死んだはずの友人から送られてきた謎の荷物——頭蓋骨と人間の皮膚で装丁された本について話し始めた。ハンガリーの魔女、タルムード呪術の遺物、救済を求める呪文へと説明が続く。

話が進むにつれて、ペインターの背筋から少しずつ寒気が消えていき、安堵感に包まれ始めた。これは宇宙ミサイルシステムセンターで目撃した出来事とは関係がない。

ヴィゴーの説明は続いている。「襲撃を受けた後、私は友人のタラスコ神父が姿を隠した理由に思い当たった。彼が何を追い求めているのかはわからないが、そのことが危険なグループの注意を引いたと考えて間違いない。彼の持つ知識が世界に知られては困る人物が存在するのだよ。タラスコ神父は中央アジアのアラル海近辺に来てほしいと訴えている。君のところから応援のチームを派遣してもらえないだろうか？　残された時間があまり多くないものだから」

援助の手を差し伸べたいのはやまやまだが、こちらが直面している問題の大きさを考えると、今は人員を割いている場合ではない。「申し訳ないが——」

電話会議の回線で話を聞いていたキャットが割り込んできた。「モンシニョール・ヴェローナ、残された時間があまり多くないと考える理由をクロウ司令官にお話しになった方がよろしいのでは？」

「おっと、これは失礼した。もう話をしたと思っていたが、ブライアント大尉に言っただけで、司令官にはまだ伝えていなかったか」

「何をですか?」ペインターは訊ねた。

「例の頭蓋骨に書かれていた救済を求める呪文だが……あれは世界が終わらないようにという祈りだ」

「その話はさっきうかがいましたが」

「そうだな。しかし、世界がいつ終わると予言されているかについて、うっかり言い忘れていたのだよ」

ペインターの背筋に再び寒気が走った。「当ててみましょう。四日後ですね」

「その通りだ」ヴィゴーの声からは驚きが聞き取れる。「しかし、どうしてわかったのかね?」

ペインターはすぐには説明しなかった。キャットに指示してヴィゴーの回線を保留にしてもらう。まずは副官と二人だけで話をする必要がある。

「どう思う?」ペインターはキャットに訊ねた。

「そのような遺物に記された世界の終わりの日と、宇宙ミサイルシステムセンターから報告のあった日時とが一致するのは、興味深いと思いますね」

どうやらキャットはすでに西海岸からの奇妙な知らせを受け取っているようだ。驚くには値しない。情報収集はキャットの最も得意とする分野だ。この手の情報を彼女が見逃すはずはない。

「しかし、単なる偶然の一致ではないのか？」ペインターは問いかけた。「信憑性《しんぴょう》に乏しいかもしれない考古学的な調査に人員を割くべきなのだろうか？」

「私の意見を言わせてもらいますと、その価値はあるように思います。第一に、必ずしも大きな回り道をする必要はありません。モンシニョール・ヴェローナが提供してくれた座標は中央アジアで、ＤＣからモンゴルへの移動経路の途中に当たります。アメリカから派遣するチームがアラル海に立ち寄ってこの謎を調べることは、比較的容易ではないかと思われます。大幅に時間を取られることもないでしょうから。それに、モンゴルで必要となる物資を手配して現地へ空輸するための時間が必要だということもあります。それまでの間、すでに近い場所にいるもう一つのチームにモンゴル入りしてもらい、現地の調査を先行して始めてもらえばいいのです」

「グレイ、コワルスキ、セイチャンのことだな」

「ええ。香港からモンゴルの首都ウランバートルまでは、数時間しかかかりませんから」

「まるで最初からそういう計画でいたかのような口ぶりだな。ただ、アメリカから派遣するチームにもう一人加わることになるかもしれない」ペインターはジェイダを一瞥した。「自分の専門知識が役に立つと私を説き伏せた民間人だ」

「問題ありません。ドクター・ショウが手伝ってくれるのであれば、こちらとしてもありがたいです」

ペインターは笑みを浮かべた。いつものように、キャットはこちらの考えをすべてお見通しだ。

「もう一つ」キャットは付け加えた。「この寄り道をうまく利用することができます。モンシニョールと彼の謎の友人とともに作業をすれば、ハン・ヘンティー厳正保護区における私たちの調査の格好の隠れ蓑《みの》になります」

「確かにそうだな」うなずきながら、ペインターはキャットの機転に感心していた。「考古学調査のチームを装うことができる」

「その通りです。モンシニョールが私たちのチームに同行してモンゴルまで来てくれるのであれば――どうやら共通の目標があるようですから」

〈世界を救うこと……〉

「それなら、すぐに手配を開始してくれ」ペインターは指示した。「グレイに連絡を入れて、チームを移動させるように指示を出すんだ」

キャットがため息をついた。はっきりといらだちが感じ取れる。「連絡が取れればそうするのですが……」

# 4

## 十一月十八日　マカオ時間午前二時二分
## 中国　マカオ

カジノ・リスボアは第三次世界大戦の戦場と化していた。少なくとも、バリケードを築いたVIPルーム内にいるグレイの耳にはそんな状態も同然に聞こえた。最初は小さな銃声が散発的に響く程度だったが、今では外の廊下で激しい銃撃戦が繰り広げられている。

遠くからもさらなる銃声が届く。

VIPルーム内のグレイは、扉の前に築いた即席のバリケードの陰でうずくまっていた。コワルスキの手を借りてバカラ用のテーブルを横に倒し、外からの唯一の進入路をふさいである。セイチャンも赤いシルクのソファーを一つ移動させ、防御を補強した。残る出口は幅の狭い窓しかないが、そこを通り抜けても四階の高さから真っ暗な舗装道路に転落するだけだ。

部屋の奥の隅にはドクター・パク・ファンが縮こまって座っていた。まんまと罠にはまったグレイたちを嘲笑《あざわら》っていた表情が、今では恐怖に歪んでいる。どうやら彼の思惑通りに事が運んでいないらしい。ドゥアン・ジー三合会の待ち伏せ作戦に邪魔が入ったようだ。当初、グレイはホテルの警備員が襲撃に対抗してくれているのではないかと期待した。だが、銃撃戦の音量も激しさも増す一方で、アサルトライフルや機関銃の銃声がひっきりなしに聞こえてくるなど、暗黒街の二大勢力が争っているかのような様相を呈してきている。

〈どうやら俺たちの命を狙って争っているようだな〉

このバリケードがいつまでも耐えられるとは思えない。集中攻撃を受けたらひとたまりもないだろう。そんなグレイの予想を裏付けるかのように、ショットガンの銃声とともに扉に拳大の穴が開いた。

「早くしろ、コワルスキ！」グレイは叫んだ。

「ズボンがずり落ちそうになる中で、この作業をしている身にもなってくれよ！」

大男は部屋の中央の床に両膝を突いている。グレイとセイチャンはソファーに背中を押し当てて支えながら、コワルスキの作業を見守った。

コワルスキはズボンのベルトを外し、床の上に円形に置いていた。ベルトを通したバックルには、受信機が取り付けてある。コワルスキはシグマの爆発物専門家だ。中国国内に武器を持ち込むようなリスクは冒せなかったが、コワルスキは秘策を胸に秘めて中国に入国した……正確には、秘策をベルトの中に秘めて、ということになる。

この高性能の導爆線《どうばく》はＤＡＲＰＡが開発に携わっている。グラフェンのチューブ内に密閉されているため、導爆線内部の爆薬は空港のセキュリティシステムでは検知できない。

「準備オーケーだ」そう告げると、コワルスキは手近にあった椅子をつかみ、床を転がりながらグレイたちのもとに戻ってきた。

「何をしているのかね？」パクが声をかける。

三人は椅子の陰にうずくまった。

「爆発するぞ！」大声で叫びながら、コワルスキは手に握ったトランスミッターのボタンを押した。

爆音がＶＩＰルーム内を揺らした。グレイの頭の中では間近で鐘をついたかのような音が鳴り響いている。大量の煙が噴き上がる。突然の爆発音に驚いたのか、外の銃撃戦の音が一瞬やんだ。

「行け！」グレイは椅子を押しのけながら叫んだ。

導爆線が期待通りの働きをしてくれたことを祈るしかない。失敗に終われば、コワルスキの爆薬が尽きたのと同時に、運も尽きてしまったことになる。

煙の間から焼けた絨毯の赤い輝きが見える。床には大きな穴が開いていた——鋼鉄製のトラスは原形を保っているが、爆発でできた穴は下の階にまで貫通している。

グレイは床の穴から下をのぞき込んだ。建物の三階部分もこの四階と同じレイアウトだとの情報はつかんでいる。うまい具合に真下のＶＩＰルームは使用されていない。

外の廊下で再び銃撃戦が始まった。さらに激しさを増している。グレイは先に行くようセイチャンを促した。セイチャンはトラスの間をすり抜け、身軽に下の階に飛び下りた。

グレイとコワルスキも後に続こうとした時、パク・ファンが割り込んできた。一緒に連れていってくれと懇願《こんがん》してくる。コワルスキがうるさいハエを叩きつぶそうとするかのように拳を突き出した。骨の折れる音とともにパクの体が後方に吹き飛び、背中から床に落下した。鼻からは血が噴き出ている。

グレイはパクにかまわず穴を抜け、三階のセイチャンに合流した。大きな音とともにコワルスキも後に続く。

「この階は大丈夫のようね」セイチャンが扉に耳を当てながら言った。「でも、早いところ行動に移らないと。いつまでもごまかせるとは思えないわ」

「この戦闘地帯から脱出する方法が必要だ」グレイは警告した。「だが、ホテルの出口はすべて見張られているに違いない」

「いい方法があるかも」

セイチャンは扉を開け、頭を突き出すと、廊下に飛び出した。

「まずは教えてくれよ」ぶつぶつ言うコワルスキを引っ張って、グレイも後を追う。

セイチャンは非常階段に向かって走り、階段へ通じる扉を開けた。ちょうど階段を走り下りてきた男と鉢合わせになる。男は銃を持っている。

セイチャンは体をかがめて男に体当たりした。男の体が浮き上がる。

数歩後ろを走っていたグレイは、つま先を軸に体を回転させ、もう片方の足を蹴り出した。足先が宙を舞う男の顎に命中し、同時に首が後方にがくんと折れる。男は床に落下した。そのままぴくりとも動かない。

「おまえら二人は敵に回したくないよ」コワルスキがつぶやいた。

グレイは三合会の構成員の武器を奪い取った。AK-47アサルトライフルだ。素早く男の所持品を調べると、ホルスターに収められた中国軍の拳銃レッドスターがある。グレイは拳銃をコワルスキに手渡した。

「気の早いクリスマス・プレゼントだぜ」コワルスキは手際よく拳銃をチェックした。

「行くわよ！」セイチャンが促した。非常階段の踊り場に立って、下を警戒している。

ライフルを手に、グレイも階段へ飛び出した。踊り場から踊り場へと飛び下りながら、下の階に急ぐ。四階の銃撃戦の音が次第に遠ざかる。だが、一階までたどり着くと、廊下に通じる扉が開き始めた。逃げ出そうとしている人なのか、それとも敵の応援が到着したのか。いちいち確認している余裕はない。グレイは扉に向かってライフルの銃弾を浴びせた。

開きかけた扉がすぐに閉まる。

背後で拳銃が火を噴いた。追ってくる人間がいないように、コワルスキが階段の上に向かって発砲している。

セイチャンは一階に通じる扉を無視して地下に向かった。グレイが事前に調べた情報によると、カジノ・リスボアの地下には大きなショッピングモールが広がっている。このショッピングモールは売春の巣窟《そうくつ》としても悪名高く、「フッカーモール」の異名がある。

セイチャンは地下フロアに通じる扉をかすかに開け、中の様子をうかがった。大騒ぎになっている上の階に比べると、気味が悪いほど静まり返っている。

セイチャンが小声で告げた。「思った通りだわ。どこもしっかりと店の入口を閉ざしている」

銃撃戦が始まると同時に、店主たちは店を閉め、ショッピングモールを閉鎖したのだろう。

グレイにはセイチャンの計画が読めてきた。一般客用の出入口には間違いなく武装した見張りが就いているだろうが、地下の店の倉庫の通路や出入口までは監視下に置かれていないはずだ。ここの店舗が略奪を恐れてしっかりと扉を閉ざすだろうということは、三合会の側も承知しているのだから。

でも、セイチャンはどうやって店を――？

セイチャンがカシミアのベストを脱ぎ捨てた。続いてシルクのブラウスを引き裂く。ボタンが床に飛び散るとともに、黒のブラジャーと鍛え上げた腹部があらわになった。さらにブラウスの裾をジーンズから出し、髪を手でくしゃくしゃにする。

「これでどう？」セイチャンが訊ねた。

グレイは言葉に詰まった――珍しいことに、コワルスキも。

セイチャンは目を大きく見開いてから、二人に背を向け、扉をすり抜けた。「誰かにゲートの鍵を開けさせるから、それまでここで待っていて」

グレイはセイチャンに代わって扉の脇に立った。

コワルスキの手がグレイの肩をつかむ。「いかした仲間がいて幸せだな、ピアース」

グレイも異論はなかった。

## 午前二時十四分

ジュロン・デルガドは自分の運のなさを悔しがっていた。

オフィス内のプラズマスクリーンには、ＶＩＰルームの床に開いた煙を噴き上げる穴が映し出されている。この不運を夜空に輝く彗星のせいにしたい気持ちはあるが、そんな迷信にすがるような人間ではない。失敗の本当の原因がどこにあるのかはわかっている。

相手を過小評価していたせいだ。

二度とこのような過ちは許されない。

数分前、二人の男のうちの大きい方が、爆破装置を作動させた。三人がまるで穴を抜けるネズミのように、ＶＩＰルームを脱出していく。だが、ジュロンはそれをただ見ていることしかできなかった。

室内に残っているのは、隅でうずくまっている男だけだ。

ドクター・パク・ファン。

北朝鮮の科学者の姿をじっと見つめながら、ジュロンはテレビが置かれたポルトガル製のキャビネットを指先で叩き、頭の中でいくつものシナリオを思い描いた。事を優位に運ぶためにはどの選択肢がいいか、考えを巡らせる。

一つの案がまとまる。

ターゲットが脱出しようとしていることを知らせるため、カジノ・リスボアにいるトマズたちを呼び出そうと何度か試みたものの、誰からも応答がなかった。ジュロンはカジノの建物内で繰り広げられているに違いない銃撃戦の模様を思い浮かべた。徹底抗戦を指示したのは自分だ。戦闘に全神経を集中させているトマズが呼び出しに応答しないからといって、彼を責めるわけにはいかない。

別の手段に打って出るまでだ。

ジュロンは電話のボタンを押した。相手が出ると、手短に指示を伝える。「車を回してくれ」

車の到着を待っていると、誰かがそっと扉をノックした。ジュロンが振り返ると、扉が開き、丈の短いシルクのローブとスリッパ姿の小柄な女性が部屋に入ってきた。日に焼けた肌と長く垂れたはちみつ色の髪は、目を見張るほど美しい。ジュロンに近づきながら、女性は大きなおなかに片手を添えた。

「愛しのナターリア、寝ていなければだめじゃないか」

「だって、あなたの子供が寝かしてくれないんだもの」優しい笑みを浮かべながら、誘うような眼差しを向けてくる。「お父さんが隣で寝てくれたら、大人しくしてくれるかも……」

「そうしたいのはやまやまだが、片付けなければならない案件があるんだよ」

ナターリアは口をとがらせた。

ジュロンは妻に歩み寄ってひざまずき、まだ見ぬ息子が眠る腹部にキスをした。「すぐに戻るから」二人に約束すると、妻の頬にキスをしながら寝室に戻るように促す。

ナターリアの隣で眠りたいという思いが強くなる――けれども、ジュロンはかつて父から厳しい教えを受けている。戦争においてもビジネスにおいても、自らの手を汚さなければならない時があるということを。

## 午前二時十六分

セイチャンは包囲網が狭まりつつあるのを強く意識していた。

カジノ・リスボア内にとどまっている時間が長くなれば、その分だけ脱出できる可能性が小さくなる。

非常階段の扉から地下のショッピングモールの通路に飛び出しながら、セイチャンは焦る気持ちを全身で表現した。足を引きずるふりをしつつ、悲壮感をあらわにし、銃撃戦に巻き込まれたショッピングモールの売春婦役を演じる。

セイチャンは周囲を見回し、髪の毛をかきむしり、広東語でわめいて助けを求めた。涙を流しながらゲートで閉ざされた店先を次々と回り、中に入れてくれと叩き、助けてほしいと訴える。

こうした場所の多くの例に漏れず、ここの店主と地下をうろつく売春婦との間にも暗黙の関係が存在しているはずだ、セイチャンはそう踏んでいた。お互いの利益になるような構造ができているに違いない。

店に来る客が売春婦の相手になり、売春婦の客が店にも金を落としていく。

持ちつ持たれつの関係にあるのだ。

セイチャンはその関係が助け合いの精神にまで達していることを祈った。野菜や果物を扱うマーケットの前では、ひざまずいて鋼鉄製のゲートにしがみついた。ゲートを揺らしながらうめき声をあげ、怯えて途方に暮れているように見せかける。

セイチャンの期待通り、哀れみを帯びた叫び声を聞きつけて、ようやく店内から人影が姿を現した。汚いエプロンを着けた小柄な白髪の男性が、おずおずとゲートに近づいてくる。老人はセイチャンを叱りながら、手を振って追い払おうとした。

だが、セイチャンはゲートから手を離さず、演技力を駆使して絶望と恐怖を訴え、店主に助けを求めた。

立ち去りそうもないとあきらめたのか、老人が片膝を突いた。セイチャンの肩越しに目をやってほかに誰もいないことを確認してから、ようやくゲートの鍵を開ける。

老人が鋼鉄製のゲートを引き上げ始めると、セイチャンは見られないように注意しながらグレイとコワルスキに合図を送った。背後で非常階段に通じる扉の開く音が聞こえたと同時に、近づいてくる大きな靴音が響く。

店主が目を丸くした。急いでゲートを下ろそうとする。セイチャンは素早くゲートの下に潜り込み、片手の肘で店主を押しのけながら、もう片方の手でゲートを高く引き上げた。

駆け寄ってきたグレイが、通路の床に両膝を突いて滑りながらゲートの下をすり抜ける。

そのすぐ後ろから飛び込んできたコワルスキは、オレンジの乗った屋台をひっくり返した。

グレイが店主にライフルを突きつけた。

「鍵をかけな」セイチャンは命令した。背筋を伸ばすと、哀れな売春婦の姿が一瞬のうちに消える。

店主はあわてて指示に従い、ゲートに再び鍵をかけた。

「危害を加えるつもりはないと伝えてくれ」グレイが言った。

セイチャンは通訳して伝えたが、瞳の冷たい輝きと一切の感情を排した表情のせいか、店主の不安が和らいだようには見えない。セイチャンは店主に短く質問してからグレイの方を向いた。

「倉庫の出口はこの奥だわ」セイチャンは先頭に立ってその方角へと向かった。

マーケットの奥へ進むと、長いカウンターの上にはこのあたりで採れる果物や野菜を入れた箱が並んでいた。別のカウンターに置かれた水槽内には、生きた魚やカメ、カエル、貝などがいる。

マーケットの最深部にはコンクリート製の傾斜路が設けられていた。その先の大きな巻き上げ式の扉は、トラック用の搬入口だろう。左側に小さな業務用の扉がある。

ようやく厄介払いができると思ったのか、店主は言われなくても脇の扉の鍵を開け、顔をしかめて手を振りながら外に出るように促した。

ライフルを手にしたグレイが最初に扉を抜ける。

セイチャンも後に続いた。マーケットの関係者用の狭い路地に出る。

あらゆる方角からサイレンの音が鳴り響いていた。緊急車両がカジノ・リスボアに向かっているものの、南灣湖やその周辺の通りは水燈祭目当ての観光客でごった返しているので、なかなか現場にたどり着くことができずにいる。

表の通りにたむろする酔っ払った観光客たちの大半は、すぐ近くで銃撃戦が起きていることに気づいてすらいないようだ。湖のまわりに集まった群衆の方角から、花火の打ち上げられる音が聞こえる。空を彩る花火の光が、何千もの灯籠が揺れる湖面にも映し出される。隣のウィン・マカオの玄関前の巨大な噴水では、ビートルズの音楽に合わせて水のショーが繰り広げられている。

「さて、これからどうする?」コワルスキが訊ねた。大声で叫ばないと相手に聞こえない。

「すぐにここから脱出する必要がある」グレイは路地を歩きながら湖のまわりに集まった群衆の方へと向かっている。「しかし、タクシーを呼び止めるのは難しいだろう。人ごみの中にうまく紛れることもできないだろうし」

「私なら大丈夫でしょ」セイチャンは言った。

ボタンの取れたブラウスの片側をサロンのように巻き付け、裾をジーンズの中にたくし込む。

「あんたたちはここで待っていて」セイチャンは指示した。「私が戻ってくるまで、物陰に隠れていること」

## 午前二時二十八分

グレイは祭りを楽しむ群衆から目を離さずに、路地の入口近くで待機していた。コワルスキは路地の奥に戻り、背後から忍び寄る敵がいないか目を光らせている。

グレイは少し前にコワルスキと武器を交換していた。大男の着ている丈の長いダスターコートの方が、銃身の長いＡＫ‐47を隠すのに都合がいい。グレイは手に握った拳銃を腿に添えていた。体の陰になっているから表通りからは見えないはずだ。

サイレンの音が次第に大きくなる。

右手にある湖の周囲は依然として大勢の人であふれ返っているが、左側に目を移すと、通りを歩く観光客の数が少なくなり始めていた。ホテルの部屋に引き上げようとしているのか、あるいはカジノやバーに入ってもう少し楽しもうとでも考えているのだろう。

通りを眺めていたグレイは、歩行者の動きの変化に気づいた。人々が驚いたハトのように逃げ回っている。

音楽や歓声に混じって、甲高い二気筒エンジンの音が聞こえる。一台のバイクが視界に飛び込んできた。運転しているのは見覚えのある人物だ。セイチャンは右往左往する人々の間を縫うようにバイクを走らせている。歩行者の方がよけてくれると信じているようなハンドルさばきだ。

歩行者が道を空けると、グレイはセイチャンの乗っている車両がバイクではないことに気づいた。前半分はバイクだが、後ろ半分は小さな車輪が二つ付いたバギーのような形をしている。三輪タクシーと呼ばれるタイプの乗り物だ。カジノ・リスボアまで来る途中でも、通りを疾走する三輪タクシーを何台も見かけた覚えがある。マカオのような世界有数の人口密度を誇る街では、この方が自動車よりも実用的な交通手段だ。

〈しかし、三合会に追われる身の人間が使う交通手段に適しているのだろうか？〉

セイチャンは路地の入口で停止した。「乗って！　姿勢を低くするように！」

ほかに選択の余地はない。グレイとコワルスキはバギーのような後部座席に乗り込んだ。だが、これではかえって人目につくのではないだろうか？　アジア系が大半を占める街の中で、白人の男が二人並んで座っているのだからなおさらだ。

コワルスキは丈の長いコートの中に体を潜り込ませようとしている。でかい図体を少しでも目立たなくしようと必死だ。「この交通手段は絶対に間違っている」

二人が座席に着くと、セイチャンはバイクのエンジンをかけてカジノ・リスボアから離れ、南灣湖に沿って走り始めた。

「これしか確保することができなかったのよ」セイチャンは大声で叫んだ。「街中はどの道も渋滞している。これよりも大きな乗り物だったら、いつまでたっても動けやしないわ」

バイクは湖岸に沿って進んでいる。

グレイはマカオのフェリーターミナルとは反対の方角に向かっていることに気づいた。

「どこに向かっているんだ？」

「橋の向こうよ」セイチャンは隣に見えるタイパ島を指差した。明るく照らされた橋が、こちら側から島へと通じている。「あの島にも小さいけれどフェリーターミナルがあるわ。ヴェネチアン・ホテルからほど近いところ。捜索の手が伸びる可能性はそっちの方が少ないはず。今夜の最終のフェリーが出るのは二十分後よ」

〈何とかしてそのフェリーに乗らないと〉

三合会の標的になってしまったからには、これ以上マカオにとどまるのは危険だ。後部座席でグレイが体を縮める中、セイチャンは大通りに出ると、橋に向かってスピードを上げた。車の間をすり抜け、遅い自転車や歩行者を跳ね飛ばさんばかりの勢いで進んでいく。

タイパ島へは長さ三キロの真っ直ぐな橋が延びている。橋の上の道路は渋滞していたが、セイチャンはそれでもほとんどスピードを緩めない。左右にハンドルを切って車列をかわしながら、猛スピードで飛ばす。橋の両側に広がる珠江《しゅこう》デルタの月明かりに照らされた水面には、無数の灯籠が浮かんでいる。はるか沖合にまで達した灯籠は、夜空の星が海面に反射しているかのようだ。

前方に見えるタイパ島はネオンで明るく輝いている。橋の周囲の静かな美しさとは対照的で、安っぽい見世物にすぎない。

三輪タクシーは十分もかからずに橋を渡り終え、タイパ島のフェリーターミナルに通じる細い通りに向かってカーブを切った。

しかし、二十メートルも進まないうちに、キャディラック・エスカレードの巨大なフロントグリルが右側の路地から飛び出し、三輪タクシーの側面に突っ込んだ。直撃を受けた三輪タクシーの車体が回転し、砂浜との境にある高さ一メートル弱の壁面に激突する。

そのはずみで、グレイの体がコワルスキとともに宙を舞う。

二人は小石混じりの砂浜に落下した。体を回転させて衝撃を吸収しながら、グレイは拳銃をしっかりと握り締めた。回転を止めると、背中を砂浜につけたまま、拳銃を道路の方に向ける。

キャディラックは斜めに駐車して交通を遮断している。

中国人とポルトガル人のハーフと思《おぼ》しき男たちが数人、キャディラックの車内から飛び出してきた。だが、相手は低い姿勢を保っているため、壁が邪魔をして狙いをつけることができない。男たちは一団となって左手の方向に移動している。

その時ようやく、グレイはセイチャンがいないことに気づいた。

心臓の鼓動が大きくなる中、グレイは体を起こして両膝を突き、狙いを定めてから引き金を引いた。最初の銃弾が一人の男の腕に命中する。しかし、続く三発はいずれも外れた。グレイの目は男たちに抱えられているセイチャンの姿をとらえた。キャディラックへと引きずられている。意識が朦朧《もうろう》としているらしく、顔の半分は血で真っ赤だ。

グレイは舌打ちをしながら拳銃を下ろした。これでは男たちを狙って撃っても、セイチャンに当たってしまうおそれがある。

だが、敵はそんな気遣いをする必要がない。

グレイの両膝の近くの砂が飛び散る。

数歩離れたところで、コワルスキがようやくAK－47を取り出した。片手でライフルを握り、壁に向かって乱射する。銃を持った二人の男が壁の陰に隠れる。コワルスキはもう片方の手で橋の陰を指し示した。

このまま砂浜にとどまっていては格好の標的になるだけだ。

ほかに身を隠せるような場所は見当たらない。二人は橋を目指して走った、走りながら、グレイは振り向きざまにキャディラック目がけて数発発砲した。顎ひげを生やした背の高い男が、車の脇に立っている。銃弾が防弾ガラスに当たって跳ね返っても、顔色一つ変えない。男はほかの男たちから意識のないセイチャンを受け取ると、キャディラックの後部座席に押し込んだ。

扉が閉まり、甲高いタイヤの音とともにキャディラックが走り去った。銃を持った数人の男たちが後に残り、グレイたちに向かって発砲を続けている。だが、グレイは無事に橋の下までたどり着いた。すぐ後ろからコワルスキも飛び込んでくる。

「だから間違っているって言ったじゃないか」コワルスキがつぶやいた。

「いいから止まらないで歩け」

グレイは首をすくめながら橋の下を通り抜けた。襲撃者たちをまく必要がある。反対側に抜けると、グレイは橋のすぐ脇にある砂浜と道路の境の壁をよじ登った。渋滞中の車列がゆっくりと動いている。

盛んに鳴らされるクラクションの音と数珠つなぎになった車による混乱に乗じて、グレイは低い姿勢で通りを横切り始めた。左に目を向けると、橋の向こう側で襲撃者の一人が砂浜を捜索している。もう一人の男が壁を乗り越えて砂浜に飛び下り、銃を構えながら橋の下をのぞき込んだ。

グレイは足早に道路を横断し、狭い通りや路地が迷路のように入り組んだ中に逃げ込んだ。息を切らしながらコワルスキも後を追ってくる。

「セイチャンは?」コワルスキが訊ねた。

「連中はすぐに彼女を撃たなかった」グレイは答えた。

〈少なくとも、それだけが救いだ〉

二人はそのまま五百メートルほど走り続けた。砂浜とほぼ平行に進みながら、橋からできるだけ距離を置く。通りにはまだ大勢の人がいるが、夜の早い時間のような混雑ではない。それでも、アジア系の顔の中にいる二人のアメリカ人は目立ちすぎる。ハンターたちが二人を追跡するのは難しくないはずだ。

それを承知しているから、二人は立ち止まらなかった。

「何か計画はあるのか?」コワルスキが訊ねた。

ここまでグレイは、アドレナリンに駆られるままに走り続けてきた。だが、コワルスキの言う通りだ。何らかの作戦を立てる必要がある。

今夜の襲撃の実行犯が誰なのかはわからないが、相手は自分たちが別のフェリーターミナルに向かうだろうと読んでいた。タイパ島に渡るための橋は何本かあるが、さっきの橋がカジノ・リスボアからはいちばん近い。橋を渡り終えた地点で待ち伏せを仕掛け、獲物がやってくるのを待ち構えていたのだ。

「フェリーターミナルが見張られているのも間違いない」グレイは声に出しながら考えを巡らせた。「つまり、香港にたどり着くためには、別の方法を探さなければならないということだ」

「セイチャンはどうするんだよ？　このまま見捨てていくのか？」

「選択の余地はない。犯罪組織に拉致されたのであれば、奪い返そうにもこっちにはそれだけの武器がない。どこに連れていかれたのかもわからない。それにマカオの街中で人目につかないように行動できるわけでもない」

「じゃあ、逃げるってことか？」

〈今はそうするしかない〉

グレイはゆっくりと海岸に向かって戻り始めた。数ブロック先にあるマリーナを見てうなずく。「船が必要だ」

グレイはコワルスキを従えながら、まだパーティー気分で海岸沿いをうろついている人々の流れに紛れ込んだ。マリーナにたどり着くと中に入る。係留されたクルーザーやモーターボートのまわりの海面には、いくつもの灯籠が浮かんでいる。埠頭《ふとう》に沿って歩いていると、流線形をした濃い藍色のスピードボートが目に留まった。ボートを出そうと準備しているのは中年の夫婦だ。口論の真っ最中で、訛りから推測するに、このあたりに在住のイギリス人らしい。祭りを楽しんだ後で、自宅に戻ろうとしているところのようだ。

グレイは二人に近づいた。「すみません」

夫婦の間の口論が止まった。

二人が顔を向けると、グレイは気まずそうに笑みを浮かべた。「お恥ずかしい話なのですが」といった風を装いながら、手で髪をかき上げる。

「もし香港に戻られるのでしたら、牌九ですっからかんになってしまった二人の男を乗せてもらえないかと思いまして。九龍までのフェリー代すら残っていないんですよ」

男性の表情が変わる。明らかに疑っている様子だ。酔っているようにも見受けられる。「君たち、アメリカ人だな」こんなところでアメリカ人から声をかけられるとは意外だとでも言いたげな表情を浮かべている。「普通だったら『どうぞ』と言うところだが、今夜は無理だ。悪く思わないで――」

グレイは拳銃を取り出した。コワルスキもダスターコートの前を開き、AK-47を見せる。

「これでどうですか?」グレイは訊ねた。

まるで体の中から空気が抜けたかのように、男性は肩を落とした。「これは妻に一生文句を言われることになりそうだな」

女性が両腕を組んだ。「だからもっと早く帰りましょうってあれほど言ったのに」

夫は肩をすくめた。

夫婦の手足を縛り、猿ぐつわをはめ、二人を明かりのついていない隣のクルーザーに移してから、グレイはスピードボートのエンジンをかけてマリーナから離れた。開けた海域に出るとスロットルを全開にし、暗い海上を香港へと向かう。

マカオの街の明かりが後方に遠ざかると、グレイはコワルスキを呼んだ。「操縦を代わってくれ」

元海軍上等水兵のコワルスキは、手のひらをこすり合わせながらうれしそうに操縦席に座った。「この船の性能を試させてもらうとするかな」

いつもならその言葉に不安を覚えるグレイだが、今はそれより大きな問題がある。

ようやく時間ができたので、グレイは上着のポケット内に留めてあった衛星電話を取り出した。シグマの司令部から何通ものボイスメールが届いていることに気づく。カジノ・リスボアでの例の話し合いが始まる前に、着信音が鳴らないようにしておいたのだが、その後は設定を元に戻しているような余裕がなかったのだ。

録音されたボイスメールを一つ一つ聞いているよりも早いと思い、グレイはワシントンＤＣのシグマの司令部に電話を入れた。衛星電話にはＤＡＲＰＡの最新の暗号化ソフトが組み込まれているので、通話内容が漏れる気遣いは無用だ。

キャット・ブライアントがすぐに電話を取った。「そろそろ連絡がある頃だと思っていたわ」

「ちょっと手が離せなかったから」

グレイの声の調子から、キャットは問題が発生したと感づいたようだ。「何があったの?」

グレイは今夜の一連の出来事をかいつまんで伝えた。

キャットが確認のためにいくつかの質問をしてくる。事の重大さを判断しているのだろう。

「グレイ、現時点ではこちらからどうすることもできないわ。時間がかかってしまうし、彼女はすでに敵の手にとらえられているわけだし」

「わかっている。応援が欲しくて電話をしたわけじゃない。シグマに状況報告を入れておきたかっただけだ」

〈この先、状況がさらに悪化した場合に備えて〉

「実はこっちも危機的な状況にあるのよ」キャットが話題を変えた。「あなたと連絡を取ろうとしていたのはそのため。クロウ司令官はあなたたちにモンゴルへ向かってほしいと考えていたの」

〈モンゴルだって?〉

キャットは墜落した衛星と、廃墟と化した東海岸をとらえた最後の画像に関して簡単に説明した。

「そこに向かうことはできない」キャットの説明が終わると、グレイは告げた。「少なくとも、今すぐには無理だ」

「もちろんよ。さっきまでとは状況が変わってしまったわ」それに続くキャットの言葉からは、懸念が色濃く感じられた。「でも、あなたはこれからどうするつもりなの、グレイ？　そっちに頼れる相手がいるわけではないし。それにマカオの犯罪組織は、非情さと資金の潤沢《じゅんたく》さで知られているのよ」

「計画ならある」

「何をする気なの？」

グレイは海上に目を凝らし、水平線の彼方に浮かぶ光を見つめた。

「相手と等しい戦力を用意する」

# 5

## 十一月十七日　東部標準時午後六時四分
## ワシントンDC

ジェイダは息が詰まるような思いでいた。

〈私はいったいここで何をしているんだろう?〉

鏡の中の世界に入り込んでしまったかのような感じだ。

隣に立つペインター・クロウが、エレベーター内のセキュリティシステムに手のひらを当てている。青い光が掌紋《しょうもん》を読み取ると、エレベーターは地下深くに向けて降下を始めた。

ジェット機によるアメリカ西海岸から東海岸までの移動には、五時間もかからなかった。着陸後、専用の車に乗せられてナショナルモールに向かい、威容を誇るスミソニアン・キャッスルの前で降ろされた。塔の最上部にはアメリカ国旗が翻《ひるが》っている。車から降りながら、ジェイダは赤煉瓦《れんが》の胸壁《きょうへき》、小塔、尖塔《せんとう》を備えたこの歴史的建造物を新たな目で眺めた。一八五五年に竣工《しゅんこう》したキャッスルは、アメリカ国内で一、二を争うゴシック復興様式の建物と評価されており、現在ではスミソニアン協会を構成する数多くの博物館の本部としての機能を担っている。

ワシントン市内南東部に位置する比較的貧しい地区のコングレスハイツで育ったジェイダは、子供の頃に幾度となくこのキャッスルを訪れたことがあった。博物館の入場料が無料だったこともあり、シングルマザーの母は様々なやり方で娘の教育を後押ししてくれた。

「地下がこんな風になっているなんて知りませんでした」エレベーターがキャッスルの地下に潜る中、ジェイダは声を落としてささやいた。

「地下はかつて掩蔽壕《えんぺいごう》や核シェルターだった。第二次世界大戦中には、科学関係のシンクタンクの本部として使用されていたこともある。その後は遺棄されたまま忘れられていたのさ」

「ワシントンの中でこんなにも立地条件のいい不動産なのに？」ジェイダはわざと不思議そうな顔で笑って見せた。

ペインターが笑みを返してくる。年齢が二十歳も上なのに、素敵な顔立ちの人だ。黒髪の中に白い髪が鳥の羽のようにひと房だけあるのも、透き通るような青い瞳も。ワシントンまでの移動の間の会話から、非常に頭の切れる人だということもわかった。多くの話題に関して幅広い知識を持っている――ただし、ジャズの歴史に関してはあまり詳しくないみたいだ。けれども、太陽の光を浴びてきらめく青い瞳に免じて、ジェイダはその知識不足を許してあげた。

「ほこりの積もったこの地下を発見した時、シグマが司令部を構えるには格好の場所だと考えたんだ。スミソニアンの各種の研究所にも、ＤＣの権力の中枢にも、ほど近い場所にあるからね」

ペインターの説明を聞きながら、ジェイダは父親が自分の息子を自慢しているかのように感じた。初めての人間にここを紹介するのがうれしくてたまらないといった口調だ。おそらく、そのような機会はめったにないのだろう。

エレベーターの扉が静かに開くと、中央を貫く長い通路が目の前に延びている。

「ここが施設のメインフロアだ」ペインターはエレベーターを降りながら案内した。「この先にはシグマの頭脳に当たる中央通信室がある」

通信室に近づくと、海軍の制服姿の細身の女性が室内から現れて二人を出迎えた。整った顔立ちだが、どこか厳しさも感じられる。そんな印象を受けるのは、鳶《とび》色の髪をショートボブにしているからかもしれない。ジェイダは女性の頬にかすかな傷跡がいくつか見えたように思ったが、じろじろ見るような真似はしなかった。

「お帰りなさい、クロウ司令官」女性が声をかけた。

「こちらはキャスリン・ブライアント大尉」ペインターが紹介した。「私の副官だ」

「キャットでいいですよ」女性はジェイダの手を握った。ちょっとひるんでしまうほど力強い握手だが、その一方で顔に浮かんだ笑顔からは温かみが感じられる。「ようこそ、ドクター・ショウ」

ジェイダは唇をなめた。この新しい世界をもっと見てみたいと思う自分がいる。けれども、この先の予定は詰まっている。

「準備の方はどんな感じだ？」ペインターが訊ねた。「このチームを一時間以内に動かしたいと考えているんだが」

「ピアース隊長の件はお聞きになりましたか？」キャットは二人を通信室に案内しながら訊ねた。楕円《だえん》形の部屋はそれほど広くなく、壁に沿って弧を描くように配置されたモニターやコンピューター機器のせいでさらに狭く感じられる。

「ああ、聞いている。状況次第では彼抜きで作戦を進めることになるかもしれないな。君の方ではできる限りの援助を行なうつもりなんだろう？」

その問いかけに対して、キャットの目つきが険しくなる。当たり前のことを聞かないでくださいと言わんばかりの眼差しだ。キャットがモニターの前に座った。まるでこれから飛行機を離陸させるパイロットのようだ。「今回の任務の移動スケジュールに関してですが、モンシニョール・ヴェローナと姪御さんは朝一番の便でローマを発ってカザフスタンに向かう予定です。所要時間は五時間。私たちのチームも予定通り一時間以内に離陸できれば、ローマからの二人とほぼ同時刻に到着できます……カザフスタンの現地時間では午後になりますね」

ジェイダは顔をしかめた。今回の調査でなぜカザフスタンに立ち寄らなければならないのかが理解できない。「つまり、こういうことなんでしょうか？」ジェイダは確認のために質問した。「この人たちと合流するのは、モンゴル辺境の山間部での調査が考古学的な性質のものだという私たちの主張に、信憑性を持たせるためなのですね？」

「その通りよ」キャットが答えた。「でも、カザフスタンでは現在進行中の脅威と関係があるかもしれないと考えられる謎の調査にも、時間を費やす予定になっているわ。何も得られなければ、先へ進むことになる」

ジェイダはペインターから頭蓋骨と本について簡単に説明を受けていたが、話半分にしか聞いていなかった。あまりに荒唐《こうとう》無稽《むけい》な内容だと思えたからだ。けれども、その判断を下すのは自分ではない。

「ほかに誰がこの調査に参加するのですか？」ジェイダは訊ねた。

その答えは背後から聞こえた。「まず、一人は俺だな」

ジェイダが振り返ると、男性が立っていた。身長は自分より少し低いが、まるでピットブルのような筋肉質の体をしている。スウェットパンツにTシャツという服装で、ワシントン・レッドスキンズの帽子をかぶり、その下の頭はスキンヘッドに剃り上げてある。この男性は適当にあしらっておけばいい、ジェイダはそんな第一印象を抱いた。けれども、濃い茶色の瞳からは鋭い知性が見て取れる——それに、人のよさそうな性格も。

具体的に何がと聞かれても困るのだが、ジェイダはこの男性に好感を覚えた。ちょっと頼りない兄を見ているかのようだ。

そう感じているのは自分だけではないらしい。

キャット・ブライアントが椅子の背もたれに体を預けた。男性はキャットのもとに近づき、唇を重ねた。

どうやらこの二人は兄と妹という関係ではないらしい。

男性が体を起こすと、キャットはジェイダの方を見た。「彼に任せておけば心配はいらないから」

「妻は夫のことを悪く言わないものさ」男性は片手をキャットの肩に添えたままだ。

その時、ジェイダは男性のもう片方の手が義手だということに気づいた。手首部分に電子機器を備えたカバーがあり、その先に義手が装着されている。見た目は本物の手とほとんど変わらない。注意していなければ気づかなかっただろう。

ペインターが男性に向かってうなずいた。「モンク・コッカリスはシグマで最も優秀な隊員の一人だ」

「『の一人』なんですか？」男性は傷ついたような表情を浮かべて聞き返した。

ペインターはその問いかけを無視した。「あともう一人、新たに加わったばかりの隊員が同行する。電気工学と物理学が専門の男性だ。天文学に関してもかなり詳しいし、それに加えて、何と言えばいいかな……ユニークな才能を持っている。今回の調査では大きな力になってくれるはずだ」

「名前はダンカン・レンよ」キャットが説明した。

「それはそうと、彼はどこにいるんだ?」ペインターが訊ねた。「このブリーフィングに出席するよう、彼にも伝えてあるはずじゃないのか?」

キャットは夫と視線を合わせてから、モニターに向き直った。ペインターの疑問に小声で答える。「彼には連絡を入れてあります。ただ、出発前に片付けておかなければならない医療措置があるとかで」

ペインターの眉間にしわが寄る。「何の医療措置だ?」

## 午後六時十八分

「動くな」警告の言葉が聞こえる。

ダンカンは身長一メートル八十五センチの体を折り曲げ、脚がぐらぐらする小さな折りたたみ椅子に苦労して座っていた。「いいか、クライド、君の顧客の全員が痩せ細ったヤク中というわけじゃないんだからな」

目の前にいる友人は、顔に手術用のマスクをはめ、目には拡大鏡をかけている。ポニーテールにまとめても背中にまで垂れるような長い髪をしているクライドは、体重のほとんどを髪の毛が占めているのではないかと思うほど痩せている。髪が濡れて貼り付いていると、五十キロもないように見えるほどだ。

クライドはダンカンの大きな手のひらをつかみ、手相を見ようとするかのようにテーブルの上に乗せた。もう片方の手に握られたメスが、ダンカンの左手の人差し指の先端付近に傷をつける。手首にまで激しい痛みが走るが、ダンカンは金属製のテーブルの上の手を動かさないようにこらえた。

クライドがメスをテーブルに置いた。「次は痛いかもしれないな」

〈言う方は気楽だろうが……〉

殺菌されたピンセットを手に取ると、クライドはできたばかりの傷口にその先端を挿し込んだ。金属が神経に触れると、再び激しい痛みが走る。ダンカンは奥歯を噛みしめてこらえた。目を閉じ、呼吸を落ち着かせようとする。

「捕まえたぞ！」痛みの元凶が叫んだ。

ダンカンが目を開けると、米粒ほどの大きさの微小な黒いペレットが傷口から取り出され、ピンセットの先端に挟まれていた。

希土類磁石の断片だ。

「じゃあ、この古いやつを新品と取り換えるからな」

同じピンセットを使って、クライドはダンカンが持参した容器から新しい磁石をつまみ上げ

た。磁石はニューブランズウィック州にあるDARPAの研究所から提供されたものだが、こ
れは本来の目的とは異なる使用法だ。

感染症防止のためダンカンによってパリレンCをコーティングされた米粒大のペレットが、
傷口に挿入された。位置を確認した後、数滴の手術用接着剤を垂らし、磁石が皮膚の下に密閉
される。ペレットは圧力、温度、痛みなどの指先の感覚をつかさどる体性感覚神経の隣に置か
れている。

今はその中でも痛みに対する反応がかなり強い。

「ありがとう、クライド」

拳を開いたり閉じたりしているうちに、手術直後のずきずきする痛みが次第に消えていく。
これはダンカンにとって馴染みのない感覚というわけではない。手の十本の指先には同じよう
な磁石が挿入されていて、しかも時々それを交換する必要があるからだ。

「どんな感じだい?」クライドがマスクを外すと、鼻中隔をつなぐ鼻ピアスと、下唇を貫く
太いスチール製のリングがあらわになる。

典型的な医者の外見からはほど遠い。

だが、以前のクライドは歯科衛生士を務めていた。今では職を替えてロナルド・レーガン空
港近くの倉庫で開業しており、地元のバイオハッカーの間では、感覚増強物のデザインと手術
を行なう「グラインダー」の第一人者と目されている。

ただし、クライド本人は「進化の芸術家」の呼称を好んでいる。

ほかにも様々な職種の人たちがこの倉庫を活動拠点としている。各自のスペースは半透明のプラスチック製のカーテンで仕切られており、発光性のインクを開発したタトゥー・アーティストや、客の白目の部分に微小な宝石のかけらを埋め込んだり、ウェアラブルな記憶装置としてRFIDのチップを体内に挿入したりするピアス職人などがいる。

客の多くは物珍しさに引かれて、あるいはスリルを求めて、ここを訪れるが、中にはこのバイオハッキングを新しい宗教のように信奉している人もいる。そうした人々にとって、この倉庫は教会のような役割を果たしている。ただし、ダンカンの場合は仕事上の必要に迫られただけだ。電気技師でもある彼にとって、新しい方法で世界を感じることのできるこのバイオハッキングは、非常に役立つ道具となっている。

「新しい磁石を試してみるかい?」クライドが訊ねた。

「まだちょっと痛みがあるけど、君の作品を見せてもらうとするかな」

クライドが何を望んでいるか、ダンカンにはわかっていた。

クライドはすぐ隣のテーブルにダンカンを案内した。回路基板、むき出しのままの配線の束、高さの異なる何台ものハードディスクドライブが接続されて並んでいる。

「最新作はまだ最終調整を行なっている段階なんだけどね」

「電源を入れてくれ」

クライドはつまみをひねった。「僕の作成した磁場が完全に生成されるまでに数秒ほどかかる」

「それくらいの時間ならあるよ」

指先に埋め込んだ磁石で硬貨を持ち上げたり、クレジットカードを消磁したりするのではと思う人もいるかもしれないが、そんなことができるわけではない。空港のセキュリティシステムでも磁石を検知することはできない。埋め込まれた磁石の機能は、電磁場が生じると振動することにある。磁石がほんのわずかに振動するだけで指先の神経の末端を刺激し、触覚とはまったく異なる、第六感とも言うべき独特の感覚を作り出すことができる。

練習を重ねることにより、ダンカンはそれぞれの電磁場が大きさも形も強さも異なる、多種多様な感覚をもたらしてくれることに気づいた。例えば、電源トランスの周囲には無数の気泡が存在する。電子レンジからはリズミカルな波が発生し、手が押されているような感覚を受ける。高圧線はシルクのようなエネルギーで脈打つため、くねくねと体を動かすヘビの滑らかな皮膚に指先で触れているかのように感じられる。

また、ダンカンは実用的な目的のためにも指先の磁石を使用していた。この第六感を使えば、ケーブル内を流れる電流の強さを測定することも、ラップトップ・コンピューター内のハードディスクドライブが正常に回転しているかを調べることも可能だ。愛車の一九九五年型マスタングコブラRのディストリビューターキャップの不具合を診断する際に使用したこともある。

この未知の電磁場の世界の豊かさと複雑さを知ってしまったダンカンは、もはや後戻りができなくなっていた。今では磁石がないと目隠しをされているように感じるほどだ。

「そろそろ大丈夫だろう」そう言いながら、クライドは電子機器を慎重に設置したテーブルを指し示した。

ダンカンは両手をテーブルの上にかざした。クライドの装置から生成されるエネルギーで指が押し戻され、形を伴っているかのような感覚が生じる。ダンカンは磁石の入った指先でその表面をなぞった。クライドの綿密な計算に基づく機器の配置と電流の流れから誕生した芸術作品が、一体の彫刻となって浮かび上がる。

ダンカンはエネルギーによって生み出された大きな二枚の翼が、左右に広がっているのを感じ取った。翼の下を探っていくと、指先が次第に温かくなる。テーブルの表面に近づけると、熱いと感じるほどだ。

動かし続ける指先に、目には見えない形と実体が形成される。心の目に本物の彫刻としか見えない画像が映し出された。

「信じられない」ダンカンはつぶやいた。

「作品名は『灰の中からよみがえるデジタル時代の不死鳥』さ」

「君は詩人だな、クライド」

「お褒めの言葉をありがとう、ダンク」

ダンカンは料金を支払い、腕時計を確認すると、倉庫の出口に向かった。

今回の手術をシグマの人間に頼むこともできた。法医学の知識があるモンク・コッカリスなら、これくらいは簡単にこなすことができるだろう。けれども、クライドやその友人たちとは昔からの仲間だ。カレッジ・バスケットボールの世界でナンバーワンになってやろうと思っていたラサール大学時代からの付き合いになる。ダンカンの鍛え上げた両腕の肘から上には、今でも服の袖のように刺青《いれずみ》が彫られている。左耳の上の方には、小さなワシの形をした銀色のピアスがある。アフガニスタンのタクル・ガルでの戦いで命を失った友人たちをしのんで付けているピアスだ。ダンカンはバスケットボール選手として将来を嘱望《しょくぼう》されていたが、相次ぐ負傷のため試合に出場できなくなり、そのせいで奨学金もあきらめざるをえなくなり、海兵隊に入隊したのだった。

ダンカンは二十四歳の誕生日を迎えるまでにアフガニスタンに六回派遣され、最後の二回は海兵隊の武装偵察部隊として参加した。しかし、タクル・ガルでの戦闘後、帰国したダンカンの前にペインター・クロウが現れた。海兵隊での戦歴と、大学時代に工学を学んでいたことが、シグマの目に留まったらしい。短期間の集中訓練を受け、物理学と電気工学という二つの科目で博士号を取得したダンカンは、間もなくシグマの隊員として最初の本格的な任務に就こうとしていた。

その目的は、墜落した衛星を発見すること。

だが、その前に十分な準備をしておきたかったため、ここを訪れたのだった。

ダンカンは拳を開き、再び閉じた。痛みはすでに治まりつつある。

倉庫の扉を抜けて外に出たダンカンは、停めた愛車のマスタングのそばに二つの人影があることに気づいた。黒のコブラRは家族の一員のような存在で、耳のピアスと同じように、過去の自分の大切な思い出だ。この中古車はもともと弟のために購入した。まだ自分の将来がオレンジ色のバスケットボールにあると信じていた頃の話だ。だが、弟のビリーは病魔に侵され、十八歳の時に癌で亡くなった。それと同時に、あの人を食ったような笑顔も、二度と見ることができなくなってしまった。けれども、車は残っている。世界一になるつもりでいた二人の兄弟の幸せな思い出とともに。喪失と、苦痛と、早すぎる別れというつらい思い出とともに。

ダンカンはマスタングの傍らにいる男たちにゆっくりと歩み寄った。次第に怒りが募ってくる。足音を立てないように、気づかれないように注意しながら、この車のために特注した鍵を開けられずに苦労している二人の背後に立つ。

二人はまだダンカンの存在に気づいていない。ダンカンは咳払いをした。

驚いて振り返った一人の手には、タイヤレバーが握られている。

〈ふざけやがって〉

一分もしないうちに、二人は血を流して足を引きずりながら逃げていった。

ダンカンはドアハンドルに手を伸ばした。手を触れないうちにロックが解除される。上腕部に埋め込まれたガラスケース入りの小さなＲＦＩＤチップに反応したのだ。ダンカンの体に埋め込まれているのは指先の磁石だけではない。

こうした「肉体改造」について、ダンカンは表向きには仕事上の必要に迫られたためだと説明しているが、実際にはもっと原始的な欲求によるものだった。シグマにスカウトされる以前から、ダンカンは刺青という形で自分の体に手を加え始めていた。こうした改造をするようになったのには、ビリーが深く関係している。狂った細胞に体を蝕《むしば》まれ、死んでいった弟が。自分の体への改造は、体を守るための、癌を撃退するための、ダンカンなりのやり方だった。ある日突然に体が自らに牙をむくような、運命の仕打ちに対抗するための、言わば鎧《よろい》のようなものだ。

ダンカンが初めて入れた刺青は、ビリーの手のひらの掌紋だった。自分の心臓の真上に彫り、弟の死んだ日付も加えた。ダンカンはしばしば無意識のうちに、弟の手のひらに自分の手のひらを重ねていることがある。自分は生きているのに弟が死ななければならなかったのは、遺伝子のどんな気紛れが原因なのかと考えながら。

アフガニスタンから生きて帰れなかった友人たちにも、同じことが当てはまる。流れ弾に当たってしまった友人もいれば、即製爆発装置をたまたま踏んでしまった友人もいる。

〈俺は生きている。でも、あいつらは死んでしまった〉

そのことが、宇宙の基本的な定理を表している。

〈運命の女神は残酷で血も涙もない〉

アドレナリンと罪悪感の両方を意識しながら、ダンカンは車の扉を引き開け、飛び乗り、エンジンをかけた。ギアを次々と切り替え、赤信号でもアクセルを踏み込みながら、ワシントンDCの郊外を疾走する。

それでも、ダンカンは過去の亡霊を振り払えなかった——同じ部隊に所属していた仲間たちの顔が、死を目前にしても笑顔を浮かべていた弟の顔が、どこまでも追いかけてくる。

生き延びた自分は、彼ら全員のためにこれからも生きていかなければならない。

その真実が、その重責が、一キロ先に進むたびに、一年の時が流れるたびに、ますます重くのしかかってくる。もうこれ以上は耐えられない、そんな気すらしてくる。

それでも、ダンカンにできることは一つしかなかった。

アクセルを踏み続けること。

## 午後六時三十四分

「状況についていけない、という顔をしているぞ」ペインターが声をかけた。

〈当たり前じゃないですか〉

ジェイダは膝の上の分厚い任務資料に目を落とした。今いるのは地下にあるクロウ司令官のオフィスだ。突如として閉所恐怖症になったかのように感じる。頭上にスミソニアン・キャッスルの巨大な建物が存在しているからではない。膝の上に置かれた資料の重さのせいだ。

それと、その資料の中身。

自分はこれから世界を半周して、墜落した軍事衛星を捜索しにいかなければならない。その衛星に世界の命運がかかっている。少なくとも、天体物理学者としての自分の人生がかかっている。

〈コングレスハイツの小学校時代は縮れ毛の頭の女の子で、勉強ができて本が好きだという理由でいじめられていて、毎日家まで走って帰っていたのに……重圧に負けそうなのも当然だわ〉

「君には優秀なチームがついている」ペインターが請け合った。「君の双肩にすべてがかかっているわけではない――そのためのチームだ。仲間を信用しろ」

「その言葉を信じることにします」

「大丈夫だ」

ジェイダは気持ちを落ち着かせるために大きく深呼吸をした。ペインターのオフィスは質素で、机、キャビネット、コンピューターくらいしか置かれていない。けれども、室内にはどこか肩の力の抜けた温かみのようなものが漂っている。ぼろぼろになっても愛着のあるスニーカーのような感じだ。個人的な所有物らしきものもある。キャビネットの上にはねじれた形をした黒っぽいガラスの塊が置かれている。彫刻に見えないこともないが、思い出の品か何かなのだろう。壁に取り付けたシャドーボックスには、湾曲した牙が飾られている。ジャングルの獣の牙のようだが、見たこともないような長さだ。机の上には女性の写真を収めたフレームがいくつか置かれていた。

〈婚約者の人ね〉

飛行機での移動中に何度か話に出てきたんだ。その女性を愛している気持ちがひしひしと伝わってきた。

〈幸せな人だわ〉

同時に、このオフィスはシグマ司令部のハブとしての機能も備えているようだ。机の周囲の壁面には、三台の大型ビデオモニターが設置されている。まるで世界に開かれた窓みたいだ。もっとも、今は「宇宙」に開かれた窓と形容するべきだろう。

一台のモニターにはアイコン彗星の現在の姿が表示されていた。もう一台のモニターに映っているのは、墜落中の衛星から送られてきた最後の画像。最後のモニターには、西海岸にある宇宙ミサイルシステムセンターからのライブ映像が流れていた。

靴音と低い話し声を耳にして、ジェイダは扉の方を振り返った。キャット・ブライアントが誰かを連れてきたらしい。

「お待ちかねの人が来ましたよ」キャットが告げた。

ペインターが立ち上がり、背の高い男性の手を握った。「間に合ったようだな、レン軍曹」

気がつくとジェイダも立ち上がっていた。

この人がもう一人のチームメイト、ダンカン・レンに違いない。意外にもまだかなり若い。自分よりもせいぜい二歳くらい年上といったところか。ジェイダは新しい男性を観察した。がっしりとした筋肉質の体型で、海兵隊のTシャツがはち切れそうだ。袖の下には刺青がのぞいている。けれども、筋肉ばかりを鍛えているのではないように見える。自分も足の速さには自信があるのだが、この男性と競争したらいい勝負になりそうだ。

ダンカンの手を握ったジェイダは、指の関節の皮がむけていることに気づいた。「ジェイダ・ショウです」

「あなたが天体物理学者？」ダンカンが聞き返した。

相手の緑色の瞳に驚きの色がよぎるのを見て、ジェイダは軽いいらだちを覚えた。天体物理学者となってまだ間もないが、同じような驚きの反応をこれまで何度も目にしたことがある。物理学はいまだに男の世界だと考えられているのだ。

相手の顔をよく見ようとするかのように、ダンカンは額《ひたい》に垂れた濃いブロンドの髪を手でかき上げた。明るい色合いの髪も混じっている。だが、脱色しているわけではなさそうだ。

「すごいな」相手を見下すような口調ではない。本当に感心しているらしい。ダンカンは両手の拳を腰に当てた。「それじゃあ、衛星を探しに出発しますか」

「ジェット機は給油がすんで待機中よ」キャットが言った。「空港まで私が案内するわ」

ジェイダは心臓が喉元までせり上がってきたかのように感じた。事態の進行の速さについていけない。

そんな不安な気持ちを察したかのように、ダンカンの指がそっと肘に触れた。

ペインターの忠告の言葉が脳裏によみがえる。

〈仲間を信用しろ〉

でも、自分自身を信用できなかったら？

ダンカンが顔を近づけてきた。気遣うような眼差しだが、その瞳からは任務に対する意欲が感じられる。「大丈夫かい？」

「大丈夫じゃないとまずいわよね」

「そう言えるならば大丈夫だ」

オフィスを出る前に、キャットはペインターの机に歩み寄ってファイルを置き、その上に指を添えたまま伝えた。「香港でのグレイの計画に関する最新の報告書です」

ペインターはうなずきながら軽くため息を吐いた。「印刷前にコンピューターでざっと目を通した。あいつは危険な橋を渡ろうとしている」

「セイチャンのためならば、それも厭わないつもりなのだと思います」

# 6

## 十一月十八日　香港時間午前八時四分
## 中国　九龍

グレイはライオンの巣に踏み込もうとしていた。

この場合は、「メスライオンの」と言うべきか。

九龍半島の旺角《モンコック》地区の通りは、朝のラッシュアワーで大混雑していた。小雨の降る中、傘を差したり笠をかぶったりした人たちが、うつむいた姿勢で先を急ぐ。グレイの視線の先には常に動きがある。両側にそびえる高層ビルに挟まれた狭い通りを、車がのろのろと走っている。バルコニーに吊るされた洗濯物が、何千枚もの国旗のように風になびいている。周囲の人の波はどこまでも続いている。

風が吹くたびに、においまでもが変化する。ブタの脂が熱せられる音とともにタイのスパイスの香りが漂い、ごみ箱からあふれる強烈な悪臭と混ざり合う。すぐ脇を通り過ぎた女性の安っぽい香水のにおいが鼻につく。あちこちから呼びかける声が聞こえる。そのほとんどが、白人のグレイに向けた売り込みの声だ。

「そこの旦那、背広の値段を聞いたら驚くよ……」

「ブランド物の腕時計を安く買いたいなら……」

「どれもとてもおいしくて新鮮だよ……試してごらんよ……」

九龍の街のあまりの喧騒《けんそう》に、感覚が麻痺《まひ》してくる。ニューヨークも人が多いと言われるが、圧迫感を覚えるようなここの混雑に比べたらゴーストタウンも同然だ。九龍半島は一般に「香港」として知られる場所のほぼ半分を占める。ヴィクトリア湾を挟んだ残りの半分が香港島で、大邸宅やきらびやかな高層ビル、緑豊かな公園に囲まれて、ヴィクトリア・ピークがひときわ高くそびえている。

今朝早く、まだ日の出前の時間に、グレイとコワルスキは盗んだスピードボートでマカオから香港に到着した。海上から見た香港の街並みは、現代版のオズのようだった。このエメラルドの都には、どんな願いでもかなうお金という名の魔法がある。退廃したこの街では、金さえ積めば不可能なことなどないと言われる。

だが、グレイはコワルスキに指示して、香港島よりも明かりの少ないこの九龍のうらさびれた埠頭にスピードボートを横づけさせた。ワシントンからの連絡が入るのを待ちながら目立たないホテルで二時間の仮眠を取った後、情報を得たグレイはコワルスキとともに、カラオケバー、売春宿、サウナ、レストランなどが軒を連ねる旺角の繁華街を訪れたのだった。

「こっちだ」グレイは地図を見てから言った。

人々でごった返した表通りから離れ、狭い路地が入り組んだ中に入っていく。角を曲がるたびに、気を引こうと呼びかける声が少なくなる。売り込みに代わって、二人の白い肌を怪訝《けげん》な眼差しで見つめる顔が増えてくる。

「正面に見えるあの建物だと思う」グレイは伝えた。

狭い路地の最後の角を曲がると、三棟の十七階建てのビルの前に到着した。それぞれのビルがいくつもの橋や朽ちかけた施設で結ばれ、巨大な一つの建物と化している。ブリキの板や木材の切れ端やごみから成る錆《さ》びた山のような外見だ。バルコニーの部分も、周辺の建物とは異なり、檻《おり》のようなゲートでふさがれている。だが、そこでも鉄格子に引っかけたり間に張ったロープに吊るしたりした洗濯物が風に翻っていた。

「刑務所みたいだな」コワルスキがつぶやいた。

おそらく、それに近い機能を持っているのだろう。住民たちは鉄格子よりも、経済的な理由からあの建物内にとらわれているに違いない。唯一の例外は、太陽と外の空気に最も近い上層階に暮らしていると噂される人々だけだ。シグマから送られてきた報告書によると、この建物の上の階がドゥアン・ジー三合会の本部に使用されているらしい。

グレイがこの場所を訪れたのは、三合会の悪名高い龍頭と会見するためだ。

マカオではドクター・パク・ファンがグレイたちを裏切り、情報を流し、三合会に襲撃させた。他人に決して顔を見られたくないと考えている彼らのリーダーは、身辺を嗅ぎ回っている人間に対してあまり好意的ではないらしい。そんな人物の本拠地を訪れるのは、グレイにとって大きな賭けだ。

けれども、ほかに選択肢はない。

セイチャンは何らかの犯罪組織によって拉致された。だが、グレイは三合会の仕業ではないだろうと踏んでいた。セイチャンを黒のキャディラックの車内に押し込んだ男たちの中に、ヨーロッパ人の――おそらく現地のポルトガル系と思われる人間の顔があったからだ。中国の三合会は西洋人を忌み嫌っている。

〈それなら、誰が彼女を連れ去ったのか？　どこへ？〉

グレイはセイチャンがまだ生きているはずだと考えていた。マカオの現場で射殺することもできたのに、連中はそうしなかったからだ。グレイがすがることのできるのは、そのわずかな希望だけしかない。

セイチャンを拉致した組織に関する情報源としてグレイが思いついた相手は一つしかなかった。かつてドゥアン・ジー三合会はマカオでも活動していた。それならば、リーダーはマカオの裏社会の大物を知っているはずだし、今でもマカオにコネがあるに違いない。それよりも重要なのは、グレイが救出作戦を遂行するために必要な兵力と武器を持っている――しかも、救出するのは彼女の娘なのだ。

〈問題は、殺される前に話を聞いてもらえるかどうかだ〉

グレイはコワルスキを見た。「抜けるならこれが最後のチャンスだぞ。俺が一人で行ってもかまわない。その方がうまくいくかもしれない」

グレイはホテルでもコワルスキに同じ申し出をした。

その時と同じ答えが返ってきた。

「うるせえな」コワルスキは最寄りの入口に向かって歩き始めた。

グレイもコワルスキの横に並び、歩調を合わせて建物へと向かう。二人は鋼鉄製の防犯ゲートを通り抜けた。日中は開いているが、夜には固く閉ざされているのだろう。いくつもの顔が歩く二人を見つめる。不審な表情を浮かべた顔や、憎悪をあらわにした顔もあるが、まったく関心を示さない顔がほとんどだ。

ゲートの先は、もともとの三棟の建物に囲まれた中庭に通じていた。頭上から差し込むはずの日中の明かりは、橋や今にも崩れそうな通路によって遮られている。しかし、間断なく降り続く弱い雨は、あらゆる表面を伝って中庭に滴り落ちていた。中庭に面した一階部分には仮設の店舗が並んでいて、羽をむしったガチョウがフックから吊るされている肉屋、酒やタバコを扱う店、さらにはこの陰鬱《いんうつ》な場所には似つかわしくない、派手で明るい色合いのキャンディーが並んだ店もある。

「階段はあっちだぜ」コワルスキが指差した。

上層階に向かうためには、それぞれの建物の側面に設置された屋外の階段を使用するしかなさそうだ。三棟の建物のうちのどれにドゥアン・ジー三合会の本部があるのかまでは情報がない。それぞれを別の建物と見なすべきなのかどうかすらわからない。

そのため、二人はいちばん手近にある階段を上り始めた。誰かに制止されるまで、ひたすら上を目指すという計画だ。引き金を引いてから侵入者の身元を確かめるような相手ではないことを祈るしかない。

店舗があるのは一階部分だけで、上の階は住宅用になっている。階段を上りながら、グレイは途中の階に立ち寄って開いた扉から部屋の中をのぞいてみた。室内は奇妙な構造をしていた。金網でできた大きな籠が、床から天井まで積み上げられている。まるでウサギ小屋のようだ。籠の中でくつろいだり寝ていたりする男たちの姿が見える。一部屋分の料金が払えないため、このように仕切ってあるのだろう。しかし、すだれを吊るしたり防水シートを仕切り代わりにしたりしながら、住民たちはこの小さな空間を家らしく演出しようとしている。テレビも何台かある。タバコの煙がもうもうと立ちこめているものの、排泄《はいせつ》物のにおいを消すまでには至っていない。

太ったドブネズミがグレイとコワルスキの間をすり抜け、階段を走り下りていった。

「ネズミでさえも耐えられないようなところか」コワルスキがつぶやいた。

十階に到達する頃には、グレイは監視カメラのレンズが階段の方に向けられていることに気づいていた。

三合会が設置したカメラに違いない。

「このあたりまで来れば十分だろう」グレイはようやく口にした。「やつらはもう俺たちの存在に気づいているはずだ」

次の階に達すると、グレイは階段から離れ、中庭に面した通路に入った。一台の監視カメラの正面に立つ。グレイは慎重に、ゆっくりとベルトに手を伸ばした。二本の指でレッドスターの拳銃をベルトから外し、足もとに置く。コワルスキもそれにならってＡＫ‐47を床に置いた。

「ドゥアン・ジーの龍頭、グアン・インと話がしたい」グレイはカメラに向かって、この近くで聞いているかもしれない人間に向かって、呼びかけた。

すぐに反応があった。

前方と背後の扉が勢いよく開く。バットと鉈《なた》を手にした四人の男たちが向かってきた。

〈穏やかな話し合いはできそうにないな〉

グレイは腰を落とし、いちばん近くの男の膝を蹴った。前のめりになった相手の喉に強烈なパンチを叩き込む。倒れた男があえぎながら身をよじる。その隙にグレイは床に置いた拳銃を手に取り、頭上をかすめた鉈の一撃をかわした。相手の懐に飛び込み、鉈を持った腕を抱えて背後に回り込み、もう片方の腕を男の首に巻き付ける。

グレイは銃口を人質の耳に当てた。

グレイの背後にいたコワルスキは、二人の襲撃者の一人を強烈な一発で気絶させ、倒れ込む相手の手から金属バットを奪い取った。大きく振り回したバットが、二人目の男の肩にクリーンヒットする。男の持っていた銃が、大きな音とともに床に落下した。

痛めた腕を押さえながら後ずさりする男に対して、コワルスキはバットの先端を向けて近づかないように警告した。

グレイは再び監視カメラの方を向いた。

「話がしたいだけだ！」再び呼びかける。

その要求が嘘でないことを示すために、グレイはとらえた男を解放し、通路の先へと押しやった。体をかがめ、再び拳銃を床の上に置く。グレイは両手を高く掲げ、カメラに左右の手のひらを見せた。

今の突然の襲撃は、自分たちを試そうとしたものに違いない。

グレイはそのまま待った。背中を一筋の汗が流れ落ちる。いつの間にか、建物内を静寂が支配していた。テレビの音声や音楽までもが聞こえなくなっている。

突然、コワルスキが大声をあげた。「英語のわかる人間はいないのかよ？」

通路の端の扉が開いた。

「ここにいる」

扉の陰から一人の男が通路に姿を現した。背が高く、白い髪を後ろでまとめてポニーテールにしている。年齢は六十歳を超えていると思われるが、その足取りからは内に秘めた力が感じ取れる。片手には湾曲した長い刃を持つ中国古来の苗刀《みょうとう》を握っている。もう片方の手のひらは、ホルスターに収めたシグ・ザウエルの銃尻に添えられていた。

「我々の敬愛する龍頭と何の話をしたいと希望しているのか?」男が訊ねた。

答え方を間違えれば殺されるだろう。

「マイ・フォン・リーの娘に関する情報を持っていると伝えてほしい」

男の表情に変化は見られない。今の名前に心当たりがないのだろうか? 男は踵《きびす》を返し、通路の先に姿を消した。

二人は再び待った。襲撃者の一人が広東語で怒鳴り、グレイとコワルスキを数歩下がらせる。もう一人が二人の武器を回収した。

「状況は好転する一方だな」コワルスキがつぶやいた。

ぴんと張ったピアノ線のように、緊張感が極限に達する。

苗刀を持った男がようやく戻ってきた。再び扉の陰から姿を現し、二人の前に立つ。

「心優しい彼女はおまえたちと会うことに同意された」男は告げた。

グレイは両肩の間の張り詰めた筋肉が少しだけほぐれるのを感じた。

「だが、話が彼女のお気に召さなかった場合」男は警告した。「おまえたちがこの世で最後に目にするのは彼女の顔になる」

今のは脅しではないだろう。

## 午前八時四十四分

セイチャンは暗闇の中で目を覚ました。

ストリートチルドレンとして過ごしたバンコクやプノンペン時代に培った生存本能から、目が覚めても身動き一つしない。セイチャンは頭の中のもやもやが晴れるのを待った。真っ暗な泉の中から、記憶が少しずつよみがえってくる。何者かにつかまり、薬を打たれ、目隠しをされたのだ。拘束具が食い込むのを感じる。両手首と両足首が縛られているに違いない。まだ目隠しをされたままだが、隙間から光が差し込んできていることから判断するに、すでに朝を迎えているようだ。

〈けれども、囚われの身になった翌朝なのだろうか？〉

セイチャンは衝突された瞬間を思い浮かべた。宙を舞うグレイとコワルスキの姿が脳裏によみがえる。

〈二人とも生きているのだろうか？〉

セイチャンはほかの可能性を頭から排除した。

絶望は人の決意を鈍らせる。生き延びるためには不屈の精神が必要とされる。

まだ半ば朦朧とした意識の中で、自分の置かれている状況を探る。かたい何かの上に寝かされている。金属製だ。モーターオイルのにおいがする。絶え間ない振動と、時折激しい上下動があることから、乗り物の車内にいるのだろう。

おそらくバン、あるいは小型のトラックか。

しかし、どこへ連れていく気なのか？

〈なぜ殺してしまわなかったのか？〉

その答えは容易に推測できる。何者かが自分の首に付けられた懸賞金の噂を聞きつけ、売り飛ばそうとしているのだろう。

「そろそろ寝たふりをやめたらどうだ」数十センチ離れたところから男の声が聞こえた。

セイチャンは動揺を表に出すまいとした。荒っぽい街中や裏通りで過ごした子供の頃の経験により、自分の感覚は研ぎ澄まされている。それなのに、これほど近くに人がいることにまったく気づいていなかった。セイチャンは不安を覚えた。男が物音を立てなかったからではない。完全に気配を消していたからだ。まるで存在すらしていないかのように。

「まずは少し緊張を解くことだ」男は続けた。フォーマルでよどみのない広東語だが、かすかにヨーロッパ系の訛りがある。マカオということを考えると、おそらくポルトガル系だろう。

「我々は君を殺すつもりはないし、危害を加えるつもりもない。少なくとも、私が自ら手を下すことはない。単なるビジネス上の取引なものでね」

何者かが自分を利益目当てに売り飛ばそうとしているのだろうという推測は正しかった。だが、少しも慰めにはならない。

「もう一つ、君の友人たちについてだが……」

セイチャンは思わず身構えた。グレイの顔が頭に浮かび、コワルスキのがなり声が耳によみがえる。二人はまだ生きているのだろうか？

相手をたしなめるかのようなかすかな笑い声が男の口から漏れた。

「二人とも生きているよ」セイチャンは心の内を読まれているように感じた。「しかし、残念ながらそれも今のうちだけだ。二人の居場所を突き止めるのには少々時間がかかったが、まったく予想もしていなかったところに姿を現した。敵の本拠地さ。最初は私も困惑したよ。理由がわからないからだ。だが、理由などはどうでもいいと気づいた。中国には古い諺がある。『イー・ジエン・シュワン・ディアオ』……今の状況にぴったりと当てはまる諺のように思えるな」

セイチャンは頭の中で翻訳した。

〈一本の矢、二羽のワシ〉

その意味するところに、セイチャンの血の気が引いた。今の中国語の諺にはより一般的な言い方がある。

## 午前八時五十八分

エレベーターが開くと、地獄に代わって天国が広がっていた。

グレイは苗刀を持つ男の後についてエレベーターを降り、かつてはこの建物のペントハウスだった室内に足を踏み入れた。ここは下層階に見られた息詰まるような狭苦しさや汚さとは無縁の世界だ。広々とした空間内には、質素な白い家具が控え目に配置されている。床には磨き上げられた竹が使用されていた。室内の各所には様々な色合いや形のランの鉢植えが置いてある。波型のカーブを描いた水槽内には、雪のように白い魚が無数に泳いでいる。水槽で仕切られた奥には、ステンレスを使用したヨーロッパ風のキッチンが見える。

しかし、下層階の地獄のような光景との最大の違いは、ふんだんに注ぐ光だった。弱い雨を降らせる厚い雲で空が覆われていても、室内は明るさに満ちている。九龍の街並みを見下ろす巨大な窓からは、香港市街の光り輝くタワービルまでもが見渡せる。ペントハウスの中央にあるガラス張りの吹き抜けには屋根がなく、緑豊かな植物と色とりどりの花に囲まれた噴水があり、その周囲を取り巻く池の水面にはハスの花が咲いていた。

ハスの花の間に灯籠が一つ、水面に浮かんで揺れている。

灯籠のそばにローブ姿の痩せた人影がしゃがんでいた。手に持った細いろうそくで、ハスの形をした灯籠の新しいろうそくに火をつけている。

グレイはマカオで目にした祭りの光景を思い浮かべた。水面に漂っていたのは、今は亡き愛する人たちをしのぶ何千もの光。

エレベーターを降りたグレイは、吹き抜けへと案内された。

コワルスキが不機嫌そうな顔でエレベーターを振り返った。「エレベーターがあるなら十何階まで階段を上らなくてもよかったのに」

エレベーターは三合会の人間だけしか使えないのだろう。だが、グレイはそのことをいちいち説明しなかった。その代わりに、ガラスの向こう側にいる人影に神経を集中させる。

苗刀を持つ男は吹き抜けに通じる扉の数メートル手前で立ち止まった。「ここで待っていろ」

小さなサイズの足と腰回りの肉付きから明らかに女性だとわかる吹き抜けの中の人影は、灯籠に向かって頭を下げたままだ。燃えるろうそくの火を両手で包み込むような姿勢を保っている。

そのまま二分間、誰一人として口を開かなかった。コワルスキは落ち着きなく体を動かしていたものの、この時ばかりは良識を働かせて無言のままでいた。

池に向かって深くお辞儀をしてから、ようやく女性が立ち上がって振り返った。降り注ぐ雨を避けるため目深《まぶか》にかぶったフードの奥に、顔を確認することができる。女性は吹き抜けの扉に近づき、ゆっくりと引き開けた。

優雅な身のこなしで、ペントハウスの中に入ってくる。

「グアン・イン様」男は頭を垂れた。

「ありがとう《ムー・ゴイ》、ジュワン」青白い手がローブの袖口から伸び、男の前腕部にそっと触れた。不思議な親密さを伴った仕草だ。

ドゥアン・ジー三合会の龍頭は、続いてグレイの方に顔を向けた。

「マイ・フォン・リーについて話があるとか」女性が口を開いた。落ち着いた調子の小さな声だが、相手を威嚇《いかく》するような鋭さを秘めている。「ずいぶんと昔に死んだ人間の話をしにきたのね」

「お嬢さんの記憶の中では今も生きています」

相手は何の反応も見せない。かなりの自制心の持ち主だ。長い沈黙の後、グアン・インはさらに小さな声で答えた。

「それも死んだ人間の話ね」

「母親を探しにマカオを訪れた昨夜の時点では、まだ死んでいませんでした」

それに対する反応は、ほんのわずかに顎を引く動作だけだった。自分の娘を危うく殺してしまうところだったという事実に気づいたのかもしれない。あるいは、目の前の男が真実を語っているのかどうかを考えているのだろうか。

「カジノ・リスボアにいたのはあなたね」

グレイはコワルスキを指差した。「我々三人です。ドクター・パク・ファンはあなたが身に着けている竜のペンダントに気づきました。あなたのことを知っているという話でした。真相を確かめるために、我々はマカオまでやってきたのです」

嘲笑うかのような表情が浮かぶ。「でも、真相とは何なの？」グアン・インが訊ねた。

疑念と不信をあらわにした声だ。

「いいですか……」グレイは上着のポケットを指差した。下の階で三合会の構成員に身体検査をされた後、携帯電話は返してもらっている。

「ゆっくりとだ」ジュワンが警告した。

グレイは携帯電話を取り出し、画像フォルダーを呼び出した。画面をスクロールして、「セイチャン」という名前のフォルダーを開く。画像をスワイプしながら、セイチャンの顔が最も鮮明にとらえられている写真を選び出した。セイチャンの顔を見ると、彼女の安否に対する不安が改めて胸を強く締め付ける。だが、グレイは腕の震えを抑えながら、証拠の写真を表示した画面を相手に向かって差し出した。

グアン・インが身を乗り出した。顔がまだフードの陰になっているため、表情を読み取ることはできない。だが、近づこうとしたグアン・インの足取りがかすかに乱れる。その時、グレイは悟った。この女性はセイチャンを知っている。希望の光がともるのを抑えられずにいる。二十年の歳月を経ていても、母は顔を見れば娘だとわかる。

グレイはグアン・インに携帯電話を受け取るように促した。「ほかにも写真があります。スワイプして表示してみてください」

グアン・インが手を伸ばした。だが、指先からためらいが感じられる。心のどこかで、真相と向き合うのを恐れているのかもしれない。娘がまだ生きているとしても、自分に母親の資格があるのかと考えているのかもしれない。

ようやく指が携帯電話をつかんだ。グレイの手から携帯電話を受け取ると、グアン・インはフォルダーの写真を見ながら背を向けた。そのまま長い沈黙が続く——不意に女性は体を震わせた。竹製の床に両膝から崩れ落ちる。

グレイはジュワンの素早い動きにまったく気づかなかった。さっきまで自分の横に立っていたはずなのに、いつの間にか女主人の隣に片膝を突いて寄り添っている。苗刀の先端がグレイたちの方に向けられているのは、その場を動くなという警告だろう。

「娘だわ」グアン・インの口から小さな声が漏れた。「こんなことがあるなんて」

彼女の心の中ではいくつもの感情が激しく渦巻いているのだろう。罪悪感、羞恥《しゅうち》、希望、喜び、恐怖、怒り……他人には想像もつかない葛藤《かっとう》があるに違いない。

しかし、素早く冷静さを取り戻し、立ち上がってグレイたちの方に向き直ったグアン・インの表情に浮かんでいたのは、恐怖と怒りだけだった。ジュワンが彼女をかばうように隣に立つ——その瞳に宿る深い懸念の色から推測する限り、グアン・インを守ろうとする気持ちには女主人への忠誠心以上のものが存在しているように思える。

　グアン・インが頭を振ってフードを外した。長い黒髪があらわになる。顔の片側に沿って一筋だけ白髪の混じった部分がある。その髪の流れに合わせるかのように、顔には紫色に変色した深い傷跡が残っていた。頬から左の眉にかけて弧を描く傷跡は、ぎりぎりのところで左目を外れている。だが、ナイフによる争いで負った傷にしては、不自然な曲線だ。何者かが意図的に刃物でつけた傷に違いない。昔の拷問の名残だろう。けれども、この古傷は今では名誉の勲章となっている――過去の苦痛に屈してはならないという意志の表れからか、グアン・インは顔に刺青を施し、この傷跡を頬から額《ひたい》にかけて彫られた竜の尾として取り入れていた。

　刺青の竜は、喉元に光る銀のペンダントの竜と不気味な対象を成している。

「彼女は今どこにいるの？」グアン・インが訊ねた。声が大きくなり、鋼のような鋭さがよみがえってくる。「私の娘はどこにいるの？」

　グレイは相手の顔を直視した時に感じた畏怖《いふ》の念をのみ込んでから、襲撃に始まって脱出、さらには路上での拉致に至るまでの顚末《てんまつ》を手短に説明した。

「車の隣に立っている男を見たと言ったわね。どんな男だったの？」グアン・インは詰問した。

　グレイは背が高くて威厳を漂わせ、短く刈り込んだ顎ひげを生やしていた男だったと説明した。「ポルトガル人のようでしたが、中国人の血が混じっているかもしれません」

グアン・インはうなずいた。「その男ならよく知っている。ジュロン・デルガド、マカオのボスよ」

グアン・インの表情に不安の影がよぎる。

この女性が不安を覚えるからには、よほどの相手なのだろう。

## 午前九時十八分

甲高いブレーキ音とともに車が停止した。

運転手とポルトガル語で話をする男の声が聞こえる。だが、セイチャンはポルトガル語を理解できなかった。扉が開き、勢いよく閉まる。

顔に手が伸びてくる。セイチャンは激しくもがいた。だが、指は目隠しを外しただけだ。突然の強い光に目がくらむ。

「落ち着け」男が声をかけた。「まだ長時間の移動が残っている」

男は仕立てのよさそうなシルクのスーツの上下を見事に着こなしている。濃い茶色の瞳は、無造作に伸ばした髪と同じ色だ。頬から角張った顎にかけてのきちんと手入れされたひげも、同じ茶色をしている。目尻が少し吊り上がっているのは、中国人の血が混じっているからだろう。

周囲を見回すと、パネルバンの床に寝かされていたことに気づく。

後部座席の扉が開いた。さらにまぶしい光が差し込み、目を開けていられない。別の男が外に立っていた。車内の男よりも若い。ひげは生やしておらず、黒い髪を短く刈り込んでいる。大きな体格で、肩幅が広いためにスーツの上着がはち切れそうだ。淡い青色の瞳が際立っている。

「トマズ」車内の男が声をかけた。「フライトの準備はできているのか？」

うなずきが返ってくる。「はい、セニョール・デルガド。飛行機の準備はできています」

デルガドと呼ばれた男がセイチャンの方を振り向いた。「私も君とともにこの便に同乗する。報酬の受け取りを確認するためだが、マカオを留守にするちょうどいい時でもあるのだよ。これから香港で起ころうとしている事態を考えればなおさらだ。しばらくは血で血を洗うような余波が残ることだろう」

「私をどこに連れていくつもり？」

その問いかけを無視して、デルガドはバンから降り、背中を伸ばした。「今日はいい天気になりそうだな」

手下のトマズがセイチャンの縛られた両足首をつかみ、車内から朝の陽光の中に引きずり出した。いつの間にか手に握られていた短剣で、足首のプラスチックの紐が切断される。だが、両手首は後ろ手に縛られたままだ。

無理やり立たされたセイチャンは、自分が小さな空港の滑走路にいることに気づいた。三十メートルほど離れたところに、流線形をした小型ジェット機が待機している。すでにタラップが下ろされていて、いつでも乗り込める状態にある。タラップの上の開いた扉のところに、人影が姿を現した。前に踏み出すと、太陽の光が当たる。

折れた鼻の上に大きな絆創膏《ばんそうこう》が貼られている。

ドクター・パク・ファンだ。

「ああ、我々の資金提供者のお出迎えだ」デルガドはロレックスの腕時計に目を落としながらジェット機に向かって歩き始めた。「来たまえ。今から数分以内に香港からできるだけ離れておいた方がいい」

## 午前九時二十二分

「あなたが知っているのはそれで全部なのね？」

グアン・インの声からは娘を思う母親の気持ちがひしひしと感じられる。セイチャンの過去を探り、どうして今まで生きていられたのかを理解しようと努めるグアン・インから、この数分間グレイは質問攻めに遭っていた。

二人は室内のソファーに腰掛けている。

ジュワンは女主人の傍らに立っていた。コワルスキは手持ち無沙汰で水槽のそばに立ち、指先でガラスを叩きながら鼻先がくっつきそうな距離で中をのぞいている。

グレイはグアン・インの空白をもっと埋めてやりたいと思った。だが、グレイでさえもセイチャンの過去のすべてを知っているわけではない。あるのは断片的な情報だけだ。孤児院を転々としていたこと、ストリートチルドレンとしてつらい日々を過ごしていたこと、犯罪組織に拾われたこと。娘の過去を伝えるグレイの話に耳を傾けながら、グアン・インはすべてを理解した様子だった。ある意味、母と娘は似たような道を歩んできたのだ。厳しい境遇に耐え忍びながら、それを乗り越え、生き延び、成功を収めることができた。

結局、グレイの言葉では娘の生涯の大半を知らずに過ごしてきた母親を満足させるだけの全体像を描き切ることはできなかった。いくら説明を尽くしても、心の隙間を埋めることはできないのかもしれない。

「必ず彼女を見つけ出すわ」グアン・インは宣言した。

すでに組織の構成員に対して、ジュロン・デルガドが娘を連れ去った可能性のある場所を特定するようにとの指令が出されている。今はその返事を待っているところだ。

「以前、私は彼女を見つけることができなかった」そう言いながら、グアン・インは竜の傷跡の端にあふれた涙を指先でぬぐった。「ヴェトナム人の尋問者たちは残酷だった。当時の私が覚悟していたよりもさらに残酷な人間たちだった。娘は死んだと聞かされていたのよ」

「あなたを絶望させるためです。そうすれば簡単に口を割るだろうと思ったのでしょう」

「むしろ怒りが募る一方だったわ。何としてでも脱走し、復讐を果たしてやるとの決意が強まる一方だった。その望みはかなえることができた」苦痛に歪んだ表情を、一筋の炎がよぎる。「でも、私はあきらめなかった。彼女を必死で探したわ。けれども、脱走直後はヴェトナムに戻ることができなかったせいで、捜索はより困難を極めたのよ。結局、あきらめざるをえなかったわ」

「探し続けることはつらいことでもあるのです」グレイは言った。

「時には希望が災いのもとになることもあるわ」グアン・インは膝の上できつく握り締めた手に視線を落とした。「心の引き出しにしまって鍵をかける方が楽だったのよ」

そのまましばらく沈黙が続いた。吹き抜けの噴水の音だけが室内に響く。

「あなたはどうなの？」グアン・インは消え入るような声で訊ねた。「彼女をここへ連れてくるために、こうして私と会うために、いくつもの危険を冒したんでしょう？」

声に出してそのことを認めるまでもない。

グアン・インは顔を上げ、グレイの顔を正面から見据えた。「それはあなたが彼女を愛しているから？」

グレイはグアン・インの視線を受け止めた。今の質問に嘘をつくことはできない――その時、最初の爆発が建物を揺らした。

衝撃で建物全体が振動する。水槽の縁から水があふれ、長い茎を持つランの花が左右に揺れる。

「何だ、どうしたんだ！」コワルスキが叫んだ。

グアン・インが立ち上がった。

影のように彼女に付き添うジュワンは、すでに電話を耳に当てて早口で話しながら、大きな窓が連なる壁際に移動していた。降りしきる雨の中、下から立ち昇る煙が見える。

今度は少し遠くから、新たな爆発音が響く。

グアン・インも窓辺へ向かった。グレイとコワルスキも後を追う。グアン・インはジュワンの通話内容を二人に通訳した。

「コンクリートミキサー車があらゆる方向からいっせいに集結して、この建物の出入口を封鎖しているらしいわ」

グレイはこの高層建築の周囲に広がる峡谷のような狭い道を突き進む大型車両の姿を思い浮かべた。同時に攻撃を仕掛けてきたに違いない。しかも、ただのコンクリートミキサー車ではない。

別の方角から、新たな爆発音がとどろく。

〈積荷は爆弾だ〉

何者かがここの建物群を破壊しようとしている。その首謀者の正体は容易に推測できた。ジュロン・デルガドだ。グレイとコワルスキがここを訪れたとの情報をつかんだに違いない。二人の白人が誰にも気づかれずに移動することは不可能だったのだ。

「ここから離れないといけない！」グレイは警告した。「今すぐに！」

グレイの声を聞いたジュワンがうなずき、女主人の方を見た。「安全な場所にお連れします」

だが、グアン・インは背筋を伸ばしたまま動こうとしない。怒りをあらわにした顔に、竜の姿がくっきりと浮かび上がる。「三合会を総動員しなさい」グアン・インは指示した。「できるだけ多くの住民を安全な場所に避難させるように」

グレイは下の階で暮らす大勢の人たちを思い浮かべた。

「地下のトンネルを使うといいわ」

この拠点に出入りするための秘密の通路が存在するのだろう。

「あなたが最初に逃げてください」ジュワンが食い下がった。

「その前に私の指示を伝えなさい」

どうやらこの船長は船とともに沈むことになってもかまわないという覚悟でいるらしい――

しかも、この巨大な船の命運は尽きかけている。何かが裂けるような大音響とともに、建物の一部が崩壊した。黒煙で窓の外の景色がすっかりかすんでしまっている。下の方からはこもった悲鳴がひっきりなしに聞こえる。

ジュワンが再び電話をかけ、今度は大声で指示を伝えた。その直後、建物全体に拡声器からの音声が鳴り響いた。各階に設置されたスピーカーから、龍頭の命令が全員に広がっていく。

それを確認してから、グアン・インは動き始めた。

ジュワンは両開きの扉へとグアン・インを案内した。エレベーターを使わないのは賢明な判断だろう。扉の先にあるのは、グレイたちが来る時に途中まで使った階段だ。

「急いで！　トンネルまでたどり着かないといけません！」

四人が階段を駆け下りている頃、建物に挟まれた中庭は大混乱に陥っていた。複数の箇所で火の手が上がっている。数フロア下では、建物間をつなぐ橋が何の前触れもなく真っ二つに折れ、ちょうどその上を渡っていた数人の住民たちが地上の炎へと落下していく。すぐ隣の建物では下の階が上の階の重みを支え切れなくなり、斜めに傾きながら崩壊を始めた。隣の建物との接合部分が次々と剝《は》がれていく。

グレイは駆け下りる足を速め、踊り場から踊り場へと飛び移るように逃げていた。すぐ後ろをグアン・インとジュワンが並んで走り、最後尾をコワルスキがついてくる。

雷鳴のような轟音が階段を揺さぶり、全員がその場にうずくまった。

階段部分が建物の側面から剝がれ始めた。

「こっちだ！」

グレイは叫ぶと同時に階段からジャンプし、広がりつつある隙間を飛び越え、中庭に面した通路に着地した。三人も後に続く。だが、グアン・インがつまずき、ジャンプしたジュワンと手が離れてしまう。取り残されたグアン・インは、隙間の手前でバランスを崩した。しかし、コワルスキが後ろから彼女を抱え上げ、一声吠えながら飛び上がり、グレイたちのもとに着地した。

「ありがとう」コワルスキに下ろしてもらいながらグアン・インは感謝した。

「これではトンネルまでたどり着けない」グレイは判断した。

反論する声は聞こえない。その意見が正しいことは認めざるをえない。階下では炎が激しく燃え、黒煙を噴き上げている。上からひっきりなしに可燃物が落下するので、火の勢いは増す一方だ。

「だったらどこに行けばいいんだ？」コワルスキが訊ねた。「まだ地上まで十階分はあるぜ。あいにく翼は持ち合わせていないし」

グレイはコワルスキの提案にうなずきながら大男の肩を叩いた。「それなら、自分たちで作ればいいじゃないか」そう言いながら、ジュワンの方を向く。「この敷地のいちばん端に当たる部屋に連れていってくれないか」

常に主人に仕えてきたジュワンは、黙ってグレイの指示に従った。迷路のような構造になった建物内の通路を駆け抜けていく。何度か角を曲がった後、ジュワンは扉の前に立って指差した。

扉を開けようとしたが、鍵がかかっている。グレイは一歩下がってから、鍵の部分をかかとで蹴りつけた。古い木が簡単に砕け、扉が勢いよく内側に開く。

「中に入れ！」グレイは叫んだ。「シーツでも服でも洗濯物でも何でもいいから、結び合わせてロープを作ってくれ」

グレイはその作業をコワルスキとグアン・インに任せた。

ジュワンとともに室内を抜け、引き戸を開けてバルコニーに出る。下の通りから目にしたほかのバルコニーと同じように、ここも鋼鉄製の檻のようになっていた。金網のフェンスでふさがれている。

「手伝ってくれ」グレイはバルコニーの手すりからワイヤーを引き剝がし始めた。

全員が必死に作業を続ける中、建物が大きな音を立てて揺れた。下層階が炎に焼かれ、ゆっくりと崩壊しつつある。

ようやくグレイがフェンスの一部を取り外すことに成功した。足で蹴ると、剝がれたフェンスが煙に包まれた眼下の通りへと落下していく。

「ロープの方の状況は？」グレイは室内に向かって叫んだ。

「地面まで届く長さのロープを作るのは無理だ！」コワルスキが叫び返した。

そこまでの長さは必要ない。

グレイは室内に戻ってロープの出来栄えを確認した。コワルスキとグアン・インの手で、長さ二十メートルほどのロープができている。再び建物が激しく揺れた。グレイの決意が固まる。

「それくらいで十分だ！」

グレイはロープの片端をバルコニーの手すりに結びつけ、残りを外に放り投げた。

「何をするつもりだ？」コワルスキが訊ねた。

グレイはバルコニーから身を乗り出し、狭い通りを挟んで隣に位置する建物のバルコニーを指差した。そちら側のバルコニーはフェンスで覆われていない。

「頭がおかしくなったのかよ」コワルスキがつぶやいた。

グアン・インとジュワンも同じ考えのようだ。

通りを見下ろしたグレイは、コンクリートミキサー車がどうやってこの狭い道を通り抜けてここまでたどり着いたのかと不思議に思った。だが、今はここまで密集した建物の建築を九龍地区に認可した香港の都市計画の担当者に感謝するしかない。

グレイはバルコニーの手すりによじ登り、即席のロープを握り締めた。大きく息を吸い込んでから、ロープを伝って少しずつ下りていく。何度か手を滑らせ、グレイは心臓が止まりそうになった。それでも、隣の建物との間の距離を目測しながら、どのくらいの長さのロープが必要になりそうかを判断する。

十分な長さを確保すると、グレイは体重を移動させ、ロープを左右に揺すり始めた。下の階のバルコニーの檻の上を走り、勢いをつける。煙の中を通り抜けるたびに、目が痛くなる。何度か繰り返すうちに、ロープの描く弧は通りの上に達し、向かい側の建物に近づいていく。

〈まだ足りない〉

もっと距離を稼ぐために、グレイはさらに勢いをつけてバルコニーの上を走り、そのたびにロープの描く弧を大きくしていった。煙が喉に入って咳き込む。煙は濃くなる一方だ。どんどん息苦しくなる。

けれども、グレイはあきらめなかった。

ようやくロープが狭い通りを越えた。向かい側のバルコニーにブーツの先端が触れる。かかとをしっかりかけることはできなかったが、届いたという事実がグレイの決意に火をつけた。再び煙の中を通過して戻ってから、グレイは雨で滑りやすくなったバルコニーの檻の上を走った。

〈今度こそ〉

「ピアース！」上のバルコニーからコワルスキが叫んだ。「下を見ろ！」

グレイは両脚の間から下をのぞいた。ロープの先端が燃えている。下の方が温度が高いので、引火してしまったのだろう。ロープを伝って炎が迫ってくる。先端付近はすでに黒い灰と化してしまっている。

〈まずい……〉

再びジャンプする寸前に、グレイは両脚に力を込めて檻の端を強く蹴った。あと一メートルでもいいから距離を稼がなくてはならない。これが最後のチャンスだ。

失敗すれば、地獄の炎が待っている。

ロープにしがみついたグレイの体は炎上する建物から離れ、通りを越えた。腰の位置で体を折り曲げ、両足を高く蹴り出す。足の間からその先をのぞくと、隣の建物のバルコニーが近づいてくる。慎重にタイミングを見極めながら、グレイは両足をさらに持ち上げた。手すりの上で膝を折り曲げ、どうにか足を引っかけることに成功する。

全身が安堵感に包まれた。

だが、ほんの一瞬の気の緩みからか、グレイはバランスを崩した。手すりにかかっていた足が滑る。かかとだけがかろうじて引っかかっている状態になってしまった。何とか踏みとどまったものの、このままでは持たない。

ロープを伝う炎がさっきよりも近づいている。

その時、手がグレイの足首をつかんだ。

足首の先を見ると、男性と女性が――おそらくこの部屋の住民の夫婦が、グレイを助けようとしている。二人はグレイを手すりの上からバルコニーの中に引き上げてくれた。立ち上がったグレイは、ロープの火を手で叩いたり足で踏みつけたりして消してから、燃え残った部分の端をバルコニーの手すりに結んだ。その間、夫婦は早口の広東語をしゃべり続けている。無鉄砲な行動を叱っているのだろう。いたずらをした子供を相手にしているかのような口調だ。

ロープによる橋を固定してから——固定できたはずだと判断してから、グレイは三人に向かって呼びかけた。

「一度に一人ずつだ！　両手と両足でつかまって！　ゆっくり伝ってくるんだ！」

グアン・インが最初に渡った。体操選手のような素早い身のこなしで、ロープはほとんど揺れない。バルコニーにたどり着くと、グアン・インは夫婦に感謝のお辞儀をした。その次はジュワンで、胸にかけた苗刀を下に吊るしながら渡ってくる。

最後はコワルスキだ。ひっきりなしに悪態をつきながら近づいてくる。

その言葉遣いのあまりの汚さに、神様は罰を与えようとしたのかもしれない。半分ほど渡ったところで、ロープの向かい側の端がほつれて切れてしまった。コワルスキが下の通りへと落下していく。

グレイは息をのんだ。手すりから身を乗り出したものの、どうすることもできない。

だが、コワルスキはしっかりとロープにしがみついていた。伸び切ったロープにぶら下がったまま、コワルスキの巨体は三フロア下のバルコニーに集まった野次馬の中に突っ込んだ。

驚いた野次馬の悲鳴が上まで聞こえる。

「大丈夫か？」グレイは手すりから下をのぞき込んで叫んだ。

「次回はおまえが最後に行けよ！」コワルスキが叫び返した。

グレイがバルコニー内を振り返ると、ジュワンが女主人の顔を深紅のシルクのスカーフで覆っていた。彼女の顔をほかの人間に見られてはならない。

作業が終わると、グアン・インはグレイの方を見た。「あなたは命の恩人だわ」

「けれども、多くの命が奪われてしまいました」

グアン・インがその言葉にうなずいた。襲撃が引き起こした惨状に視線を移す。道を挟んだ向かい側では、錆びついた建物の塊が炎との戦いに敗れ、次々と崩壊しながら残骸と化している。

背後ではジュワンが速射砲のような早口で電話をしていた。被害の状況を確認しているのだろう。

一分ほどすると、電話を終えたジュワンがグアン・インのもとに歩み寄った。頭を寄せ合って話をしている。話を終えてジュワンが一歩下がると、グアン・インはグレイの方に顔を向けた。

「ジュワンのもとにマカオから連絡が入ったわ」グアン・インが告げた。

グレイは最悪の知らせを覚悟した。

「娘はまだ生きている」

〈よかった〉

「でも、ジュロンは娘をマカオ半島の外へ、中国国外に連れ出したらしい」

「どこへ――？」

スカーフの下から聞こえるくぐもった声からも、恐怖をはっきりと聞き取ることができた。

「北朝鮮よ」

正確な情報がなかなか表に出ない国家だ。悲惨なまでの荒廃と独裁者の狂気がはびこる孤立した危険地帯で、厳しい統制と突破不可能な国境で悪名高い。

「彼女を救出するためには軍隊が必要だ」グレイは煙と炎を見つめながらつぶやいた。

グアン・インにもそのつぶやきは聞こえていたはずだが、返ってきたのはそれとは関係がないと思われる言葉だった。「あなたはさっきの私の質問にまだ答えていないわ」

グレイはグアン・インに向き直った。そこにあるのは怯えた母親の顔だった。

「あなたは私の娘を愛しているの？」

嘘をつくことはできない。けれども、真実が怖くて言葉が出てこない。それでも、グアン・インはグレイの目から答えを読み取ったのだろう。視線を外しながら告げた。

「それなら、私がその軍隊を提供してあげるわ」

# 第二部　聖人と罪人

# 7

## 十一月十八日　オラル時間午後一時三十四分
## カザフスタン　アクタウ

「まるで海みたいね」
モンシニョール・ヴィゴー・ヴェローナは姪の声で我に返った。DNA検査の結果を記した報告書から顔を上げる。ヴィゴーはその報告書を何度も何度も読み返していた。重要な何かを見落としているような気がして仕方がなかったからだ。検査結果はカザフスタンの西端にあるこの港湾都市に向かう早朝の便が出る直前に、ファックスでDNA研究所から送られてきていた。
ヴィゴーは大きく深呼吸をしてから、周囲の状況に注意を戻した。気分転換も必要だ。〈少し頭を休めれば、何が気にかかっているのかわかるだろう〉
ヴィゴーとレイチェルはカスピ海を臨む小さなレストランのテーブル席に座っていた。冬の冷たい湖水が、アクタウという街の名前の由来となった白い断崖に打ち寄せる。シグマのチームとは一時間以内にここで合流する予定だ。その後、チャーターしたヘリコプターに乗り込み、タラスコ神父が呪文の書かれた頭蓋骨の内側に隠した座標へと向かう手筈《てはず》になっている。

「かつてのカスピ海は、その名の通り海だったのだよ」ヴィゴーは説明した。「五百万年前の話だがね。カスピ海の水に塩分が含まれているのはそのためだ。もっとも、塩分濃度は普通の海の三分の一程度しかない。古代の海が陸地に閉じ込められ、年月を経るうちに干上がり、残ったのがカスピ海、黒海……そして我々がこれから向かうアラル海だ」

「でも、アラル海には『海』と呼べるほどの水が残っていないんでしょ」レイチェルが笑顔を浮かべた。国防省警察の制服ではなく、赤のタートルネックのセーターにジーンズ、ハイキングブーツという格好だ。

「ああ。けれども、それは地質学的な理由からではない。人間の手による結果だ。かつてのアラル海は世界第四位の面積を誇る湖で、アイルランドとほぼ同じ大きさがあった。ところが、一九六〇年代にソヴィエト連邦がアラル海に流れ込む二本の大きな河川の流れを灌漑《かんがい》目的で変えたために、湖は干上がり、水量の九十パーセントが失われてしまった。今では塩分と有害物質を含む荒れ地が広がるばかりで、錆びついた古い漁船が陸上に取り残されたままになっている」

「これからそこへ向かうというのに、全然楽しくなさそうね」

「けれども、タラスコ神父はその場所が重要だと強く信じている。そうでなければ、我々を呼

「でも、頭がおかしくなってしまっただけという可能性はあるんじゃないの？　十年以上も行方不明だったんだから」

「そうかもしれない。しかし、クロウ司令官は今回の調査が必要だと信じているからこそ、隊員の派遣を決断したのだ」

　レイチェルが椅子の背もたれに体を預け、両腕を組んだ。顔をしかめて不満をあらわにしている。大学で襲撃された後、レイチェルはこの調査に出かけることに反対した。ローマから出られないように監禁すると言って脅されたほどだ。それでも、こうしてカスピ海沿岸のレストランに座っていられるのは、シグマが条件付きながら支援してくれたおかげだ。

　けれども、隊員の派遣に同意した理由について、クロウ司令官はヴィゴーにもレイチェルにも説明してくれなかった。そのことに対して、二人ともしっくりこないものを感じている。この後にモンゴルの規制地域内で予定されている任務の隠れ蓑として、二人の協力が必要になるかもしれないと聞かされているだけだ。

〈モンゴル……〉

　その事実がヴィゴーの興味をそそった。

　ヴィゴーは遺物に関するＤＮＡ検査の報告書に再び目を落とした。頭蓋骨と本は——だが、レイチェルが手を伸ばし、テーブル上の報告書を脇にどかした。

「もうだめよ、おじさん。何時間もずっと読み続けているじゃないの。しかも、時間を追うごとにいらだちが募っているみたいだし。この先のことに目を向けてもらわないと困るわ」

「わかった。でも、話を聞いてくれないか。今回の件に関して何か重要な点を見落としているような気がしてならないんだ」

レイチェルが肩をすくめた。どうやらあきらめたようだ。

「研究所が作成したこの報告書によると、ＤＮＡは東アジアの民族の特徴と一致している」

「その話なら前にも聞いたわ。皮膚と頭蓋骨は同一人物のもので、東アジア出身の人なんでしょ」

「その通りだ。しかし、夜の間にファックスで送られてきた染色体検査によると、研究所はサンプルを様々な人種と比較してくれたようだ。その結果を基に、可能性の高い人種のリストを作成している」ヴィゴーは指折り数えながら人種の名前をあげた。「漢民族、ブリヤート人、ダウール族、カザフ族――」

レイチェルがヴィゴーの言葉を遮った。「このカザフスタンに多く住む民族ね」

「そうだ。だが、最も可能性が高いとされていたのはモンゴル人だったのだよ」

レイチェルが身を乗り出した。「シグマの派遣するチームが私たちに同行してほしいと言っている国だわ」

「だからどうにも気になって仕方がないのだよ。何らかの関連性を見落としているに違いない」

「それなら、その目的地から考えてみたら？」レイチェルが提案した。「クロウ司令官は具体的にモンゴルのどこにチームを送り込むと言っていたの？」

「首都から北東方向に位置する山間部で……ヘンティー山脈だ」

「そこが立ち入りの規制されている場所なのね？」

ヴィゴーはうなずいた。

「どうして？」

「自然保護と歴史的な重要性という両方の観点からだ」

「歴史的な、というのはどういうことなの？」

ヴィゴーは答えようと口を開きかけた——その瞬間、冷たいものが全身を貫いた。驚くべき可能性に思い当たったからだ。その可能性の持つあまりの衝撃に、周囲の光景が目に入らなくなる。考えが頭の中でふくらみ、ほかの思いを押し出していく。

「おじさん……」

目の前の光景が視界に戻ってきた。これまでこんな簡単なことに気がつかなかったなんて。

「木ばかりを見て森を見ていなかった……」

ヴィゴーはポケットに手を入れ、携帯電話を取り出した。すぐさまＤＮＡ研究所に電話を入れ、ドクター・コンティを呼び出してもらう。相手が電話に出ると、ヴィゴーはその恐るべき可能性を裏付けるために必要な手順を指示した。ドクター・コンティは渋っていたが、最後には納得してくれた。

「Y染色体マーカーを調べてくれ」ヴィゴーは締めくくった。「結果がわかったらすぐにこの番号に電話を頼む」

「どうしたの？」ヴィゴーが電話を切るのを待って、レイチェルが訊ねた。

「ヘンティー山脈だ。あそこはモンゴル人の間では聖地と見なされている。その山の中のどこかに、モンゴル人にとって最も偉大な英雄の失われた墓が隠されていると信じられているからだ」

　その英雄が誰のことを指しているのか、レイチェルは容易に推測できたようだ。「チンギス・ハンのこと？」

　ヴィゴーはうなずいた。「武力と強い意志のもとに強大な帝国を築いたモンゴルの皇帝だ。その帝国は太平洋沿岸からこの窓の外にある湖にまで広がっていた」

　レイチェルは窓の外を見てからヴィゴーに向き直った。「まさかあの頭蓋骨が――？」

「その確認をドクター・コンティに依頼したところだ」

「でも、どうやって確認するというの？」

「数年前の話だが、ある十分な裏付けのある遺伝的な調査により、全世界の男性の二百人に一人が同一のY染色体を保有しているという事実が明らかになった。特有の組み合わせのマーカーを持つその染色体のルーツをたどっていくと、モンゴルに行き着くのだという。かつてモンゴル帝国の領内だった地域に限ると、その染色体を受け継いでいる男性の割合は十人に一人にまで高くなる。その調査の報告書では、このスーパーY染色体の起源が千年近く前にモンゴルで暮らしていたある一人の人物にあると結論づけているのだ」

「それがチンギス・ハンなの？」

ヴィゴーはうなずいた。「ほかに誰がいるというのかね？　チンギス・ハンと彼に近い親族の男性たちは一夫多妻制を敷いていただけでなく、征服した地域で強姦するなどして数多くの子孫を残した。何しろ当時知られていた世界の半分を征服したのだからな」

「そうして遺伝的な痕跡《こんせき》を広めていったというわけなのね」

「今の我々にはその痕跡を確かめる術《すべ》がある。そのY染色体マーカーは遺伝学者の間でよく知られているから、我々のサンプルと容易に比較することが可能だ」

「ドクター・コンティは今その作業を行なっているのね？」

「結果はすぐにわかるという話だった。すでにサンプルのＤＮＡシークエンシングは完了しているのだからね」

「でも、おじさんの考えが合っていて、マーカーが一致したとしても、それで何がわかるの？　さっきの説明だと、このY染色体を持っている男性は大勢いるわけでしょ？」

「そうだ。しかし、チンギス・ハンは一二二七年に死去した」

「十三世紀ということは……」レイチェルの眉間にしわが寄った。「頭蓋骨と同じ年代だわ」

ヴィゴーは片方の眉を吊り上げた。「その当時、この特定の染色体を持っていた男性が何人いると思うかね？」

だが、レイチェルはまだ納得していない様子だ。

ヴィゴーはさらに主張を展開した。「チンギス・ハンの死後、部下たちは葬列に加わった人たちを全員抹殺した。彼の墓の建設工事に携わった人たちも殺された。工事を監督した兵士までもが殺されたという。そうした血の口封じが、秘密を守るうえで大いに効果があったようだ。何世紀にもわたって調査が行なわれているにもかかわらず、チンギス・ハンの陵墓《りょうぼ》の所在地は現在に至るまで謎のままだ。陵墓には征服した土地から奪った財宝が隠されているとの噂がある」

「その発見を巡って人を殺すような事態になることもありうるわ」レイチェルの言葉が手榴弾による攻撃のことを指しているのは明らかだ。

「隠されている財宝の規模といったら、エジプトのツタンカーメンですら足もとにも及ばないだろう。中国、インド、ペルシア、ロシアなどを征服して手に入れたおびただしい数の戦利品がモンゴルに運び込まれたが、いまだに見つかっていない。チンギス・ハンの陵墓には、彼が征服した七十八の国の支配者の王冠が納められているとも言われている。さらには、ロシア正教会をはじめとして、数多くの教会から計り知れない価値のある宗教的遺物までもが略奪されているのだ」

「けれども、何一つとして発見されていないのね？」

「それよりも重要なのは、チンギス・ハンの遺体そのものが見つかっていないという点だ」

それに対してレイチェルが反応するよりも早く、ヴィゴーの携帯電話が鳴った。電話を取ると、ドクター・コンティの声が聞こえる。

「言われた通りに調べたよ、モンシニョール・ヴェローナ。チンギス・ハンのハプロタイプを構成する二十五の遺伝子マーカーを、君のサンプルと比較してみた」

「それで、一致した数は？」

「二十五すべてが一致した」

ヴィゴーは顔から血の気が引いていくのを感じた。足もとのローラーバッグに目を落とし、その中身に思いを馳せる。相手を殺してでも中身を奪おうと考える人間がいるのも理解できる。この中に収められているものは、世界最大の財宝へと導く手がかりを握っている可能性がある。自分のバッグの中にある頭蓋骨と皮膚は、世界最強の戦士で、モンゴル人から神のようにあがめられている人物のもの。

チンギス・ハンの頭蓋骨と皮膚だったのだ。

## 午後二時十分

「あなたの言う通りですね」ダンカンは認めた。「我々のイタリア人の友人は尾行されていますよ」

ダンカンはモンク・コッカリスとともに、湖岸のバーベキュー場に立っていた。冷え冷えとした太陽の光が、すぐ近くの湖面に反射している。うすら寒い日だが、串に刺した肉や脂や野菜を焼いているバーベキュー用グリルからの熱のおかげで、薄手のジャケットしか着ていないダンカンでも少し暑さを感じるほどだ。香辛料と油が燃えるにおいも漂い、湖からの強い風が吹きつけるたびに目にしみる。

アクタウ国際空港に着陸後、モンクとダンカンは近くの私有空港に待機中のチャーターしたヘリコプターにドクター・ショウを送り届けた。その後、チームの残る二人と合流するため、小さな港湾都市アクタウの中心部へと向かったのだった。ローマで二人が襲撃された事件については知らされていたため、モンクは二人との接触を慎重に行なうべきだと主張した。ローマから尾行されていないことを確認した方がいいというのだ。

「もし尾行されているのであれば」モンクは言っていた。「早めに引き離した方がいい」

その慎重な作戦が功を奏した。

この経験豊かな先輩隊員からは多くを学ぶことができそうだ。

「どうやって対処します?」ダンカンは訊ねた。

二十分ほどレストランを監視している間に、彼らはレストランの窓際に座る仲間に対して不自然なまでの関心を示している二人の人物の存在に気づいていた。レストランは湖岸沿いに延びる遊歩道に面していて、ジョギングをする人や自転車に乗った人が狭い舗装道路をひっきりなしに行き交っている。観光シーズンの終わった十一月だというのに、街の中心に当たるこの付近は大勢の人でにぎやかだ。そのため、レストランのそばから動こうとしない不審な人物はすぐ目につく。

アジア系と思われる黒髪の男が、遊歩道沿いに進んでレストランを通り過ぎた先の湖岸に設置されたベンチに腰掛けている。膝丈のコートを羽織り、両手をポケットに入れたまま、湖には背を向け、レストランから視線を外そうとしない。

あそこまで見え見えの態度も珍しい。

もう一人は女で、髪も顔立ちも男と同じだ。黒いウールの帽子をかぶり、男よりもいくらか丈の短い茶色のコートを着ている。細身の体型で、高い頬骨と射るような眼差しはなかなか魅力的だ。レストランよりも手前のダンカンたちに近い側に位置する街灯に寄りかかっている。

「俺は湖岸を行くとするかな」モンクが答えた。「背後から男に近づく。おまえは女に接近してくれ。俺が配置に就くまで待て。合図を送るから、同時に飛びかかるんだ」

「了解」

「あと、武器は隠したままにしておけ。捕まえたら、二人を俺たちのＳＵＶまで連行するんだ。目立たないように行動しろよ。逃げられないように縛るなりしてから車に乗せ、空港まで戻る間に尋問する。彼らが何者なのか、なぜローマの友人を吹き飛ばそうとしたのか、聞き出さないといけない」

「今回はなぜ攻撃せずに監視しているだけなんですかね？」

モンクは首を横に振った。「白昼堂々と襲うわけにもいかないのだろう。あるいは、二人を尾行して、ローマからカザフスタンに来た理由を突き止めるようにとの命令を受けているのかもしれない。いずれにしても、あいつらの役目はここまでだ」

モンクが行動を開始した。砂地に足を踏み入れ、さりげない風を装って湖岸を歩いていく。ベンチに座る男には決して視線を向けない。モンクと相手の男との距離が半分ほどになったのを見計らって、ダンカンもカウンターから離れ、女の方に向かって歩き始めた。モンクとできるだけ歩調を合わせ、それぞれのターゲットのもとに同時に到達できるように計算して行動する。

計画は順調に進んでいた――しかし、それもベルが鳴らされる音を耳にして、ダンカンが後ろを振り返るまでの話だった。舗装された遊歩道を走る自転車に乗った男性が、ダンカンに道を空けるように促している。数歩離れたところで、女が体をこわばらせた。

自転車が通過すると、女の視線がその後を追う。無意識の反応だろう。その視線の先に、仲間の男がいる。ちょうどその時、間の悪いことにモンクが湖岸からベンチに近づこうとしていた。

女の両肩に緊張が走ると同時に、動きが止まる。異変を察知したようだ。振り向いた女の視線が、すぐにダンカンの顔をとらえる。ダンカンの表情に何かが現れていたためか、あるいは仲間の男に近づきつつある人物と同じアメリカ人がすぐそばにいたためか、理由はわからない。女は間髪を入れずに行動を起こした。

レストランに向かって走り出す。

〈くそっ……〉

ダンカンは女に向かって飛びかかりながら腕を伸ばした。手がコートの裾をつかむ。だが、防水性のある布地が指の間をすり抜けた。女の目の前をジョギング中の人が横切る。女は驚いたシカのように脇に飛びのいた。その一瞬の遅れのおかげで、ダンカンは再びコートの裾をつかみ、しっかりと握り締めることができた。女を自分の方へ引き戻し、もう片方の腕を女の胸元に回す。

視線の端に、ベンチから立ち上がろうとした男に体当たりを食らわすモンクの姿が映る。

〈目立たないように、というのはもう無理だな〉

歩行者の流れが変化し、騒ぎの現場から離れ始める。

ダンカンは相手の体に回した腕の位置を変え、しっかりと押さえつけようとした。だが、やわらかい胸があるはずの場所には、かたくごつごつした感触しかない。しかも、それだけではない。微小な希土類磁石がコートの下に隠れた強い電流を検知し、指先に衝撃が走る。

ダンカンは女がレストランへと一目散に駆け出した理由を即座に理解した。女の体を持ち上げながら腰をひねり、湖岸の方に投げ飛ばす。女の小柄な体が宙を舞う。

「爆弾だ！」ダンカンは周囲の人たちに向けて、相棒に向けて、大声で叫んだ。

歩行者たちが逃げ惑ったりその場に凍りついたりする中、ダンカンはレストランの窓を目指して走った。モンクも男の顔に肘打ちを食らわせ、相手を砂の上にひっくり返してから、ベンチを飛び越えてダンカンの後を追った。

ダンカンは拳銃を取り出した。客のいない場所を選び、窓に向かって二発撃ち込む。ひびの入ったガラス目がけてジャンプし、肩から突っ込み、ガラスを割って店内に突入する。

レストランの床に落下したダンカンの周囲に、ガラスの破片が甲高い音を立てて雨のように降り注ぐ。ダンカンは続けざまにジャンプすると、二人のイタリア人に体当たりをして床に押しつけた。

窓の方を振り返ると、ダンカンが通り抜けた穴にモンクが頭から突っ込んできた――その後を追うかのように、激しい爆発音がとどろく。

湖に面した側のガラスがすべて吹き飛んだ。同時に、石と砂と煙が店内に入り込んでくる。モンクにレストランの床を転がりながら爆発から逃れた。ダンカンは身を挺して二人の民間人を守る。

飛散したガラスの破片がテーブルの上や床を転がり続ける中、ダンカンは二人を立たせた。

「急いで！　裏口から出るんだ！」

だが、年配の男性はすぐに動こうとしない。キャスター付きのバッグに手を伸ばそうとしている。

言い聞かせている余裕はない。ダンカンは自分でバッグをつかんだ。これがレストランのボーイだったら後でたっぷりチップをもらえるだろうと思いながら、ダンカンは二人を先導して煙の中を抜け、キッチンに向かった。途中でモンクも合流する。モンクは何カ所か切り傷を負っていて、コートにはガラスの破片が突き刺さっている。

耳も頭の中もがんがん鳴っているが、ダンカンにはモンクのつぶやきがはっきりと聞こえた。

「もうちょっとうまくできたはずだな」

四人は調理台の陰にうずくまったコックたちをよけながらキッチンを走り抜け、裏口から外に出た。建物の外に出ても誰一人として足を止めようとしない。自爆テロ犯が二人だけとは限らないからだ。

湖岸から立ち昇る煙を後にして、四人はビジネス街を貫く大通りに到達した。一台のタクシーが通りかかる。ダンカンは車の前に立ちはだかってタクシーを止めた。

四人は車に乗り込んだ。助手席に座ったモンクは、顔面から血を滴らせながら運転手に対して空港に向かうように指示した。運転手は顔面蒼白《そうはく》になったが、モンクが数枚の札束を投げつけると何度も大きくうなずいた。

高速で飛ばすタクシーが街の中心部から離れると、ようやく一息つくことができた。後部座席のダンカンは隣に座る女性を見た。きれいなキャラメル色の瞳の女性だ――険しい眼差しでにらみつけられていなければ、もっと魅力的に見えただろう。

「やっぱりローマから離れるべきじゃなかったわ」

## 午後二時二十二分

〈こんなところで私は何をしているんだろう?〉

ジェイダは青みがかった灰色の機体のユーロコプターEC175の大きな客室内に座っていた。カザフスタンに寄り道しなければならないのは気に入らなかったものの、広々とした機内に関しては不満はない。隣の座席の上に両脚を乗せ、くつろいだ姿勢を取ることができる。アラル海まで移動する乗客は五人だが、この客室には優にその倍以上の人数を収容できるだろう。

長距離の移動になるため、これだけ大型のヘリコプターが必要になるのだとダンカンが説明してくれた。しかも、目的地の周辺には飛行機の離着陸できるような空港がないという話だ。

そんなにも隔絶された場所に向かうなんて。

〈でも、世界から完全に隔絶されているわけではないわ〉

ジェイダはラップトップ・コンピューターを開き、アイコン彗星に関する最新のデータを確認していた。着色ガラスの窓の外に目を向けると、彗星の尾の小さな輝きが見える。日中の空に「，」が光っているかのようだ。一方、地球の裏側ではちょうど真夜中に当たるため、彗星は美しく夜空を彩っている。

ジェイダは画面上に表示されているアラスカからの映像を眺めた。

オーロラを背景に大量の流星雨が発生していた。銀色に瞬《また》く光の帯を引きながら、数秒に一個の割合で流れ星が落ちていく。流星雨の上には彗星の尾がくっきりと映っている。塵でできた尾とガスでできた尾が区別できるほど鮮明な映像だ。巨大な流れ星が一つ、画面の中央を横切ると同時に、アマチュアの撮影者から驚きの叫び声があがる。花火の中を炎の槍《やり》が突き抜けたかのような光景だ。

ジェイダはクロウ司令官から渡された暗号機能搭載の衛星電話を通じて、宇宙ミサイルシステムセンターとも連絡を取り合っていた。今も電話を耳に当てている——ただし、この通話内容には暗号化の必要などない。

「ええ、ママ。元気でやっているわ」ジェイダは言った。「ここカリフォルニアでもとてもきれいよ」

母に嘘をつくのは気が引けたが、ペインターから厳しい指示を受けている。

「あなたも夜空の光のショーを見ているところなの？」

「もちろんよ」

少なくとも、今の答えは嘘ではない。

「一緒に見ることができたらいいのに」母が言った。「あなたがまだ子供だった頃みたいに」

懐かしい記憶がよみがえり、ジェイダの顔に笑みが浮かんだ。ナショナルモールの芝生に寝転がり、毛布にくるまって寒さに震えながら、しし座流星群やペルセウス座流星群を眺めていたことを思い出す。ジェイダが星に興味を持つきっかけを与えてくれたのは母だった。毎年出現する流星群には、しし座やペルセウス座など、その流星が発生したと考えられる星座の名前が付けられていることも、母から教わった。小さな世界で毎日を必死に暮らしていたジェイダに、星は壮大な宇宙の存在を、より大きな可能性を示してくれた。

コングレスハイツ出身の少女でも、天体物理学者になれることを。

「私もママと一緒に見ていたいわ」ジェイダは腕時計を確認した。「ねえ、そろそろ寝た方がいいんじゃないの？　ホリデーマートの朝番に遅刻するわよ」

「あらまあ、本当だわ……もう寝ないとだめね」

電話を通じて、地球の裏側から母の思いが伝わってくる。

「愛しているわ、ママ」

「私も愛しているわよ、ジェイダ」

回線が切れると、ジェイダは一抹の寂しさを感じた。ふと、こんな生活を送っている自分がわがままに思えて、罪悪感を覚える。

まばたきをして涙をこらえながら、ジェイダは作業に戻った。流星雨の映像をもう一度巻き戻す。SMCではこの大量の流星雨の出現が太陽系内を通過するアイコン彗星と何らかの関係があるのか、あるいは単なる偶然の一致なのか、突き止めようとしているところだ。

ジェイダは技師の友人の一人とのメールでのやり取りを通じて、最新の見解を知らされていた。現時点では、彗星の通過がエッジワース・カイパーベルトに影響を与えたと考えられている。エッジワース・カイパーベルトとは海王星軌道の外側にある凍った小惑星が密集した領域のことで、ここの小惑星の一部が彗星の通過に伴って引き寄せられ、地球に降り注いだのではないかと推測されている。エッジワース・カイパーベルトは直径百キロ以上の小惑星を七万個以上も含んでいるほか、有名なハレー彗星をはじめとする短周期彗星の起源でもある。

しかし、何よりも驚くべき知らせは、アイコン彗星がそれよりもはるかに遠いオールトの雲を起源としているらしいことが有力視されつつある点だ。オールトの雲というのは、太陽系に最も近い恒星までの距離の約五分の一のあたりで、太陽系の外側を球殻状に取り巻いている天体群のことで、約二千四百年の周期で地球に接近するヘール・ボップ彗星のような長周期彗星の起源と考えられている。

最新の計算の結果、前回アイコン彗星が内部太陽系を通過したのは二千八百年前のことだと判明した。かなり久し振りの訪問なのは間違いない。アイコン彗星の起源が本当にオールトの雲だとすれば、実に興味深い話だ。オールトの雲の中にある天体は、太陽系が形成されるもとになった星雲の残骸が手つかずのまま残ったものだと考えられている。ということは、アイコン彗星は太陽系の誕生にまでさかのぼる、はるか昔からの光り輝く使者で、宇宙の謎の鍵を握っている可能性もあるのだ。

おそらく、ダークエネルギーの謎を解く鍵も。

その時、大きな音とともにヘリコプターの機体が揺れ、続いて低いエンジン音が聞こえた。頭上のローターがゆっくりと回転を始める。

〈どうしたのかしら……？〉

ジェイダは椅子に座り直した。

整備士が駆け寄り、客室側の扉を開いた。機内に轟音が飛び込んでくる。

操縦士が後ろを振り返り、ジェイダに向かって叫んだ。「シートベルトを締めてください！大至急、離陸準備に入るようにとの指示が届いたので！」

心臓の鼓動が速まるのを感じながら、ジェイダはラップトップ・コンピューターの画面を閉じた。開け放たれた扉から外を見ると、整備士が離陸前の最終チェックを急いで行なっている。遠くに目を移すと、街の中心部で青空に向かって激しく黒煙が昇っている。

その直後、一台のタクシーが視界に入った。真っ直ぐにヘリコプターへと向かってくる。ジェイダはモンクが助手席に座っていることに気づいた。モンクとダンカンは黒のメルセデスのSUVでここを出発したはずなのに。

ジェイダは扉の枠を握り締めた。

〈いったい何が起きているの？〉

甲高いブレーキ音を響かせてタクシーが停止すると同時に、扉がいっせいに開いた。後部座席の扉からダンカンが出てきた。その反対側の扉からは、薄手のジャケットを着た初老の男性が降りてくる。黒のVネックのセーターの下に、聖職者であることを示すローマンカラーが見える。その隣にはピクシーボブの髪型をした若い小柄な女性が付き添っている。

ヴィゴー・ヴェローナとレイチェル・ヴェローナだろう。

表情から推測する限り、二人とも機嫌がよさそうには見えない。

ダンカンがトランクを開け、荷物を取り出した。ローラーバッグが一つだけだ。ほかに荷物はないのだろうか？

モンクは助手席側の扉から車内をのぞき込み、運転手に支払いをすませている。こちらに向き直ったモンクの顔を見て、ジェイダは息をのんだ。顔面が血まみれだったからだ。市街地の上空に立ち昇る煙に視線を移す。二人が関係しているに違いない。

四人は待機しているヘリコプターに向かって走り始めた。

だが、一歩進むごとに、レイチェルの不機嫌そうな顔つきがさらに曇る。ヘリコプターに乗るのを拒んでいるかのようだ。扉の手前でレイチェルの動きが止まった。

「ここに残るべきだわ！」レイチェルは司祭の腕をつかむと叫んだ。「ローマに戻るから！」

ジェイダはその決断を支持したい気分だった。そうすれば、すぐにでもカザフスタンを離れ、モンゴルの山間部に直行し、墜落した衛星の捜索を始めることができる。

モンクが首を横に振った。「レイチェル、君はすでに連中に狙われている。この襲撃を計画したのが何者かはわからないが、こちらが想定していたよりも大きな組織なのは間違いない。何度でも試みるはずだ」

ダンカンも同意見のようだ。「タラスコ神父とやらのせいで今回の件に巻き込まれたんですよ。このごたごたから抜け出すにも、彼の力が必要になるんじゃないですか？」

レイチェルはその意見にも一理あると認めたようで、おじの腕から手を離した。二人がヘリコプターに乗り込んでくる。ジェイダは扉から離れ、向かい側の座席でシートベルトを締める二人に軽く会釈をした。正式な自己紹介は後回しということになりそうだ。

ダンカンがジェイダの隣に座った。彼の存在を、彼との触れ合いを、彼のぬくもりさえも、ありがたいと思う。ダンカンは深呼吸を繰り返している。まだアドレナリンの流出が止まらないのだろう。

モンクがシートベルトを締めながら身を乗り出し、ジェイダの膝に手を置いた。「あわただしくて申し訳ない。爆弾テロでカザフスタン当局が空港を閉鎖したら、身動きが取れなくなってしまうからね」

ジェイダは客室内を見回した。

〈私は何に巻き込まれてしまったんだろう？〉

## 午後三時七分

ユーロコプターが巡航高度に到達すると、ダンカンは過ぎゆく眼下の景色を眺めた。ローターの大きな回転音とともに、機体は青々とした湖を後にし、赤茶けた砂、点在する灌木、表面が塩分で覆われた白いメサ、風化した岩石から成る荒涼とした地形の上空を横断していく。ニューメキシコ州の風景を見下ろしているような錯覚に陥るが、ラクダの群れやユルトと呼ばれる遊牧民の住居がその印象を和らげる。住居の真っ白な布地が濃い色の大地を背景にひときわ映えて見える。

袖口が引っ張られるのを感じて、ダンカンは機内に注意を戻した。

モンシニョール・ヴィゴーがダンカンの隣の席に置かれたローラーバッグを指差している。

「レン軍曹、すまないがバッグを開けてもらえないかね？　あの騒ぎの後で中身が無事かどうかを確認したいのだよ」

さっきの出来事を表すのに「騒ぎ」のような言葉を使うのは、神に仕える人間くらいだろう。

「モンシニョール、どうかダンカンと呼んでください」

「それなら、君も私のことをヴィゴーと呼んでくれたまえ」

「いいですよ」

ダンカンは体をかがめ、片手でバッグを抱え上げると膝の上に乗せた。ジッパーを開いてふたを持ち上げる。黒い発泡スチロールの保護材にくるまれた二つの物体があり、そのまわりに服が詰め込まれている。

「二つのうちの大きい方の状態が気がかりでね」ヴィゴーが言った。「壊れやすいものだから」

モンシニョールは発泡スチロールを外して中身を出すようダンカンに身振りで示した。

ダンカンはモンシニョールが何を気にしているのか察しがついたため、大きい方の中身が何かも予想できた。保護材の上半分を取り外すと、頭蓋骨の頭頂部が姿を現した。眼窩の穴がダンカンの方を向いている。

「それを取り出してこっちに渡してくれないか？　損傷がないか調べておきたいのだよ」

ダンカンはアフガニスタンでの戦闘で多くの死を目の当たりにしてきたが、それでも心の中でうめき声をあげた。隣に座るジェイダの表情も、学者としての興味と嫌悪感との間で揺れ動いている。

胸の内の不快感を気にしないように努めながら、ダンカンは頭蓋骨をつかもうと両手を伸ばした。だが、手が骨に触れないうちに、微小な磁石の振動に刺激されて指先の神経の末端にうずくような感覚が走った。

ダンカンは驚いて両手を引っ込め、指を振った。

「怖がる必要はないよ」ヴィゴーはダンカンの行動を誤解してなだめた。

モンシニョールの言葉を無視して、ダンカンは頭蓋骨の頭頂部に指をかざした。初めて経験する感覚だ。電気を帯びてぬるぬるした冷たいゼリー状の液体に、指先を浸しているとでも言ったらいいだろうか。

「何をしているの?」ジェイダが訊ねた。

ダンカンは自分の動作が他人の目にどう映っているか気づいた。「頭蓋骨が奇妙な電磁エネルギーのようなものを発している。ごく微量だが、確かに感じるんだ」

ジェイダが眉間にしわを寄せた。「どうやって……なぜそんなことがわかるの?」

ダンカンは磁石についてまだ伝えていなかったことを思い出し、全員に説明した。「指先はこの頭蓋骨が発する何かを間違いなく感じ取っている」

「それなら、古い本の方も調べた方がいいわ」そう言いながらレイチェルが手を伸ばし、もう一方の保護材を取り外した。

書物を包む革は古びていて、深いしわが寄っている。

　ダンカンはその表面に沿ってゆっくりと指先を動かした。今度は本の表面に直接指で触れても、ほんのわずかな刺激しか伝わってこない。それでも、頭蓋骨の時と同じ感覚だ。ダンカンの両腕に鳥肌が立った。

「さっきよりも弱いけれど……まったく同じだ」

「残留放射線という可能性はないの？」レイチェルが訊ねた。「この遺物は今までどこに保管されていたのかわからないのよ。放射線源の近くにあったんじゃないかしら？」

　ジェイダが顔をしかめた。納得がいかない様子だ。「私のスーツケースの中にある機材で調べたらどうでしょうか。墜落……」

　ジェイダは口をつぐんでモンクの方を見た。危うく口を滑らせて任務の本当の目的を明かすところだったことに気づいたのだろう。墜落した衛星に関しては、今のところヴィゴーとレイチェルに対しても秘密扱いとされている。

　咳払いをしてから、ジェイダは続けた。「機材を使えば様々なエネルギー源を検査することができます。ガイガーカウンターやマルチメーターなどがありますから。着陸してから、ダンカンの主張を検証したらいいと思います」

　ダンカンは肩をすくめた。「確かにある。理由は説明できないが、確かに存在している」

　ヴィゴーが背もたれに体を預けた。「そういうことなら、タラスコ神父から送られた座標に到着すれば、みんなが安心できるというわけだ」

だが、ダンカンはモンシニョールの考えに同意することができなかった。ローラーバッグのジッパーを閉じ、窓の外の荒涼とした風景に視線を戻す。しばらくすると、知らず知らずのうちにダンカンは指先をこすり合わせていた。さっきのぬるぬるとした感覚をぬぐい去りたいという気持ちから出た動作だろう。第六感によって得たあの感覚を、言葉で説明するのは難しい。あえて言葉で表現するなら、「あってはならない」感覚だった。

# 8

## 十一月十八日　ウランバートル時間午後五時二十八分
## モンゴル　ウランバートル

　ウランバートル市街地の地下深くにある一室では、室内に張り巡らされた高温のパイプから蒸気が噴き出していた。石油を使ったカンテラの炎が、組織の会合の場所を明るく照らしている。「蒼《あお》き狼の首領」は、副官をはじめとするグループの側近の前に立っていた。顔をしっかりと隠すために、オオカミの仮面の位置を調節する。

　副官だけが彼の本名を知っている。

　バトゥハン。「厳格なる支配者」を意味する。

「つまり、彼らはアクタウでの攻撃を生き延びたのだな？」バトゥハンは副官に確認した。

　アルスランが素早くうなずいた。まだ三十歳にも満たない若き副官は仮面を着けていない。背が高く引き締まった体つきで、黒々とした髪をしている。ジーンズに厚手のウールのセーターという典型的な西洋風の服装だが、むせ返るような湿気による汗で光る高い頬骨と赤ら顔は、彼が純粋なモンゴル人であることを示していた。かつてこの国の人々を弾圧していた中国人やロシア人のけがれた血は混じっていない。

この副官は若い世代のモンゴル人の多くと同じように、民族に対する誇りに満ちあふれ、バトゥハンの世代が苦労して勝ち取った自由をたたえている。ここにいる者たちこそが、馬を駆って当時知られていた世界の大部分を征服した偉大なるチンギス・ハンの真の子孫たちだ。

バトゥハンは今でも忘れていない。ソヴィエト連邦の影響下にあった数十年間は、チンギスの名を口にすることさえも禁じられていた。抑圧されたモンゴル人の民族的な誇りに火がつくことをソ連が恐れていたためだ。ヘンティー山脈に通じる道をソ連軍の戦車がふさいでいたため、偉大なるハンの生誕地を訪れたりあがめたりすることすらできなかった。

しかし、民主化とともにすべてが変わった。

チンギス・ハンは不死鳥のごとくよみがえり、若者世代に大きな影響を与えつつある。その存在は神格化され、「全世界の支配者」を意味するチンギス・ハンの尊称を名乗る前の「テムジン」という本名が、大勢の子供や若者の名前に付けられた。モンゴル国内の全域で、通りからお菓子やタバコやビールに至るまで、チンギス・ハンの名前が氾濫《はんらん》している。硬貨や建物には彼の肖像画が描かれている。首都ウランバートル郊外では、馬にまたがるチンギス・ハンをかたどった総重量二百五十トンのステンレス鋼製の像が観光客を出迎える。

民族に対する新たな誇りが、全国民の体内を血となって流れている。

だが、バトゥハンの目の前にいる副官の顔からは、そのような誇りをうかがうことはできない。そこにあるのは失敗に対する恥辱の思いだけだ。その恥辱をさらなる重要な任務へと向けさせるために、バトゥハンは語気を荒らげた。

「それならば、前に進まなければならない。決して屈してはならない。イタリア人が砂漠にいる司祭のもとに到着するまで待つのだ。彼らはそこへ向かうはずだ。恐れおののいてローマに逃げ戻ったのでなければ」

「私が自ら現地に乗り込むつもりでいます」

「それがいい。だが、我が組織の一員が作業者の中に紛れ込んでいる事実に、その司祭が気づいていないのは確かなのだな？」

「タラスコ神父は砂と目的以外のことは見ていません」

「それならば、彼らのもとに行くがよい」

「イタリア人が到着した場合は？」

「殺せ。彼らが持参したものを奪い、ここへ送り届けよ」

「タラスコ神父はどうしましょうか？」

バトゥハンは室内を見回した。このグループはソヴィエト連邦の圧政下に置かれていた今から数十年も前に、彼の祖父によって反政府組織として結成された。リーダーは「蒼き狼の首領」を意味する「ボルジギン」の称号を受け継ぐ。それはチンギス・ハンが率いていた氏族の名称でもある。

だが、世界は大きく変わった。現在、モンゴル経済は鉱業に牽引《けんいん》されて世界有数の成長率を記録している。この国の真の宝はチンギス・ハンの失われた陵墓の中にではなく、石炭、銅、ウラン、金など、一兆ドルを上回ると試算される天然資源の鉱床の中に眠っているのだ。

バトゥハンも複数の鉱山に多額の出資をしていた。けれども、祖父や父から聞かされた話をどうしても忘れることができない。チンギス・ハンの話を、陵墓に隠されているという莫大な財宝の話を。

その神聖なる埋葬地を捜索する人間に対しては、常に監視の目を怠らない。めったに人前に姿を見せることのない、変わり者のヨシプ・タラスコ神父に対しても。

バトゥハンがその噂を耳にしたのは六年前のことだ。ある男がどこからともなくカザフスタンに現れ、いくつもの偽名を使いながら、砂漠や塩原《えんげん》に穴を掘り、涸《か》れつつある湖を捜索しているという。その男がチンギス・ハンの埋葬地に関する手がかりを探しているらしいとの知らせがウランバートルに伝えられた頃には、彼が作業を開始してからすでに二年が経過していた。ただ、見当外れな捜索場所だったので、バトゥハンはその男の発掘作業をそれほど重視していなかった。念のために組織のメンバーを作業員として潜入させて、謎の男の監視をさせておいたくらいだ。

ところが三日前、奇妙な目撃情報が伝えられた。男が探し求めていたと言われる遺物の話だ。

それまでは誰一人としてその遺物を目にしたことがなかった。被害妄想の気のある男が、人目につかないように遺物を隠し続けていたからだ。だが、送り込んだスパイの報告によると、この一カ月ほどの間、男は今までになく不安に駆られている様子で、動揺したり取り乱したりすることも多く、遺物の存在をうっかり口にしてしまったらしい。

作業員の間に話が広まった。頭蓋骨と人間の皮膚で装丁された本の存在に怯え、多くの作業員が逃げ出した。すると、男は突然その遺物を木箱に収め、どこかに送りつけてしまった。噂がこれ以上広まり、よからぬことを考える人間の耳に入ってはいけないと考えたのかもしれない――だが、すでに手遅れだった。

バトゥハンの情報網に引っかかってしまったからには。

興味を覚えたバトゥハンは、遺物がローマへ送られる前に奪い取ろうと試みた。だが、すでに遺物は発送された後で、入手することができなかった。それでも、ようやく男の本名を知ることができた。荷物に記されていたのだ。

ヨシプ・タラスコ神父。

バトゥハンは荷物の宛先についても情報を得ることができた。

だが、そこでも遺物の確保に失敗した。

〈まあ、時間の問題だ〉

アルスランが体を小さく動かした。謎の司祭に関する決定を待っている。

バトゥハンは顔を上げた。「可能であれば、タラスコ神父の身柄を確保せよ。ここへ連れてくるのだ。彼に聞きたいことがある」

「可能でない場合には？」

「ほかのやつらもろとも、殺すがよい」

話し合いが終わると、バトゥハンは迷路のように入り組んだ暖房用のトンネルを抜け、夜の帳《とばり》が下りた外の世界への帰途に就いた。側近たちも各自の帰り道の方向へと別れていく。

バトゥハンはオオカミの仮面を着けたまま、ウランバートルのホームレスたちが寒さから逃れて暖を取るトンネル内を歩き続けた。「アリ」として蔑《さげす》まれているホームレスは、その大半がアルコール依存症患者か失業者だ。バトゥハンは彼らを無視した。同情の余地もない。新生モンゴルの希望とは無縁の存在、外の世界から見えてはいけない存在なのだ。

男も、女も、子供たちも、彼がかぶっている仮面を見て恐怖におののき、虫けらのように目の前から姿を消す。

ようやく梯子《はしご》に到達すると、バトゥハンは段を上り、秘密の出口を抜けて狭い路地に出た。付き添っていた組織のメンバーの一人がマンホールのふたを閉める。

その男が立ち去るのを確認してから、バトゥハンは仮面を外した。スーツの裾を直し、表通りへと向かう。空気はひんやりとしているが、それでもこの時期にしては季節外れの暖かさだ。ウランバートルは世界で最も寒い首都と言われている。だが、本格的な冬はまだ訪れていない。

大いなる出来事が起こるのを予期して、冷気の放出を控えているかのようだ。

スフバートル広場の向かい側には政府宮殿がそびえている。宮殿に通じる大理石の階段の上には、椅子に腰掛けたチンギス・ハンの巨大なブロンズ像がある。スポットライトに照らし出されたチンギス・ハンが、ウランバートルの街並みを見渡している。

あるいは、夜空に輝く彗星を眺めているのかもしれない。

チンギス・ハンの存命中には、ハレー彗星が地球に接近したとされている。チンギスは彗星を自らの幸運の星と見なした。西へ向かう彗星の軌道を見て、軍勢をヨーロッパに派遣せよというお告げだと解釈したとも伝えられている。

〈この新しい彗星も、大いなる出来事が訪れるというお告げなのではないだろうか？〉

広場に向かうバトゥハンは、二つの流れ星が短い輝きを発しながら落ちていくのを目撃した。今の思いを認められたかのような気がする。

新たな意欲が湧き上がるのを感じながら、バトゥハンは政府宮殿へと向かった。人影が近づいてくる。バトゥハンに気づくと、男はすれ違いざまに深く頭を下げた。自分こそがチンギス・ハンの遺産の正統な後継者であることを認めてくれた仕草だと思いたいところだが、そうでないことはわかっている。政府内での地位——モンゴルの法務大臣である自分への敬意を表しただけだ。

バトゥハンは再び彗星を見上げた。

〈チンギスの時と同じように、あの彗星は私の幸運の星なのかもしれない……私を征服と権力と富へと導いてくれる星なのだ〉

# 9

## 十一月十八日　韓国標準時午後七時二分
## 北朝鮮　平壌

何とも奇妙な他国への侵入方法だ。

グレイはがたがたと揺れるバスの後方の座席に座っていた。最後部の座席は、いびきをかいて寝ているコワルスキの巨体が独占している。バスの車内は居眠りをしたり小声で会話をしたりしている中国人の男女でいっぱいだ。首からカメラをぶら下げた人もいれば、野球帽をかぶっている人もいる。帽子にはにんまりと笑みを浮かべた黄色いネコが刺繍《ししゅう》されている。灰色の車体をしたバスの側面に描かれているのと同じネコで、北京に本社のある旅行会社の公式キャラクターだ。

バスの最前部の座席では、ジュワンが運転手のそばで監視の目を光らせている。運転手も、バスのほかの乗客も、全員がドゥアン・ジー三合会の構成員だ。

一行は午前中にプライベートジェットで香港を飛び立ち、中国と北朝鮮との国境に近い小さな空港に着陸した。空港では二台の観光バスが待機していた。厳重な警備下に置かれた非武装中立地帯のある韓国との国境とは異なり、中国と北朝鮮との国境は形式的なものにすぎず、北朝鮮から中国への脱北者の流れを制限することが主な目的となっている。

それは今日も例外ではなかった。

国境を越える際、グレイとコワルスキは大量の武器とともに秘密の部屋に隠れていたが、北朝鮮の兵士はバスの車内に乗り込もうとすらしなかった。国境と平壌との間に広がる森に覆われた緑の山々の自然美を目当てに裕福な中国人観光客が押しかけるので、このようなバスが国境を通過するのは日常茶飯事だ。しかも、貧困にあえぐ北朝鮮が、外貨の大きな収入源となる観光客を追い返そうとするはずはない。

国境を越えた後、二台のバスは曲がりくねった山道をゆっくりと南へ進みながら首都を目指した。四時間後、丘陵地帯の先の平地に広がる平壌の街が視界に入ってきた。香港の喧騒やきらびやかな街並みと比べると、前方に見える首都はまるで廃墟のように薄暗い。夜空を背景に高層ビルの影がそびえている。暗闇の中で記念碑が照明を浴びているほかは、街灯や明かりのついた窓がぽつぽつと見える程度だ。何一つ動いていないように思える。時の流れが止まってしまった街のようだ。

グレイの前の席に座る人影が大きく伸びをした。グレイが窓の外に視線を向けていることに気づいたのだろう。「これが悲しい現実なのよ」グアン・インは一睡もしていない様子だ。娘の身を案じる気持ちが、瞳にはっきりと現れている。「平壌市民が電気を使えるのは一日三時間まで。だから節約しないといけないのよ」

平壌の市街地に通じる四車線の道路には、ほかに一台の車も走っていない。街の外れに近づいても、通りを走る車は見えない。信号すらも電気が消えたままだ。バスの車内は静まり返った。見捨てられたこの街に眠る幽霊を目覚めさせてしまうのを恐れているかのように。

初めて目に映った人の気配は、煌々《こうこう》と輝く巨大な建物の前をゆっくりと巡回する一台の軍用車両だった。

「あれは錦繡山《クムスサン》太陽宮殿よ」グアン・インが小声でささやいた。「以前は金日成《キムイルソン》国家主席の宮殿だったところ。彼の死後は霊廟《れいびょう》に改装されて、防腐処置を施された遺体がガラスの棺《ひつぎ》に安置されているわ」

これは国家によって入念に進められている個人崇拝のほんの一例にすぎないのだろう、グレイはそう思った。北朝鮮では金日成とその子孫が神同然にあがめられている。

霊廟が後方に遠ざかると、グアン・インの表情が曇った。「あの霊廟の建設には十億ドル近い費用がかかったと試算されている……国民が飢えに苦しんでいる最中だったというのに」

一九九〇年代半ばの金日成の死去と時を同じくして、北朝鮮国内は飢饉に見舞われていた。全人口の一割近くが命を落としたと言われている。飢饉が長引くにつれて、農村地帯では人を殺して食べるまでの悲惨な状態に陥っていた。子供たちは人目につく場所で寝ないように注意を受けていたという。

北朝鮮の人々の暮らしは、その後もほとんど改善されていない。

国際社会から厳しい経済制裁が科されているために、食料不足は慢性化している。国内のインフラも財政面で綱渡りの状態が続いている。工場でさえも部品の欠乏や電力不足のせいでまともに操業できていない。

活発な動きが見られるのは政治の世界だけだ。

バスの車窓の外には、真っ暗なアパート群がどこまでも連なっていた。単調な景色が続く中、時折明かりに照らされた高い看板や壁画が現れる。しかし、コーラやビールや最新家電製品の広告ではない。最高指導者のにこやかな表情を様々な角度から描いたものばかりだ。

二台のバスが相変わらず対向車のない六車線の道路に折れると、目的地の柳京《リュギョン》ホテルが視界に見えてきた。平壌市内で最も高い建物だ。三枚の翼を持つガラス製のロケットが直立したような形をしており、市街地を見下ろすその高さは百階以上もある。だが、市内のほかの建物と同じように、このホテルもほとんど明かりがついていない。ロビーのあるフロアといくつかの窓に電気がついているから、かろうじて営業中だとわかる。

この廃墟も同然のホテルを、作戦の拠点として使用する計画だ。グアン・インの持つ情報網とふんだんにばらまいた賄賂により、セイチャンと似た外見の女性が、首都から数キロの距離にある「教化所」と呼ばれる強制収容所に連行されたことが判明した。

汚職のはびこる貧しい国では、何よりも金が物を言う。

ホテルにチェックインした後、全員が北朝鮮の軍服に着替え、武器を携行する。グアン・インによる多額の賄賂のおかげで、午前二時にホテルの業務用出入口の近くに無人の軍用輸送トラックが乗り捨てられる手筈になっていた。そのトラックと軍服で敵の目を欺《あざむ》き、深夜に強制収容所への攻撃を仕掛ける予定だ。

ホテルに到着すると、一台目のバスが円形の進入路に進み、屋根付きの大きな車寄せの下に入った。

グレイの乗った二台目のバスも後に続く。

数多くの問題や遅れを経て、柳京ホテルは数カ月前に部分開業したばかりだ。工期は二十年以上にも及び、その間の人気《ひとけ》のない真っ暗な建物はさびれた首都の街並みの象徴となった。世界のマスコミからは「滅びのホテル」と揶揄《やゆ》されていた。

グレイはその呼び名が数時間後の自分たちに当てはまらないことを祈った。

だが、嫌な予感が的中するまでに数分もかからなかった。

一台目のバスがブレーキをかけて停車すると同時に、武器を振りかざした軍服姿の男たちが、大声をあげながらロビーから飛び出してきた。続いてグレイたちのバスの後方が明るく照らされる。隠れていた複数の軍用ジープが動き出し、進入路をふさいで退路を断とうとしている。

どうやらまんまと罠にはまってしまったようだ。

## 午後七時三十三分

ジュロン・デルガドは窓の前に立ち、隣の部屋をのぞいていた。スペインの異端審問で使用されていたような拷問用の椅子には、暗殺者が固定されている。ジュロンは女の姿を観察した。精神的に追い込むため、女が身に着けているのは下着だけだ。両手足はそれぞれ頑丈な拘束具で固定されている。蝶番の付いた椅子を動かすだけで女の姿勢を自由に変え、体の各所に苦痛を与えることができる。

今、女は肩関節と腰を固定され、無理やり胸をそらした姿勢にされている。伸び切った背骨にはかなりの負担がかかっているはずだ。この三時間ほど、女はこの姿勢のままでいる。

「素直に言うことを聞くようになるはずだ」パク・ファンが説明していた。「曲がった根性も直ることだろう」

科学者は折れた鼻に貼った絆創膏の隙間から鼻息を漏らしながら、面白くもない冗談に大笑いしていた。あいつは傷つけられたプライドを癒すために、復讐を望んでいるだけだ。そのために、自分と同じような苦痛を与えようとしている。

ただ、あの姿勢が苦痛に満ちたものであることは間違いなさそうだ。室内は寒いはずだが、女のむき出しの肌は汗で光っていた。あの汗が女の苦痛を如実に物語っている。ジュロンは歯を食いしばって痛みをこらえる女の顔を想像した。だが、女の頭部はぴったりとしたフードで覆われている。耳栓をはめられているから音も聞こえない。五感の一部が遮断されているせいで、痛みに対する感覚はひときわ研ぎ澄まされているはずだ。

北朝鮮の人間はこの手のことに対して抜かりがない。

それに加えて、満杯の収容所内で物憂げに動く餓死寸前の人々を見る限り、同胞の囚人に対して優しく接しているわけでもなさそうだ。車二台分のガレージほどの広さもないような一部屋に、四十人の囚人が詰め込まれている。ジュロンは二人の男が死体を巡って争っている場面を目撃した。死んだ囚人の埋葬作業を割り当てられれば、いつもより食料を多めに配給してもらえるからだ。

北朝鮮版のアウシュヴィッツのような場所だ。

ポケットの中に入れてあった携帯電話が鳴る。ジュロンは電話を取り出した。柳京ホテルからの最新情報だろう。攻撃チームにはトマズが同行している。

だが、聞こえてきたのは優しい声だった。「ジュロン……」

ジュロンの顔に笑みが浮かぶ。緊張がほぐれていくのを感じる。「愛しのナターリア、どうして電話をかけてきたんだい？　そっちの様子は？」

ジュロンは息子の出産を控えて大きなおなかをした妻の姿を思い浮かべた。

「寝る前にあなたの声が聞きたかっただけなの」今にも眠りに落ちてしまいそうな声だ。「隣にあなたの熱い体がないから寂しいわ」

「君が一人きりで眠るのも今夜が最後だよ。遅くとも明日のまだ明るいうちに家に帰ると約束する」

「よかった」ナターリアは眠たげにつぶやいた。「約束を破らないでね」

「破ったりするものか」

二人はおやすみの挨拶を交わした。

電話をポケットに入れ、隣の部屋で拷問を受けている女に再び目を向けながら、ジュロンはかすかな罪悪感を覚えた。しかし、そんな心の痛みを忘れられるだけの報酬が約束されている。すべてが片付いてから、明朝にはマカオに戻る予定だ。

当初、ジュロンは今夜のうちに北朝鮮を離れるつもりでいた。しかし、爆発炎上した三合会の拠点からグアン・インが脱出したとの情報が入ってきたのだ。しかも、二人のアメリカ人も生き延びていた。燃え上がる建物から空中ブランコと綱渡りで逃れたということらしい。さらにほんの三十分前のことだが、各地の情報源から送られてきた内容を総合すると、グアン・インがすでに北朝鮮国内にいるだけでなく、この収容所の襲撃を計画していることも判明したのだった。

ジュロンはパク・ファンにその情報を伝え、柳京ホテルでグアン・インたちを待ち伏せする攻撃部隊を派遣した。敵の準備が整う前にこの女の救出作戦を叩きつぶすためだ。

ジュロンは隣の部屋をじっと見つめていた。一つの疑問が頭から離れない。

〈なぜおまえにはそこまでする価値があるのか？〉

ジュロンはこの女の値段を低く設定しすぎたと後悔していた。だが、今さらパク・ファンと再交渉する余地はない。鼻ばかりかプライドまで大きく傷つけられた北朝鮮の有力な核科学者が相手では、ジュロンとしても向こうが提示した条件をのむしかなかった。パクは女への復讐で頭がいっぱいのため、こちらの話に耳を貸そうとすらしなかったのだ。

そんなジュロンの思いが聞こえたかのように、パクが満面に笑みを浮かべながら部屋に入ってきた。「君が言っていた通り、やつらは到着したよ、ミスター・デルガド。連中は袋のネズミだ」

ジュロンは若い女の隣で拷問にかけられるであろうグアン・インの姿を思い浮かべた。足りない分の報酬はそれで我慢するとしよう。あの女がいなくなれば、マカオにおける自分の地位はよりいっそう強固なものになる。

「それより、未解決の問題を片付けようじゃないか」そう言いながら、パクは隣の部屋を食い入るように見つめた。「君の話によると、この女は多くの犯罪組織と関係のある暗殺者だということだ。その組織とは具体的にどこなのか、我々にどんな利益をもたらしてくれるのかを、知る必要がある。それよりも重要なのは、この女があの二人のアメリカ人とどんな関係なのかということだ」

「その二人もグアン・インと一緒なのか？」

これまでのところ、ジュロン自身の情報網から今の質問に対する明確な答えは得られていない。一緒だという話もあれば、そうではないとの情報もある。

「まだわからん。だが、一時間以内には判明するはずだ」

パクの背後の扉が開き、背の高いスキンヘッドの瘦せた男が入ってきた。長い白衣を着用していて、手にしたステンレス製のトレイの上には怪しげな手術道具やペンチが並べられている。男は小さくお辞儀をしたが、まったく無表情のままだ。

「クォン・ナムだ」パクが紹介した。「この道具を使えば、彼が引き出せない答えはない」

クォンは隣の部屋に向かった。パクもその後についていく。

パクが扉の手前で立ち止まった。「君も一緒にどうかね？　遠慮することはない。この女は君の商品なのだから」

「もはや私のものではない」ジュロンは答えた。「あなたは全額を支払った。ここから先、商品をどう扱おうとも私の関知するところではない」

〈私が責任を負うべきことでもない〉ジュロンは心の中で付け加えた。

パクは肩をすくめると、隣の部屋へ入っていった。

ジュロンは最後にもう一度だけ、隣の部屋をのぞいた。

今までずっと、拷問器具に固定された女は一度たりとも泣き声をあげなかった――だが、それもあと数分のことだろう。

## 午後七時三十九分

「バスをバックさせろ！」グレイはバスの前に向かって叫んだ。「スピードを落とすな！」

憲兵たちが一台目のバスを取り囲み、別の一団が自分たちのバスに向かってくるのに気づくと、グレイはすぐに立ち上がった。即座に行動を起こさなければ、挟み撃ちにあって身動きが取れなくなってしまう。

三合会での経験豊かなジュワンも、素早く危険を察知した。グレイの指示を運転手に対して広東語で伝える。バスは大きく車体を揺らしながら後方に急発進した。

バスはバックのままスピードを上げていく。グレイは床に両膝を突き、隠し戸を引き開けた。後退するバスの側面に銃弾が降り注ぎ、窓ガラスが砕け散る。バスの正面が最も激しい攻撃を受けている。うめき声をあげた運転手の体が横に倒れた。バスの車体が斜めに傾く。ジュワンは運転手の体を座席からどかして床に転がし、自らハンドルを握った。

グレイは隠し戸の裏側に留めてあったアサルトライフルをつかんだ。国境での検問で問題が発生した場合に備えて、あらかじめ準備されていた武器だ。コワルスキとともにこの下に隠れていた時、このアサルトライフルの存在に気づいていた。

「武器をみんなに配ってくれ」グレイは床下に隠されている残りの武器を指差しながらコワルスキに指示した。

この襲撃から生き延びるためには、このバスを戦闘車両に変貌させる必要がある――側面に描かれた笑みを浮かべた黄色いネコの絵は似つかわしくないが。

手始めに、狭まりつつあるこの包囲網から抜け出さなければならない。

グレイはコワルスキと席を替わって最後部の座席に飛び乗り、バスの屋根にある緊急避難用の脱出口を開けた。ハッチから上半身を乗り出し、肘を突っ張って体を固定させると同時にアサルトライフルを構え、円形の進入路に回り込んでバスの逃げ道を断とうとしている二台のジープに狙いを定める。

グレイは一台目のジープのフロントガラスに向かって乱射した。ジープは進入路から外れ、手入れの行き届いた芝生に突っ込んでいく。二台目のジープは大きく揺れながらも道路からはみ出さずに進んでくる。だが、高速で後退するバスの車体がジープに接触した。

二台目のジープは片側のタイヤが浮き上がり、そのまま横転した。

接触時の衝撃でグレイの体も車外に放り出されそうになったものの、ひとまずは退路を確保することはできた。

バスはバックのままホテルの進入路から抜け出した。急ブレーキをかけながら車体を百八十度回転させると、バスの前部が六車線の道路に向かう形になる。ジュワンがギアを切り替え、アクセルを踏み込むと、バスは再び前進を始めた。ほかの車が一台も走っていない道路を疾走する。

ホテルの方から残りの軍用ジープが追跡を開始した。

前方からも、サイレンを点灯させた数台の車両が、幅の広い道路をバスに向かって接近してくる。そのさらに先には、真っ暗な街並みの上空を飛行するヘリコプターのサーチライトが見える。

これまでのところ、北朝鮮側の待ち伏せに不意を突かれたのは事実だが、相手も準備不足だったのではとの印象を受ける。この襲撃を計画した人間は、平壌の警察を総動員するだけの時間的な余裕がなかったように見受けられる。だが、平壌の街は眠りから覚めつつある。全兵力をあげて向かってくるのは時間の問題だ。

バスの車内では各自に武器が手渡され、すでに窓も開けられている。車体の側面からは何本ものアサルトライフルの銃口がのぞいていた。しかし、この程度の装備で北朝鮮軍の攻撃をどこまでしのぐことができるだろうか？

そう長くは持たないだろう。

グレイに車内に戻り、グアン・インを呼んだ。「軍用輸送トラックを用意する人間と連絡を取ることはできますか？　別の場所に持ってくるように依頼するんです」

グアン・インはうなずき、ライフルを肩に掛けると、携帯電話を取り出した。

生き残るための、セイチャンのもとにたどり着くための唯一の方法は、戦わずに仲間になるしかない――仲間だと見せかけるのだ。

このバスを乗り捨て、全員が輸送トラックに乗り換える時間を作るためには、それなりの混乱と攪乱《かくらん》が必要だ。平壌の路上に軍関係の車両が総動員されるのであれば、その混乱に乗じて紛れ込むことができるかもしれない。

「街の南側に通じる幹線道路の下を抜ける道があります」グレイは伝えた。「トラックをそこに回すよう、彼に指示してください……大至急、回すようにと！」

細かい指示はグアン・インに任せて、グレイは再び屋根から上半身を突き出した。

ホテルから追跡を続ける軍用ジープは徐々に距離を詰めつつあり、逃げるバスを目がけて兵士がフロントガラスの上から発砲している。しかし、ほとんどの銃弾はバスにかすりもしない。数発が車体の後部に命中するくらいだ。一発の銃弾がたまたまグレイの肘の近くに当たり、火花を散らした。

グレイは姿勢を低くし、アサルトライフルの狙いを定めてから応戦した。一台のジープのフロントガラスが粉々に砕けた。そのジープが隣を走っていたジープにぶつかり、道路の外に飛び出していく。衝突に巻き込まれるのを避けようとほかのジープがブレーキを踏んだ隙に、バスは再び大きく距離を広げた。

その時、前方からまぶしい光がバスの車体を照らした。同時に、バスの両側の窓から激しい銃声がとどろく。前方から迫っていた警察車両が道路の両脇へと逃れる。数台がバスの行く手をふさごうとしたが、六車線の道路を完全に封鎖することはできない。車体の両側から容赦なく銃弾の雨を降らせながら、バスは警察車両の間を突破した。

一瞬、地上からの追跡が途絶えた。

だが、今度は空からの追跡が始まった。

道路の前方の上空に一機のヘリコプターが姿を現した。大きく旋回し、バスを目がけて急降下してくる。機首の下部に設置された機関砲が火を噴いた。重量のある弾丸がアスファルトに穴を刻みながら、一直線にバスの方へと向かってくる。

大型のバスは機動性では機械製の猛禽《もうきん》類にかなわない。

グレイは体を反転させ、ヘリコプターに向かって発砲した。だが、厚い装甲で覆われた機体はびくともしない。紙つぶてを投げているようなものだ。

その時、バスの前方の扉が開いた。大きな人影が身を乗り出す――コワルスキだ。ロシア製のRPG‐29グレネードランチャーを肩に担いでいる。対戦車用の武器だが、装甲を施した相手であれば格好の獲物だ。

コワルスキは大声で叫びながら至近距離から発砲した。擲弾《てきだん》が煙の尾を引きながら空に向かい、ヘリコプターのローターの直下に命中した。

グレイは急いでバスの車内に戻り、床に伏せた。屋根の脱出口から外を見上げたグレイの目に、爆発するヘリコプターの機体が映った。バスはその真下を通過する。爆風と降り注ぐ残骸から逃れなければならない。

だが、間に合わなかった。

爆発の衝撃でバスは大きく揺さぶられた。ローターの破片が車体の後部を貫き、床にうつ伏せになったグレイの体の三十センチほど上で止まる。炎にあぶられた金属の熱が顔に伝わるほどの近さだ。

一本のタイヤがパンクしたものの、バスはまだ何とか走っている。

突き刺さったローターを足がかりにして、グレイは再び屋根から顔を出した。炎と煙に包まれたヘリコプターの残骸が後方に遠ざかっていく。しかし、平壌の上空にはまだ数機のヘリコプターの明かりがあり、バスに向かって集結しつつある。

隠れる必要があると判断したのか、ジュワンがハンドルを切って大通りから離れ、高い建物に囲まれた深い峡谷のような地区にバスを進入させた。ヘッドライトを消し、バスの進路をできるだけ悟られないようにしている。

明かりに群がる蛾のように、敵の兵力が地上で炎上するヘリコプターに集まってくれることをグレイは期待した。そうなれば、その隙にさらに距離を稼ぐことができる。バスは市街地の曲がりくねった道を抜け、できるだけ大通りを避けながら南を目指した。

平壌市内の各所でサイレンの音が鳴り響いている。

それでも、通りには人影がなく、建物の窓も暗いままだ。住民たちは下手に顔を見せると面倒なことになるとわかっているのだろう。

息詰まるような数分間が経過した後、シャッターの下りた店舗やガレージの連なる細い道の先に、幹線道路の高架部分が見えてきた。ジュワンは道路下の暗がりに向かってゆっくりとバスを走らせた。高架下への入口がかなり低いため、頭をハッチから引っ込めないとぶつかってしまいそうだ。

グレイは車内に戻り、バスの前部へ急いだ。コワルスキはまだグレネードランチャーを担いだままだ。バスが高架下に入った。ほかの車は見当たらないようだが、暗すぎてはっきりと確認できない。

〈トラックがここになければ……〉

激しい心臓の鼓動を意識しながら、グレイはジュワンに小声で指示した。「ヘッドライトを」

ジュワンがヘッドライトのスイッチを入れた。高架下に光が広がり、闇に包まれていた空間を照らし出す。

何もない。

グレイはグアン・ノンを振り返った。彼女もグレイとともにバスの前部に移動していた。

グアン・インはかぶりを振った。「ここに来ると言っていたわ」

コワルスキが手のひらを扉に叩きつけた。「くそっ、いったい――」

その時、高架の向こう側の通りに二本のヘッドライトの光が現れた。大型トラックが猛スピードで角を曲がって姿を現し、バスの方に向かってくる。

グレイはバスの扉を開けて道路に飛び降りた。

高速で接近してくるトラックに向けてライフルを構える。

隣に並んだグアン・インがライフルを下ろすように促した。「あれは味方のトラックよ」

濃い緑色のトラックがバスの隣に停車した。中国製の車両で、運転席の位置が高く、後部の荷台はシートで覆われている。装甲は施されていないが、贅沢を言っている場合ではない。

運転手がトラックから飛び降り、グアン・インから金の入ったバッグを受け取ると、そのまま走り去った。

「何だよ、挨拶もなしか」コワルスキがつぶやいた。

全員で手分けしながら制服や武器などの装備をバスから運び出した。トラックの荷台に積んであった三台の軍用バイクも道路に降ろされる。バイクはトラックの先導をする手筈になっている。

朝鮮人に近い顔立ちをした五人の男が素早く軍服に着替えた。この五人は朝鮮語にも堪能だという話だ。そのうちの三人がバイクにまたがり、あとの二人がトラックの運転席に座る。

残ったバスの乗客はトラックの荷台に乗り込んだ。

ただし、勇敢な男性が一人、バスに残ることを志願した。

移動手段の変更には五分もかからなかった。バスが出発すると、トラックとバイクはその反対の方向へ走り出す。バスが敵をおびき寄せ、できるだけ長く追跡させるという計画だ。その後、運転手はバスを乗り捨て、明かりの消えた街の闇の中へ姿を消すことになっている。

グレイは荷台後部のシートを上げ、遠ざかるバスの姿を見守った。バスが視界から消えるとシートを下ろし、暗い周囲を見回す。荷台は北朝鮮軍の制服に着替えた三合会の構成員でひしめき合っている。

グレイの目がある人物の顔に留まった。刺青のある顔が、グレイのことを見つめている。

二人は同じ不安を抱えていた。

自分たちが待ち伏せを逃れたという知らせが届いたら、セイチャンを拘束している者たちはどんな動きに出るだろうか？　別の場所に移すだろうか？　あるいは、すぐに殺してしまうだろうか？

何よりも大きな疑問が一つある。〈彼女を救出するための時間はどれくらい残されているのか？〉

## 午後八時二分

鉄製の針の先端がゆっくりと爪の下の奥深くへと入っていく。拘束されて体の自由がきかないまま、セイチャンは身をよじった。同じ手のほかの四本の指には、すでに針が深く突き刺さっている。腕から肩にかけて痛みが貫く。セイチャンは鼻から激しく息を吸い込みながら、悲鳴をあげまいとした。

椅子に座った拷問者が指先をのぞき込む。まったくの無表情だが、セイチャンの指先に全神経を集中させたその姿は、まるでマニキュアを塗っているかのようだ。

男の背後には痛みを伴う尋問のための道具がこれ見よがしに並べられており、蛍光灯の光を浴びて冷たい輝きを放っている。話すのを拒み続けたら次はどんな目に遭うかをちらつかせながら、相手を精神的に追い込むためだ。

室内にいるもう一人の人物が、もみ手をしながら近づいてきた。「あのアメリカ人たちの正体を教えろ」絆創膏で鼻に添え木を当てたパクが、甲高い鼻声で繰り返した。「そうすれば拷問をやめてやる」

〈そんな気なんてないくせに〉

こいつらは根掘り葉掘りあらゆる情報を引き出そうとするに違いない。これからずっと、終わりのない苦しみが続くのだ。セイチャンが最も恐れているのは、光り輝くドリルの先端でも、男たちに犯されることでもない。いつかは拷問に屈してしまうことがいちばん怖い。このような毎日が続けば、いずれはすべてを話してしまうだろう。それが真実であろうとも、相手を欺《あざむ》くための嘘であろうとも、一度屈してしまったら終わりだ。

そんな中でも、セイチャンは慰めを見出していた。

グレイやコワルスキに関して尋問されているということは、二人がマカオでの待ち伏せや香港での襲撃を生き延びた証拠にほかならない。生きている限り、グレイは自分を探し続けてくれるはずだ。

〈けれども、それまで耐えることができるだろうか？　グレイは私の居場所を知っているのだろうか？〉

セイチャンは期待がふくらむのを抑えつけた。希望にすがっていては、人間は弱くなる。それに救出を試みようとしない方がグレイのためにもなる。そんなことをすれば、彼まで殺されてしまうだろう。

クォン・ナムと紹介された拷問者は、片手の五本の指先の一本ずつに埋め込まれた針に電気クリップをそっと装着した。この男は決して顔を上げず、小さな声で話す。まるで詫びているかのような口調だ。

「電流の衝撃は指の爪を五本同時に剝がされたように感じますよ。想像を絶するような痛みでしょう」

セイチャンは男の言葉を無視した。痛みを想像するように仕向けているのがわかっているからだ。痛みをこらえることよりも、痛みを覚悟することの方がえてしてつらいものだ。

パクが身を乗り出して顔を近づけた。「あのアメリカ人たちの正体を教えろ」

セイチャンはパクの顔を見つめながら冷たい笑みを浮かべた。「あんたのタマをむしり取ってブタの餌にするのが二人の仕事さ」

パクの目に怒りがよぎる。それを確認しながら、セイチャンは頭を前に動かし、パクの顔面に頭突きを食らわせた。

うめき声をあげて仰向けに倒れたパクの鼻から、新たな血が噴き出す。

パクはクォンに合図した。「始めろ！　この女の悲鳴を聞かせろ！」

クォンは表情一つ変えない。落ち着き払った様子で手を伸ばし、ダイヤルをひねる。「まずは最も低い電圧からですね」そう言いながら、クォンはスイッチを入れた。

パクの望みはかなった。

痛みが全身を貫く。苦痛よりも驚きのあまり、セイチャンの喉から悲鳴が漏れた。腕が炎に包まれたかのように熱い。電流の走る体がよじれる。痙攣《けいれん》でこわばった筋肉が拘束具に食い込む。

赤く燃える視界の中で、クォンとパクの背後の扉が開いた。

二人も扉の動きに気づいた。クォンがスイッチを切ると同時に、セイチャンの体は力なく椅子に崩れ落ちた。だが、ショックを受けた全身の震えは止まらない。腕はまだ燃えるように熱い。

ジュロン・デルガドがじっと見つめていた。顔からは血の気が引いているが、反応を見せまいと努めている様子だ。しばらくすると、デルガドの方から目をそらした。

咳払いをしてからデルガドは切り出した。「柳京ホテルにいる部下のトマズから連絡があった。ドゥアン・ジー三合会の半数はホテルでの身柄の確保あるいは殺害に成功したが、残りはもう一台のバスで逃走した。平壌当局が総力をあげて捜索を行なっているそうだ」

まだ残る痛みに耐えつつ、セイチャンは困惑しながらも考えを巡らせた。ドゥアン・ジーというのは自分の母の組織だ。しかし、彼らは北朝鮮でいったい何をしているのだろうか？　セイチャンは必死に理解しようと努めた。香港の拠点を襲撃された母が復讐を果たそうとしているのだろうか？　それとも、もっと個人的な何かが絡んでいるのか？

セイチャンは期待を抑えつけようとしたが、希望の光を吹き消すことはできなかった。

パクがデルガドをにらみつける。「それで、グアン・インは？」

〈母だ……〉

セイチャンは固唾をのんだ。

デルガドの表情もパクに劣らず険しいままだ。「とらえられた中にはいなかった。側近のジュワンもだ」

パクは大股で室内を歩き回りながら拳を握り締めた。「しかし、彼女はまだこの国内にいる。いつまでも逃げ続けることはできない」

デルガドは曖昧な相槌《あいづち》を打っただけだ。確信が持てずにいるのだろう。グアン・インは拠点への爆破攻撃を生き延びた。相手を過小評価してはならないことは肝に銘じているはずだ。

「ほかにも知らせがある」デルガドが言った。「どうやらアメリカ人たちもグアン・インと一緒らしい」

「あいつらもここにいるのか！」パクの表情が不気味に輝いた。

セイチャンも気持ちの高ぶりを感じた。抑えつけようという思いに反して、心の中で希望がふくらんでいく。

「この囚人はどうするんだ？」そう問いかけながら、デルガドが再びセイチャンに注意を戻した。「ここに残しておくのは賢明とは思えない」

パクがうなずいた。「私の研究所の近くに捕虜収容所がある。北部の山間部の人里離れた地で、その存在は政府首脳の一握りの人間しか知らない。しかも、警備は厳重だ。どのみち明日にはこの女をそこに移送するつもりでいた。今すぐに移すまでの話だ」

どうやらパクは自分を身近なところに置き、存分に悲鳴を楽しむつもりでいるらしい。これはよくない展開だ。その収容所に連れていかれたら最後、二度と抜け出すことはできないだろう。

「この場で殺した方がいいんじゃないのか？」デルガドが提案し、ホルスターに収められたパクの拳銃を顎でしゃくった。「頭に一発ぶち込めばすむ」

デルガドはパクの安全のためではなく、自分のためを思って今の提案をしてくれたのではないか、セイチャンはそんな気がした。どうせ死ぬのであれば、何カ月もの拷問を受けてからより、今すぐ殺された方がましだ。

だが、パクにはそんな気持ちなどさらさらないようだ。国家への誇りに満ちた様子で胸を張る。「小さな脅威にそんな反応をするほど私は臆病者ではない」

デルガドは肩をすくめた。

パクがセイチャンを一瞥した。鼻からはまだ血が滴り落ちている。その表情からすべてを読み取ることができる。この場で殺すことに反対したのは名誉のためではない。単に拷問が好きなだけだ。ほんの数分前、その喜びを少しだけ味わうことができた。まだまだ物足りないのだろう。

パクは拳銃をホルスターから取り出しながら、扉の外にいた護衛を呼びつけた。護衛が室内に入ってくると、セイチャンを指差す。「この女の拘束を外し、私のジープに連れていけ。逃げられないようにしっかり縛っておくように」

「外はとても寒いです、先生」護衛はかしこまった口調で応じた。「移動用にこの女の服を用意いたしましょうか？」

パクはセイチャンの体をなめまわすように眺めた。

「いいや《アニョ》」パクは護衛の提案を却下した。「温かい服が欲しいなら、頭を下げて頼んでくるだろう」

話が決まると、護衛はライフルの銃口をセイチャンに向けた。セイチャンの体を鋼鉄製の椅子に固定している拘束具を、クォンが取り外しにかかる。

最初は両足首、次は両手首。

両腕が自由になるとすぐに、セイチャンは手を前に突き出し、指先から伸びている針をクォンの両目に突き刺した。クォンが後ろにバランスを崩す。その体の一部がライフルの銃口とセイチャンとの間に入る。計算通りだ。

セイチャンが勢いよく椅子から立ち上がり、クォンの体をつかんで盾代わりにしたところで、護衛がライフルの引き金を引いた。銃弾がクォンの体に食い込むが、セイチャンまでは届かない。セイチャンはクォンの体を護衛の方に押し出した。二人がもつれている隙に体を反転させ、何が起きたのかまだ理解できずにいるパクの手から拳銃を奪い取る。

セイチャンは再び素早く体を百八十度回転させ、護衛の頭部に銃弾を撃ち込んだ。

扉に向かって走りながら、もう片方の手で護衛のライフルをつかみ、部屋の外に出る。武器を持たないデルガドとパクは放置することに決める。この先に何が待ち構えているかわからない中、二人に無駄な銃弾を費やす余裕はない。

外に出ると、セイチャンは尋問室の扉のかんぬきをかけた。それから針を一本ずつ、痛みをこらえながら引き抜く。小さな窓から中をのぞくと、室内でパクが顔を真っ赤にして怒り狂っている。だが、拷問の悲鳴が漏れないように防音処理が施されているので、外には声がまったく聞こえない。

パクの背後にいるデルガドと視線が合う。両腕を組んだまま、デルガドは笑みを浮かべ、セイチャンに敬意を表するかのように小さくうなずいた。

扉に背を向けると、セイチャンは廊下に出て、建物の出口へと走った。時間が遅いせいで、幸運にも人影は見当たらない。建物の玄関の近くにあるロッカーの前で立ち止まり、セイチャンは北朝鮮軍の制服を探した。

制服は見つからなかったが、一つのロッカーの底に囚人用の服が丸めて置いてある。セイチャンは濃い色の人民服とゆったりとしたズボンを着用した。くすんだ色の服の唯一の装飾は、金日成の顔が描かれた左胸の赤い記章だけだ。

盗んだアサルトライフルは残念だがロッカーに置いていくしかない。大きすぎて隠すことができないし、囚人服を着た人間がライフルを所持している理由は説明しがたいからだ。

拳銃を脚の陰に隠しながら、セイチャンは建物の中から夜の世界に出た。遠く平壌の街がある方角から、かすかにサイレンの音が聞こえてくる。

拳銃が一挺《ちょう》だけでは、警備の厳重な正門を突破することは不可能だろう。たとえ突破できたとしても、それからどこへ向かえばいいのか？　グレイと母が自分の居場所をつかんでいて、ここへ探しにきてくれることを信じるしかない。

セイチャンは古びたバラックが並んでいる方を目指して走った。助けが来てくれるまで発見されずにいるためには、囚人の中に紛れて身を隠すしかない。

生まれて初めて、セイチャンは希望に命を託した。

# 10

## 十一月十八日　キジルオルダ時間午後五時五分
## カザフスタン　アラル海

風に舞う砂と結晶と化した塩がどこまでも続く地形の上空を、ユーロコプターが飛行していく。ジェイダは眼下に広がる景色をぼんやりと眺めていた。この荒涼とした一帯がかつては青く美しい湖で、多くの魚が生息しており、湖岸に沿って缶詰工場や村が連なり、活気にあふれていたと聞かされても、にわかには信じられない。

そんなことがありうるのだろうか？

ジェイダはアラル海に関する任務ファイルにすでに目を通していた。一九六〇年代にソヴィエト連邦が綿花栽培の灌漑用としてアラル海に流れ込む二本の大河の流れを変えた結果、数十年の間に湖は急速に干上がり、元の大きさの十分の一にまで縮小してしまった。エリー湖とオンタリオ湖を合わせた水量が失われてしまった計算になる。現在ではかつての広大な湖の北部と南部に、いくつかの小さな塩湖が残っているだけだ。

その中間には真下に見えるような不毛の地が広がっている。

「ここはアラルクム砂漠と呼ばれている」モンシニョールが窓の外に向けられたジェイダの視線に気づき、小声で教えた。ほかのみんなは眠っている。「この有害物質を含む塩原は宇宙空間からも確認できるほど大きいそうだ」

「有害物質なんですか？」ジェイダは訊ねた。

「水がなくなった後には、汚染物質や殺虫成分が残った。砂や塵が強風に巻き上げられ、『黒いブリザード』と呼ばれる砂嵐が頻発しているのだよ」

ジェイダの見ている目の前で、西風にあおられた渦がヘリコプターの後を追うかのように塩原の上を移動している。

「やがて住民の間に健康被害が出るようになった。呼吸器疾患、奇妙な貧血症状、癌の発症率の急増などだ。平均寿命は六十五歳から五十一歳にまで下がっている」

ジェイダはその数字に驚いてモンシニョールの方を見た。

「しかも、影響はこの近辺だけにとどまらない。強風が砂漠の有害物質を世界中に拡散しているのだよ。かつてのアラル海の塵は、グリーンランドの氷河やノルウェーの森林、さらには南極のペンギンの血液中からも見つかっている」

ジェイダはかぶりを振った。何度となく頭に浮かんだ疑問が再び湧き上がる。どうしてこんな荒れ果てた土地に寄り道をしなければならないのだろう？　カザフスタン国内だったらほかに訪れたい場所がある。ロシア有数のロケット発射場のバイコヌール宇宙基地は、今の目標地点から東へほんの三百キロほどのところだ。

〈その宇宙基地だったら、墜落に関するデータをもっと収集することができるのに〉

もちろん、最高機密扱いとされているのでなければ、の話だが。

そんなことを考えながらも、ジェイダはダンカンの方に、彼の指先へと目を向けた。彼は考古学的な遺物から発するある種のエネルギーを感じると言っていた。焦りを覚える一方で、ジェイダはダンカンの話に興味を引かれていた。

けれども、何もかもが突拍子もない話に聞こえなくもない。

ジェイダはがっしりとした体格の相棒の隣でまどろむダンカンの横顔を観察した。たわいない空想にうつつを抜かすような人には見えない。しっかりとした考えの持ち主のように思える。

インターホンから操縦士の声が聞こえてきた。「あと十分で目的の座標に到着します」

全員が体を動かした。

ジェイダは再び窓の外に注意を戻した。太陽は水平線の近くにまで傾いていた。小高い丘や錆びついた古い船の残骸が、平坦な砂漠に長い影を投げかけている。

目的地がさらに近づくと、ユーロコプターの機体が降下を始めた。塩原の上空を低高度で飛行する。

「真正面です」操縦士が告げた。

全員が各自の座席の近くの窓に鼻をくっつけるようにして外を見た。

ヘリコプターが向かう先には、代わり映えのしない景色の中でひときわ目立つ物体があった。錆びついた巨大な船の残骸だ。竜骨を深く砂に食い込ませて直立しているため、砂漠の海を航行する幽霊船のように見える。酸化と腐食のためにかつての面影はなく、船首楼《ろう》も失われてしまっている。濃いオレンジ色の錆《さび》に覆われた隔壁が、真っ白な塩原と鮮やかな対照を成している。

「あれがそうなの?」レイチェルが訊ねた。

「座標と一致しています」操縦士が答えた。

ダンカンが窓から外をのぞきながら報告した。「座礁した船の周囲の塩の上に、いくつものタイヤの跡がある」

「ここで間違いないだろう」モンシニョールが断言した。

モンクが無線を手に取り、パイロットに細かい指示を与えた。「ここで降ろしてくれ。船から五十メートルほど離れた地点に着陸してほしい」

指示を受けるとヘリコプターはすぐに旋回し、空中で一瞬静止した後、降下を始めた。砂と塩の渦を巻き上げながら着陸する。

モンクはイヤホンを外してから、操縦士に向かって大声で叫んだ。「こっちから合図を送るまで、ローターを回転させたままにしておいてくれ」

モンクがハッチを引き開けた。吹きつける砂を遮るために片手を顔の前にかざし、全員に向かって機内から出ないように注意を与えてから、ダンカンに声をかける。「まず俺たち二人で調べるぞ」

ジェイダは二人と一緒に降りたいなどとは思わなかった。薄暗いヘリコプターの機内から、砂の上を進むモンクとダンカンの姿を見守る。冬が間近なために空気は冷たいが、肌を刺すような寒さではない。塩と機械油と腐食のにおいがする。

船体の左舷側の扉が、二人を招くかのように大きく開いていた。砂の表面と扉の下が同じ高さになっていて、風の猛威をまともに浴びている。二人が扉まで半分の距離も進まないうちに、砂漠用のカムフラージュを施したランドローバーが一台、船尾の方角から勢いよく飛び出してきた。砂地用に設計された幅広のパドルトレッドのタイヤで疾走し、大きな弧を描きながらモンクとダンカンの行く手をふさごうとする。

二人は武器を構え、ランドローバーに銃口を向けた。

ランドローバーは二人から少し距離を置いた地点に停車した。

両者の間で言葉が交わされる。モンクは大きな身振りを交えながら会話している。モンシニョールの名前が聞こえた。さらに一分間ほどやり取りが続いた後、モンクが憤然としながらヘリコプターに戻ってきた。

「タラスコ神父は船の中にいると言っている」モンクが告げた。「罠だといけないので、神父が船の外へ出て俺たちを出迎えてほしいと要求したんだが、断られた」

「タラスコ神父の被害妄想の度合いがかなり進んでいるに違いない」ヴィゴーは応じた。ジェイダはモンシニョールの声がかすかに震えたことに気づいた。まるで神父に関して何かを隠しているかのようだ。

「私が一人で彼に会ってくる」そう言うと、ヴィゴーはヘリコプターから飛び降りた。

「だめよ」レイチェルも後を追って機外に出た。「私も一緒に行くわ」

「それなら、全員で行くとしよう」そう言いながらも、モンクはジェイダを見た。「君はヘリに残っていた方がいいかもしれないな」

ジェイダはほんの一瞬、モンクの提案を考えた後、首を横に振った。精いっぱいの勇気を振り絞って宣言する。「この中でじっとしているために、わざわざここまで来たわけじゃありません」

モンクはうなずき、機内に頭を突っ込むと、操縦士に向かって叫んだ。「無線で連絡する。こいつが風に飛ばされないように頼むぞ。ただし、大急ぎで脱出しなければいけない事態に備えて、いつでも飛び立てるような状態にしておいてくれ」

操縦士はモンクに向かって親指を立てた。「言われるまでもなく、そのつもりですよ」

話が決まると、四人は砂の上を歩いてダンカンのもとに向かった。ジェイダは大柄なダンカンの隣に寄り添った。ダンカンが安心させようとウインクをする——それを見たジェイダは、自分でも驚くほど気持ちが落ち着くのを感じた。

ウインクだけではなく、彼が持つアサルトライフルのおかげもあるのかもしれない。

ランドローバーの助手席から一人の男が飛び降り、一行を出迎えた。背丈はジェイダと同じくらいで、ぼさぼさの黒い髪をしている。年齢も同じくらいだろうか。幅の広いズボン、丈の長いシャツ、袖なしのシープスキンのジャケットは、カザフスタンの伝統的な衣装のように見える。両手には何も持っていないが、高く掲げた左腕の手首には革製のバンドが巻かれていた。

男が鋭い口笛を鳴らすと、甲高い鳴き声が反応した。

頭上に黒い影が現れ、急降下を始める。若者に激突するかと思われた寸前に、大きな翼を持つ鳥はスピードを緩めて旋回した。鋭い爪が革製のバンドをつかむと、ハヤブサは羽ばたきながら静止し、翼をたたんだ。小さな黒い目が見慣れぬ人間たちを不審そうに見回している。男がハヤブサの頭に小さな革製のフードをかぶせた。

男はジェイダたちに向き直ると、モンシニョールに向かって敬意のこもったお辞儀をした。

「タラスコ神父から大切な友人であられるモンシニョール・ヴェローナの写真を見せてもらったことがあります。ようこそいらっしゃいました」イギリス訛りが強いものの、流暢《りゅうちょう》な英語だ。「私の名前はサンジャルです。あと、このちょっと気性の荒い友人はヘルといいます」

ヴィゴーが笑みを浮かべた。「ギリシア語の『ホルス』のエジプトでの呼び名だね」

「ええ、ハヤブサの頭を持つ天空の神の名です」サンジャルは船に向かって歩き始めた。「後についてきてください。タラスコ神父は皆さんに会うことができて喜ぶことでしょう」

サンジャルは船体に開いた入口へと一行を案内した。左手に停車していたランドローバーが走り去り、船尾を回って視界から消える。

ヴィゴーは首を曲げて遺棄された船を見上げた。「タラスコ神父はずっとこの船内で暮らしてきたのかね?」

「船内ではありません。船の下です」

サンジャルは頭を低くしながら暗い船内に入った。

ダンカンに続いてジェイダも中に進むと、そこは船の広々とした貨物室だった。船の内部も外側と同様、保存状態がよくない。数十年間にわたって大自然の猛威にさらされていたために、船内もかなり傷んでおり、貨物室は錆と腐食を祀《まつ》った大聖堂のような状態になっている。

はるか右に目を向けると、さっきのランドローバーが風や砂の影響を受けない間に合わせのガレージに停車していた。

「こちらです」サンジャルが左手の方角を指差した。下に通じる階段の入口があり、手すりには腐食した鉄や錆がつららのように垂れ下がっている。サンジャルは懐中電灯のスイッチを入れ、先に立って階段を下りた。

下に向かって進むうちに、鋼鉄製の踏み段が不意に岩盤へと変わった。船底の裂け目から砂岩を掘り抜いて造った傾斜の急な階段が延びていて、腐食の進む巨大な船体の地下に張り巡らされた広大な迷路に通じている。中央の階段から暗いトンネルが何本も分岐し、その先には小さな部屋や別のトンネルがあるほか、這って進まなければ通れないような入口もある。

一つの村が丸ごとこの地下に存在しているかのようだ。

「誰がこれを造ったんだ?」ダンカンがサンジャルに訊ねた。

「最初は一九七〇年代初めの麻薬密輸人たちです。その後、八〇年代後半に民兵組織が拡張したのですが、九〇年代になってカザフスタンが独立を宣言した後は、ほとんど使用されていませんでした。その後、ここを発見したタラスコ神父が活動拠点としたのです。誰にも邪魔されずに、人目を気にすることなく作業ができますから」

前方に光が見えてきた。その光に向かって進みながら、サンジャルは懐中電灯のスイッチを切り、ポケットにしまった。手首に止まったハヤブサがかすかに翼を動かす。

その直後、一行はこの地下基地の最深部と思われる場所に到達した。通路の先にはバスケットボールコートほどの面積のある人工の空洞が広がっている。この空間からも何本かの通路が延びているが、さらに奥へ進む必要はなかった。

広々とした室内は、中世の図書館と雑然とした倉庫との中間のような様相を呈していた。壁沿いに並んだ本棚は、詰め込まれた蔵書の重みで今にも崩れそうだ。いくつもの机の上には、書類やノートが山積みになっているほか、割れた陶器の破片やほこりにまみれた骨らしきものまでも見える。壁には図表や地図が釘で留められていて、半分にちぎれてしまったものや、大量の書き込みのためにほとんど判別不能になってしまったものばかりだ。別の壁面いっぱいにはいくつもの図形が記されていて、矢印で結ばれたり分割されたりしているその様は、用途不明な機械の設計図を見ているような気がしてくる。

そんな混沌《こんとん》の中心には、一目でこの部屋の主人だとわかる人物が立っていた。

サンジャルと同じような服装をしているが、ローマンカラーを付けている。長年にわたって浴びてきた太陽の光と風の影響で、皮膚は艶《つや》のある茶色に変わっていた。歳月の流れは、すっかり白くなった髪の毛からもうかがえる。数日間は剃っていないと思われるひげが、頰と顎を覆っていた。

ヴィゴーよりもずっと年上に見える――だが、ジェイダはこの男性がモンシニョールよりも十歳若いことを知っていた。

年老いた外見の一方で、来客たちを見つめる男性の瞳は鋭い輝きを発していた。けれども、ジェイダは疑問を感じた。〈あれは知性の輝きなの、それとも狂気の現れなの?〉

## 午後五時五十八分

ヴィゴーはかつての友人の状態を見てショックを隠すことができなかった。

「ヨシプかい？」

「ヴィゴー、我が友よ！」ヨシプは両腕を高く掲げながら、床に散乱した本をかき分けて近づいてきた。その目は涙で潤んでいる。「来てくれたのだな！」

ヴィゴーはヨシプと抱き合った。友人はすぐに離れようとはせず、目の前の相手が実在するのを確かめるかのように、繰り返し肩を強く握ってくる。一方、ヴィゴーは相手の痩せ衰えた体に衝撃を受けていた。気候の厳しいこの砂漠で過ごした年月のせいで、まるでミイラのようになってしまっている。けれども、友人の体を骨と皮ばかりに変えてしまったいちばんの原因は妄想なのではないか、ヴィゴーはそんな気がした。

悲しいことに、その点でヨシプは昔と変わっていなかった。

ヨシプ・タラスコが初めて精神に異常を来たしたのは、神学校に入学してまだ間もない頃だ。彼は校舎の屋根に全裸で横たわっているところを発見された。自分は星から神の声を聞くことができる、星の光をたっぷり浴びるためには服を脱がなくてはならない、そうすればもっと神に近づくことができる、というのがその時の彼の主張だった。

その一件があった直後、ヨシプは双極《そうきょく》性障害と診断された。鬱《うつ》状態と躁《そう》状態が交互に訪れる精神疾患だ。リチウムなどの気分安定薬の服用でそうした感情の振幅の激しさを抑えることはできたものの、完治するまでには至らなかった。その一方、この疾患による病的なまでの高揚感が、ヨシプに天才的なひらめきをもたらしたことも事実である。

けれども、その反動で精神的に不安定になることがあったのも否めない。強迫性障害や奇矯《ききょう》、さらにまれにではあったが完全に精神が破綻してしまった時期もある。そのため、十年以上前にヨシプが忽然《こつぜん》と姿を消してしまった時も、ヴィゴーはそれほど驚かなかった。

〈今はいったいどんな……?〉

挨拶代わりの抱擁《ほうよう》が終わると、ヴィゴーはヨシプの表情を探った。

ヨシプはそんなヴィゴーの意図に気づいたようだ。「君が何を考えているのかはよくわかるよ、ヴィゴー。だが、現在の私の頭は正常だ」ヨシプは手で髪をかき上げながら室内を見回した。「多少の強迫観念に駆られていることは認めるが、それとは長い付き合いだからな。我々に残された時間を考えれば、神が私に授けてくれた風変わりな才能を受け入れ、総動員しなければならない」

その言葉を聞き、レイチェルが険しい目つきでにらみつけた。ヴィゴーはヨシプの精神状態について、レイチェルに伝えていなかった。そのことを知ったら、ここへの旅行を絶対に許してくれないとわかっていたからだ。それにヨシプの懸念に対する信憑性に関しても、疑問の声があがりかねない。

だが、ヴィゴーはそんな偏見を抱いていない。

友人が精神的な問題を抱えているのは事実だが、その才能には一目置いている。

「残り時間が少ないという話だが」ヴィゴーは切り出した。「あのような奇妙なやり方で私をここに呼び寄せた理由を教えてほしいものだな。君が送りつけてきたもののおかげで、とんでもないトラブルに巻き込まれたのだから」

「彼らが君を見つけたのかね？」

「彼らとは誰のことだ？」ヴィゴーは大学での襲撃とアクタウでの自爆テロを思い浮かべた。

ヨシプはかぶりを振った。視線が定まらなくなり、その瞳には不安が色濃く浮かんでいる。

ヴィゴーは不安を抑えつけようと必死で戦っている友人の姿を見て取った。

ヨシプは唇をなめた。「わからない。木箱を郵送するため使いに出した人間が殺されたのだ。ここに戻る途中で待ち伏せされ、拷問を受け、死体は砂漠に遺棄されていた。最初は……盗賊の仕業であってほしいと願っていたのだが。でも、どうやら……」

ヨシプは自分の心との戦いに負けそうになっていた。不信感をあらわにした表情で、全員の顔を交互に見つめている。今回現れている症状は、いつもの強迫観念だけではなさそうだ。

友人の中で高まりつつある猜疑《さいぎ》心を鎮めるため、ヴィゴーは手短に各自の自己紹介を行ない、次のように締めくくった。「私の姪のレイチェルは紹介するまでもないな」

記憶がよみがえり、ヨシプの表情が明るくなるとともに安堵の色が浮かぶ。「もちろんだとも！　素晴らしいことだ！」ほかにも知っている人間がいるという事実を認識したヨシプの体から、見る見るうちに緊張感が抜けていく。まわりにいるのは仲間だという安心感に包まれている。「こっちに来てくれたまえ。いろいろ見せたいものはあるのだが、何しろ残り時間が少ないのでね」

ヨシプはベンチ式の座席が付いた長い木製のテーブルに全員を案内した。サンジャルが机の上の片付けを手伝う。準備が整うと、全員がベンチに腰を下ろした。

「頭蓋骨と本は？」ヨシプが切り出した。手元にないと不安でたまらないのだろう。

「ああ、持ってきたよ。ヘリコプターの機内に置いてある」

「誰かに取ってきてもらえないだろうか？」

ダンカンが立ち上がり、バッグを取りにいくと申し出た。

「ありがとう、若者よ」そう言うと、ヨシプはヴィゴーの方を見た。「あれが誰の頭蓋骨なのか、君はすでに突き止めているのだろう？　かつてあの皮膚をまとっていたのと同じ人物なのだが」

「チンギス・ハンだ。あの遺物は彼の体から作られている」

「正解だ。君のことだから、謎を解いてくれるだろうと思っていたよ」

「しかし、あんな薄気味の悪いものをどこで見つけたのかね？」

「魔女の墓さ」

ドクター・ショウという若い女性がその答えを鼻で笑った。ここへの移動中、ヴィゴーは自分たちの目的を説明し、遺物の歴史に関しても明かしたものの、彼女は納得してくれなかった。この女性も自分の目的のことで頭がいっぱいらしく、モンゴルにおけるシグマの秘密の任務を早く遂行したいという思いしかないようだ。

彼女を無視して、ヴィゴーはヨシプを促した。「君がハンガリーまで調査に出向き、十八世紀の魔女狩りについて調べていたことは覚えているよ」

「その通り。ハンガリー南部のセゲドという小さな町にいた。ティサ川沿いにある」

ヨシプは川の名前を強調しながら説明した。ヴィゴーに向ける視線が鋭くなる。その名前が何かの手がかりであることを教えようとしているかのようだ。ヴィゴーは川の名前にどことなく聞き覚えがあるような気がした。だが、その理由はわからない。

ヨシプの説明は続いている。「ハンガリーでの魔女狩りが最盛期を迎えていた一七二八年七月、その町の十二人の住民が、川の中にある『ボソルカーニシゲット』という名の小さな島で火あぶりの刑に処された。その名前は『魔女の島』の意味で、多くの無実の人々が処刑されたことからその名前が付けられたのだ」

「迷信のせいでそんな馬鹿げたことに」レイチェルが顔をしかめながらつぶやいた。

隣に座るジェイダもうなずいている。

「実際のところ、この十二人の殺害に際して迷信はほとんど関係がなかったのだよ。当時のハンガリーは長引く旱魃が十年目を迎えていた。大河の流れは細くなり、農地はからからに乾き、飢饉が国中に蔓延《まんえん》していた」

「その責任をなすりつける相手が必要だったのだ」ヴィゴーは口を挟んだ。

「それと、生贄《いけにえ》にする人間もだ。その間に四百人以上が殺害されたが、その全員が恐ろしい迷信のせいで死んだわけではない。ハンガリーの役人どもは、自分たちに対する脅威の排除やつまらない復讐のために、そうした血塗られた行為を利用したのだ」

「セゲドの十二人が殺されたのはどうしてなの？」レイチェルが訊ねた。この冷酷な事件の背景に興味を引かれているようだ。

「町の郊外にある修道院で、当時の裁判記録の写しを見つけた。彼らが裁判にかけられたのは妖術に関わっていたからではなく、埋もれていた財宝をその十二人が発見したという噂のせいだったのだ。その噂の真偽について、彼らは口をつぐんだ。その十二人のうちの数人が頭蓋骨と人間の皮膚にくるまれた本を発見したらしいという話を聞いた、そんな証言をする者も現れた。そのような薄気味悪い行為に手を染めていたとの指摘が決め手となって、十二人は火あぶりの刑になったのだよ」

モンクが義手の指先でテーブルを叩いた。「つまり、その十二人は失われた財宝とやらの在り処《か》を発見したせいで、死刑になったというわけですね」

「しかも、それは単なる失われた財宝ではない」ヨシプは再びヴィゴーに鋭い視線を向けた。謎めいた言葉の意味を理解しているか、試すかのような眼差しだ。

だが、ヴィゴーは理解できていなかった。当惑したまま、そう答えようとした時——不意にヴィゴーは悟った。とっさのひらめきの中で、複数の手がかりが結びつく。

「ティサ川だ！」

ヨシプの顔に笑みが広がる。

「それがどうしたんですか？」ジェイダが訊ねた。

ヴィゴーは居住まいを正してから説明を始めた。「時の流れの中で消えてしまったのはチンギス・ハンの墓だけではない。もう一人の征服者の、ハンガリー人にとって地元の英雄とでも言うべき人物の墓もそうだ」

レイチェルが気づいた。「フン族の王アッティラのことね」

ヴィゴーはうなずいた。「西暦四五三年、アッティラは結婚初夜に大量の鼻血を出して死去した。チンギスの場合と同じように、部下の兵士たちは略奪した財宝とともに彼の遺体を密かに埋め、墓の在り処を知る者すべてを抹殺した。アッティラは三重の棺の内部に埋葬されたとの言い伝えがある。外側の棺は鉄、真ん中の棺は銀、いちばん内側の棺は金でできていたというのだ」

テーブルを叩くモンクの指の動きが止まった。「その後、誰一人として彼の埋葬された場所を発見していないのですね？」

「長い年月の間にいくつもの噂が流れた。多くの歴史家の間では、部下の兵士がティサ川の流れを変え、干上がった川底の泥の下に秘密の部屋を造り、棺を埋葬してから、川の流れを元に戻したのではないかとの説が有力視されている」

「そうだとしたら、見つけるのはかなり難しいでしょうね」モンクは認めた。

新たな事実に気づき、ヴィゴーはヨシプを見た。「待ってくれ、君はさっき十八世紀に旱魃があり、それが魔女狩りの引き金になったと言っていたな」

「大河の流れが細くなった時だ」ヨシプは笑みを浮かべたままうなずいた。

「秘密の部屋があらわになっていた可能性がある！」ヴィゴーは水量の減った川の底からアッティラの秘密が姿を現す様を想像した。「実際に墓を発見した人間がいるというのだな？」

「そして、それを秘密のままにしようとした」

「十二人の共犯者……魔女として糾弾《きゅうだん》された十二人だ」

「その通り」ヨシプはテーブルの上に肘をついて身を乗り出した。「しかし、セゲドの住民は知らなかったのだが、十三人目の魔女がいたのだよ」

## 午後六時七分

ダンカンが地下の図書館に戻ると、全員が黙りこくったまま座っていた。どうやら重要な話を聞き損ねたらしい。ダンカンは考古学的に貴重な二つの遺物をテーブルまで運んだ。敏感な指先で遺物に直接触れたくはなかったので、どちらも発泡スチロールの保護材にくるまれたままの状態だ。

ダンカンはジェイダの耳元にささやいた。「何かあったのか？」

ジェイダは「しっ」と言ってから、ベンチに座るように促した。

ダンカンがベンチに腰を下ろすと、モンシニョールがヨシプに訊ねた。「十三人目の魔女とは何のことだね？」

奇妙な質問にダンカンは顔をしかめた。

〈何かを聞き損ねたことは間違いないな〉

## 午後六時九分

ヴィゴーはヨシプの答えを待った。

「記録によると」友人は説明を始めた。「セゲドの町の司教は当該の魔女裁判に顔を見せていない。敬虔《けいけん》な彼にしては珍しいことだった。どうにも奇妙なことに思えたのだよ」

〈確かに奇妙だ〉ヴィゴーも思った。

「そのため、司教の日記を探したところ、町のフランシスコ会の教会に保管されていた。十六世紀の初頭に建てられた教会だ。多くの書物は水をかぶっていたりかびが生えていたりして傷んでいた。だが、彼の日記の一冊の表紙に、手描きの頭蓋骨の絵があった。その絵を見て、裁判での罪状を思い出したのだよ。頭蓋骨の下にはラテン語で次のような言葉が記されていた。『神よ、私の不正を許したまえ。私の沈黙を、墓場まで守り通す秘密を、許したまえ』」

ヴィゴーはヨシプの次の行動が予想できた。「そこで君は司教の墓を調べたのだな」

「彼の遺体は教会の地下の霊廟に納められていた」友人の顔が赤みを帯び始めた。これから明かそうとしている内容を恥じているのは明らかだ。「私はきちんと許可を求めなかった。気持ちがはやっていたし、自らの行動に自信を持っていた。あらゆる行動が正しく思えてしまう、躁状態の時期に当たっていたのだ」

ヴィゴーは手を伸ばし、友人を安心させようとそっと腕に触れた。

テーブルに視線を落としたまま、ヨシプは罪を告白した。「真夜中、私はハンマーを手に大理石でできた霊廟の正面に行き、入口を壊して中に侵入した」

「そこで頭蓋骨と本を発見したのだな」

「ほかにも遺物があった」

「どんな遺物だね？」

「司教の最後の言葉を記したメモだ。ブロンズ製の容器の中に、手書きの懺悔《ざんげ》が密閉されていた。そこに説明されていたのは、アッティラの墓を発見した時の経緯だ。ある農夫が干上がった川床を歩いていて、たまたま発見したらしい。だが、墓の内部は空っぽだった。はるか昔に略奪されてしまった後だったのだ。ただし、台座の上に鉄製の箱が一つだけ残っていて、その中に貴重な遺物が保管されていた」

「頭蓋骨と本か」

「迷信深い農夫は恐怖におののき、町の司教のもとを訪れた。農夫は魔女たちの会合の場所を発見したと信じていたのだ。その話を聞き、司教は最も信頼を寄せていた十二人を集め、彼らとともに現場へ向かった」

「火あぶりの刑に処された十二人だな」ヴィゴーは言った。

「その通りだ。干上がった川で、彼らは墓を略奪した人間の正体をつかんだ。泥棒たちが名刺代わりに残していったものを発見したのだ。悪魔と戦う不死鳥の姿をかたどった黄金のリストバンドには、チンギス・ハンの名前が彫られていた」

〈チンギス・ハンがアッティラの墓を発見したというのか……？〉

その可能性を完全に排除することはできない。二つの帝国は何百年もの時の隔たりがあるとはいえ、地理的には重なり合っている。チンギスがアッティラの埋葬に関する話を聞きつけ、墓に隠された財宝を探し求めたに違いない。モンゴル軍はハンガリーを完全な支配下に置くことはできなかったものの、何十年にもわたって一進一退の攻防を繰り広げていた。そうした戦いの最中に、おそらく拷問を受けた捕虜が口を割った結果、墓が発見されて略奪を受けた可能性にある。

しかし、たとえそうだとしても、もっと大きな疑問が残る。

ヴィゴーはヨシプを見つめた。「だが、チンギス・ハンの頭蓋骨と彼の皮膚で装丁された本が、どんな経緯でアッティラの古い墓の中に納められることになったのだ？」

「破滅を警告するためだ」

ヨシプはサンジャルに向かってうなずいた。若者はこの合図をずっと待っていたに違いない。サンジャルは紙の束を差し出した。紙は一枚ずつ、マイラーのプラスチックシートに密封されている。

「この紙もアッティラの墓の中から発見されている」

ヴィゴーの目の前に紙が並べられた。古い紙の上に記された手書きの文字がかすかに確認できる。目を細めて見ると、ラテン語の単語が書かれているとわかる。

ヴィゴーは冒頭の文章を翻訳した。「これはブルグントのグンディオク王の血を引く、イルディコの遺言である。この遺言は過去から未来へと……」

ヴィゴーは顔を上げた。名前に聞き覚えがあったからだ。「イルディコはアッティラの最後の妻の名前だ。彼女が初夜に毒を盛ってフン族の王を殺害したという説を唱える者もいる」

「そのことを彼女はここで認めている」ヨシプは紙の束に手を触れた。「時間のある時にゆっくり読むといい。アッティラの遺体とともに生きたまま墓に埋葬された際に、イルディコはこの告白を記している。キリスト教会の要請を受けて殺人を犯したという内容だ」

「何だって？」衝撃のあまりヴィゴーは聞き返した。

「法王レオ一世はその前年にアッティラに与えた贈り物を取り返すため、仲介者を通じて彼女に協力を要請した。フン族の迷信深い王は、その不思議な贈り物を恐れ、ローマを目前にして軍勢を引き揚げていたのだよ」

法王とアッティラとの会見についてはヴィゴーも知っていた――ただし、一つのことを除いて。「法王はアッティラに何を贈ったのかね？」

「箱だ。正確には、三つの箱と言うべきかな。入れ子式になっている。いちばん外側が鉄の箱、その中に銀の箱、さらにその中に金の箱という構造だ」

〈言い伝えにあるアッティラの棺と同じだ〉

法王からの贈り物が言い伝えのもとになったのだろうか？　それとも、アッティラはその箱を模して自分の棺を造らせたのだろうか？

「箱の中には何が入っていたの？」レイチェルが話の核心を突いた。

「一つ目は、古代アラム語の記された頭蓋骨だ」

ヴィゴーはローマで調べた文字を思い浮かべた。「つまり、その箱の中には本来の遺物が、チンギスの頭蓋骨の見本として使用されたものが入っていたわけだな」

モンクが発泡スチロールにくるまれた遺物を親指で示した。「チンギスの頭蓋骨は古い遺物のコピーということですね。でも、なぜそんなことをしたのですか？」

レイチェルが説明した。「最初の頭蓋骨に記されていた内容――世界の終わりとその日付に対する救済の祈りが、歴史の流れの中で消えてしまわないようにするためよ」

「でも、どうして?」ジェイダが口を挟んだ。怒っているかのような口調だ。「どうしてそこまでしてこの情報を伝えようとするんですか? 世界が終わるという予言に対して何か手を打てるわけじゃあるまいし」

「何も手を打てないなんて言った覚えはないよ」ヨシプが皮肉を込めて応じた。「頭蓋骨は三重構造の箱に隠された一つ目の遺物だと説明したはずだ」

「ほかには何が入っていたのかね?」ヴィゴーは訊ねた。

「イルディコによると、箱とその中身はペルシアよりも東方が起源で、キリスト教のネストリウス派からの贈り物だったらしい。財宝は西のローマに届けられ、保管されることになっていた。永遠の都ならば、世界が終わりを迎える日まで安全だろうと考えたからだ」

「つまり、頭蓋骨に記された日を迎えるまで、ということか」ヴィゴーは付け加えた。

ヨシプはうなずいて同意を示した。「ところが、レオ一世はこの箱が持つ意味をよく知らないまま、アッティラに与えてしまった。ペルシアから訪れたネストリウス派の司祭に箱の中身の本当の歴史を知らされて、法王は自分が大きな過ちを犯したことに気づいたのだ」

モンクが鼻を鳴らした。「そこで箱を取り戻すために少女を派遣したわけか」

「アッティラに近づこうと思ったら、それが唯一の方法だったのだろう」ヨシプは反論した。

「けれども、彼女は失敗した。アッティラは自分への贈り物の正体に感づき、隠してしまっていたのだ」

「中身は何だったのかね？」ヴィゴーは訊ねた。

「イルディコの言葉によれば、『天の十字架』だ。はるか東方に落下した星を削って作ったものらしい」

「隕石ですね」そう言いながら、ジェイダが座り直した。

「おそらくそうだろう」ヨシプは同意した。「落ちてきた星から彫られた十字架が、聖なる訪問者に贈り物として手渡された。その訪問者というのは、東方の国々を訪れて、新たな神の、よみがえった息子を持つ神の言葉を広めた人物だ」

ヴィゴーはくるまれたままの遺物に再び目をやった。人間の皮膚で装丁された福音書を思い浮かべる。「君が言うのは使徒トマスのことだな」ヴィゴーは畏敬《いけい》の念を覚えた。「当時の中国の皇帝が、星から作った十字架をトマスに与えたということなのか」

歴史家の間では、使徒トマスが宣教のためにインドまで赴き、その地で殉教《じゅんきょう》したというのが定説になっている。しかし、トマスが中国まで、あるいは日本にまで赴いたと主張する歴史家もいる。

ヴィゴーは声に感嘆の響きが出るのを抑えることができなかった。「箱の中には使徒トマスの一字架が収められていたというのかね？」

「十字架だけではない」ヨシプは答えた。

友人の涙ぐんだ目を見ながら、ヴィゴーは真実を悟った。

〈トマスの頭蓋骨も収められていた〉

ヴィゴーは言葉を失った。この知識のせいでヨシプの精神は一線を越えてしまったのだろうか？　本人が認めているように、彼はそれ以前から精神的に不安定な状態にあった。このことがきっかけで、彼の精神は完全に破綻を来たしてしまったのだろうか？

「イルディコの遺書によると」ヨシプは続けた。「この十字架を握った時、使徒トマスは世界が炎に包まれて破滅を迎えるという幻覚を見て、それがいつ起こるのかも知ったという。彼の死後、その知識はキリスト教の神秘主義者たちによって守られていた」

「トマスの頭蓋骨に書き記しておいたのだな」

ヨシプはうなずいた。「使徒トマスによると、天の十字架はその日に世界が終わるのを防ぐための唯一の武器だそうだ。十字架が行方不明のままであれば、世界の破滅も避けられない」

「この十字架はアッティラの遺体とともに埋葬されたのかね？」ヴィゴーは訊ねた。

ヨシプは紙の束を一瞥した。「イルディコはそのように書き記している。一緒に墓に埋められたイルディコは、箱が置かれているのを発見した。しかも、十字架が箱の中の本来あるべき場所に戻されていたという。誰かがその十字架を発見してほしい、そんな願いからイルディコは遺書を書き残したのだ」

「そして、チンギスがその十字架を発見した」ヴィゴーは締めくくった。

しばらくの間、室内を重苦しい沈黙が支配した。

モンクが咳払いをした。「話を整理させてください。法王はうっかりしてこの財宝をアッティラに贈ってしまった。取り戻そうという計画は失敗した。何百年もたった後、チンギスがアッティラの墓を荒らし、イルディコの遺書を読み、十字架を発見し、死に際して自らの体でその知識を保存した、ということですか？」

「保存しただけではない」ヨシプは答えた。「チンギスは未来の世代のために地図を残そうとしていたのだと思う。自らの体を道しるべとして、この十字架の隠し場所へと行き着くための方法を我々に提供してくれているのだよ」

ヴィゴーはその可能性を否定できなかった。「チンギス・ハンは未来が自分のものだと常にかたく信じていた。現在の世界の男性のうち二百人に一人が彼の子孫であることを考えると、その信念があながち間違っていたとは言えない。チンギスは自らの遺産を守ろうとしていたのだ」

ヨシプも同意した。「血に飢えた暴君というイメージがある一方で、チンギスは先進的な考えの持ち主でもあった。彼の帝国は初めて国際的な郵便制度を確立し、外交特権という概念を取り入れ、政治の場に女性を登用した。だが、それよりも重要なのは、モンゴルがそれまでに類を見ないほど宗教に対して寛容だったことだ。首都にはネストリウス派の教会まで建てられていた。チンギスがこのような形で知識を残そうとした背景には、ネストリウス派の司祭の口添えがあったのかもしれない」

「今の話は君の言う通りだろうと思う」ヴィゴーはうなずいた。「ネストリウス派はチンギスに大きな影響を及ぼしたと考えられている。チンギスが自らの皮膚を使ってトマスによる福音書を保存しようとした事実からも、この試みにおけるネストリウス派の影響力の大きさがよくわかる」

だが、国防省警察に勤務するレイチェルを納得させるためには、さらなる証拠が必要なようだ。「これまでの話はよくわかったけれど、きちんとした裏付けはあるの？　チンギスがこの十字架を、世界を救う力がある十字架を持っていたという事実を示す、具体的な証拠はあるの？」

ヨシプがヴィゴーを指差した。「彼が持っている」

ヴィゴーは冤罪《えんざい》を着せられたような気分だった。「どういう意味だね？　私がどこに持っているというのだ？」

「ヴァチカンの機密公文書館だよ。今や君は公文書館の館長なのだろう？」

ヨシプが何を言わんとしているのか、ヴィゴーは必死に記憶をたどった――その時、公文書館の貴重な所蔵物の一つを思い出した。「チンギス・ハンの孫からの書簡だ！」

ヨシプが両腕を組んだ。勝訴した検察官のような表情を浮かべている。

ヴィゴーはほかの仲間に説明した。「一二四六年、チンギスの孫に当たるグユク・ハンが、ローマ法王に宛てて書簡を送った。法王が自らモンゴルに出向き、自分に拝謁《はいえつ》せよと要求したのだ。もしそれを拒めば、世界に深刻な影響が及ぶであろうと警告している」

レイチェルがヴィゴーを見つめた。「確かな証拠だとは言えないけれど、孫は世界の運命が自分の手の中にあると、あるいは祖父の墓の中にあると、知っていたみたいね」

ヴィゴーは小さく肩をすくめた。「法王がモンゴルを訪れるのであれば、それを返却するつもりだったのかもしれない……だが、法王はその要求を拒んだ」

ダンカンがため息をついた。「要求をのんでくれていたら、いろいろ手間が省けたのに」

モンクが大げさに肩をすくめた。「今までの話はよくわかりました。歴史の講義をしていただいたことは感謝します。けれども、肝心な話が抜けていますよ。この十字架を発見すればなぜ世界を救うことができるのか、誰か説明してくれませんか？」

ヴィゴーはその答えを求めてヨシプを見た。だが、友人は力なくかすかに首を横に振るばかりだ。代わりに、最も意外なところから答えが返ってきた。これまでずっと、使徒トマスのように疑い深く話に耳を傾けていた人物からだ。

ドクター・ジェイダ・ショウが手を挙げた。「説明できると思います」

# 11

## 十一月十八日　韓国標準時午後九時十分
## 北朝鮮　平壌

トラックの甲高いブレーキ音が、収容所のゲートへの到着を告げる。

シートに覆われたトラックの荷台に隠れたグレイは、ほんのわずかながら肩の力を抜いた。襲撃部隊は平壌の市街地を無事に脱出し、大同江《テドンガン》沿いに広がる郊外の湿地帯にたどり着いた。ここに来るまでの間、何度か捜索隊に遭遇したものの、バイクで先導する三合会の構成員の演技力のおかげで切り抜けることができた。今なおバスの捜索が続いているため、軍用トラックに疑いの目が向けられることはなかった。

だが、いつまでもそんな幸運が続くとは期待できない。ホテルで部隊の半分を失っている。とらえられた構成員の誰かが口を割れば、襲撃計画が敵に漏れてしまうだろう。

グレイは大きな話し声に耳を傾けた。トラックの運転手がゲートの護衛に叫んでいる。この収容所の警備を強化するために平壌から派遣された応援部隊を装うという計画だ。市内から鳴り響くサイレンの音が、作り話に信憑性を添えている。

靴音と声がトラックの側面から後部に近づいてくる。ここの護衛たちはかなりぴりぴりしている様子だ。平壌市街の状況について、まだ詳しく知らされていないのだろう。

突然、荷台を覆うシート後部のフラップが開けられた。中を照らす懐中電灯の光に目がくらむが、手で光を遮ったり顔をそむけたりする格好の口実にもなる。グレイとコワルスキは運転席にいちばん近い側で身をすくめた。ほかの人たちの体の陰で、白い顔は見えないはずだ。

護衛はしばらく懐中電灯で荷台の内部を照らしていたが、北朝鮮軍の制服を着た男女しかいないことを確認すると、フラップを下ろし、詰所へ戻っていった。

きしるようなギアの音とともに、トラックが再び動き始めた。ゆっくりと前進する。グレイは危険を冒して荷台のシートの裂け目を指で広げ、外の様子をうかがった。収容所は約四十万平方メートルの面積があり、周囲を取り囲む高いフェンスの上にはコイル状の鉄条網が取り付けられている。見張り塔が設置されている間隔は約五十メートル。敷地内にはコンクリートブロック製の平屋の建物が数棟のほか、木造のバラックの列が果てしなく続いている。

グレイは手の中の地図に指で触れた。ここまでの移動中に、ペンライトで照らしながらこの収容所の構造を頭に入れてある。尋問用の施設は正面ゲートからそれほど遠くない場所にある。セイチャンが監禁されているとすれば、おそらくそこだろう。

今もまだそこにいるならば、の話だが。

トラックは正面ゲートを抜け、地雷の設置された無人地帯を通過し、二つ目のフェンスに到達した。トラックの接近に合わせて内側のゲートが開かれる。

バイクが先導し、トラックはその後を追う。車輪の付いたトロイの木馬だ。トラックが通過すると、背後でゲートが閉じた。

もはや後戻りすることはできない。

しかも、侵入する方がまだ簡単だ。

荷台の床に敷かれた防水シートが取り払われると、その下から機関銃、グレネードランチャー、六十ミリ軽迫撃砲などの重火器が現れた。

コワルスキはグレネードランチャーを手に取った。砲身の長い武器を肩に担ぎ、空いている方の手でアサルトライフルをつかむ。

「これで人前に出ても恥ずかしくない格好になったな」そうつぶやくコワルスキの声は、トラックのエンジン音でかき消された。

軍用トラックは尋問施設に向けてハンドルを切り、入口の前で停止した。運転手はエンジンを切らずにいる。運がよければ、最小限の騒ぎと混乱でセイチャンを奪還し、来た道を引き返して脱出できるかもしれない。平壌市内へ戻るようにとの新たな命令を受けたと言い抜ければいいのだ。

荷台後部のフラップからジュワンが顔を出し、周囲の安全を確認した。異常はないらしく、グレイとグアン・インを手招きしている。三人はフラップの手前に集まった。

グレイは尋問施設の正面を観察した。コンクリートブロック制の建物は平屋で、時間が遅いためにほとんど明かりがついていない。中を調べるのにそれほど時間はかからないだろう。

「行きましょう」グレイは声をかけながら荷台から飛び降りた。

軍用トラックの車体の陰になっているので、正面ゲートから見られる気遣いはない。三人は尋問施設の入口に向かって走った。ほかの三合会の構成員は、トラックの周囲に展開して警戒に当たっている。車体の下に潜り込んでいる者もいる。

グレイは入口までたどり着いた。扉が開いている。建物内に入り、ライフルを構えて内部の様子を探るが、人影は見当たらない。耳を澄ましたが、声も聞こえない。

グアン・インも施設内に入ってきた。顔面は蒼白で、唇をきっと結んでいる。グレイはセイチャンの母がヴェトナム国内のことと同じような収容所で、一年間に及ぶ拷問の日々を過ごしていた事実を思い出した。頬から額《ひたい》にかけて弧を描くように刻まれた傷跡が目に留まる。最後に建物へと入ってきたジュワンが肘に触れると、グアン・インはびくっと体を震わせた。収容所生活によって受けた傷は、肉体的なものだけではないのだろう。

「この地図によると」グレイは目の前の任務にグアン・インの注意を引き戻した。「独房と尋問室は建物の奥にあります」

グアン・インは不安そうにうなずいた。

三人は途中の部屋を一つずつ確認しながら、建物の奥に向かった。廊下の突き当たりの扉が開いていて、中から光が漏れている。

グレイは物音に耳を澄ましながら、突き当たりの部屋に近づいた。

静けさがかえって不安を煽る。

グレイは開いた扉の手前に達すると、扉の陰から頭だけを出して室内の様子を探った。小さな部屋で、一脚の椅子が置かれており、椅子の向かい側には隣の部屋を見ることのできる大きな窓がある。

グレイは慎重に室内へ忍び込み、中から見られないように注意しながらガラスの奥をのぞいた。煌々と明かりのついた隣の部屋には、何とも不思議な光景が広がっていた。ほぼ同じくらいの量の血を流した二人の男が、床の上に倒れている。一人は北朝鮮人の護衛だ。もう一人は白衣を着ている。研究員のような人間だろう。

死者のほかに、二人の人間が室内に閉じ込められていた。必死の形相で外に通じる唯一の扉を開けようとしている。グレイは窓のすぐ下の床に金属製の椅子が倒れていることに気づいた。椅子を使ってガラスを割ろうとしたらしい。だが、防弾ガラスの強度を確認するだけに終わったようだ。

グレイは閉じ込められた二人のうちの一人が誰だかすぐに気づいた。昨夜会った時には、鼻に大きな絆創膏は貼られていなかった。

パク・ファンだ。

もう一人はパクより背が高い。顎ひげを生やしたユーラシア系の顔立ちは、マカオの通りで目にした覚えがある。セイチャンをキャディラックの車内に押し込んでいた男だ。

「ジュロン・デルガドだわ」グレイの隣に並んだグアン・インが教えた。

グレイは再び床の死体に目を向けた。あれはセイチャンの仕業だ。

「問題が発生したようです」グレイは広さ四十万平方メートルの敷地を頭に浮かべた。「あなたのお嬢さんはここから逃げたのです」

問題はそれだけにとどまらなかった。突然、収容所全体に大きなサイレンの音が鳴り響いた。スピーカーからも命令を伝える怒声が聞こえる。

グレイはグアン・インを見た。

正体が露呈してしまったのだ。

**午後九時十六分**

突如として周囲からサイレンの音が鳴り響く中、汚水の中に横たわったセイチャンは絶望感に包まれていた。

尋問施設から脱出した後、セイチャンはバラックの床下に潜り込んで隠れた。収容所は大同江沿いの湿地帯に建設されており、川がしばしば氾濫するため、このような高床式の構造にする必要がある。

しかし、囚人たちの快適さに配慮した設計はこれだけだった。暖房はないし、換気も不十分だ。アンモニア臭をはじめとするひどいにおいが漂っていることからすると、この上にはまともなトイレすら設置されていないのだろう。

この三十分間ほど、バラックの床下に身を潜めながら、セイチャンは板を一枚挟んだ上でひしめき合いながら生活する人々の気配に耳を傾けていた。ささやき声、すすり泣く声、怒りを爆発させる声。母親が子供を優しく慰める声も聞こえた。この上には大人から子供まで、家族全員が収容されているようだ。再教育とは名ばかりで、実際には奴隷として働かされている。

セイチャンの心に怒りの炎が燃え上がった。夜が更けて気温が下がる中、その熱い気持ちだけが彼女を支えていた。セイチャンがここを隠れ場所に選んだのは、正面のゲートを見通すことができる位置にあるからだった。グレイが助けにきてくれたらすぐにわかる。

少し前にセイチャンは、軍服姿の護衛の乗ったバイクに先導された濃い緑色の輸送トラックが、ゲートを通り抜けるのを目撃していた。どうやら増援が到着したらしい。そればかりか、収容所内に進入してきたトラックは、あえぐようなブレーキ音とともに尋問施設の入口前で停車した。

セイチャンは巡り合わせの悪さを呪った。

サイレンが鳴り響いたのはその直後のことだ。新たに到着した兵士が、拷問室に閉じ込められたパクとデルガドを発見したに違いない。自分が逃げ出した事実はもう知れ渡ってしまっている。

警報音が鳴り続ける中、何本ものサーチライトがフェンス沿いを照らし始めた。収容所全体が捜索態勢に入ったと判断しなければならない。

セイチャンは拳銃を握り締めながら、どこに隠れればいいか考えを巡らせた。囚人たちの間に紛れ込もうかとも思ったが、きっと告げ口をする人間が現れるだろう。看守たちの印象を少しでもよくしようと、自分を差し出す囚人が出てくるに違いない。

セイチャンは這ったまま後ろに下がり始めた。正面のゲートから、明るい光から、徐々に距離を置く。やはり暗がりに隠れるのが最善の策だ。

床下から抜け出して収容所の中心部の方角をうかがうと、泥の間を進む戦車の大きなキャタピラーが目に入った。収容所の奥から正面ゲートの方に向かっている。脱出経路をふさごうとしているのだろう。

セイチャンは低い姿勢のまま隣のバラックの列へ走り、建物の床下に身を隠した。

ほんの少し前まで、セイチャンはグレイが来てくれることを祈っていた。

だが、今はグレイがここに近づかないでほしいと願っていた。

## 午後九時十八分

　グレイはグアン・インとともに尋問施設の建物の入口に向かって戻っていた。二人の前をジュワンが走っている。

「ホテルで捕まった誰かが話したのでしょう」グレイは言った。

「ここでの偽装が見破られたのかもしれないわ」グアン・インは反論した。険しい表情から察するに、ホテルで囚われの身となった部下がこんなにも早く口を割ったとは信じたくないのだろう。

　扉の手前に達したジュワンは、外の様子をうかがってから、グレイとグアン・インを自分のそばに呼び寄せた。グレイはジュワンの肩越しに外を見た。真っ暗だった収容所内がまばゆい光であふれている。右手に目を向けると、ゲート付近にいる北朝鮮の護衛の兵士たちもサイレンの音に困惑した様子でいる。今のところ、軍用トラックやそのまわりにいる偽の兵士の存在は怪しまれていない。

「まだ偽装がばれたわけではなさそうですね」グレイは安堵のため息を漏らした。「それでも、我々の目的地がこの収容所であることを、あなたの部下の一人が漏らしたに違いありません」

「けれども、計画の詳細については話していないのよ」グアン・インは厳しい拷問を受けているに違いない部下をかばった。

「今のところはおそらく。でも、不意打ちの攻撃が成功する可能性は小さくなってしまいました」グレイは依然として混乱した様子でいる正面ゲートの護衛たちに再び目を向けた。あの状態がいつまでも続くとは思えない。「あそこのゲートを今すぐに制圧する必要があります」

グアン・インはグレイの意図を理解した。「娘が発見されるまで、ゲートを押さえておくのね」

グレイはうなずいた。自分たちが行動を起こせば、収容所内は大騒ぎになるだろう。けれども、選択の余地はない。密かに動く必要がある段階は終わった。

グレイはグアン・インとジュワンを見た。「二人で部下を結集してください――あのゲートを攻撃して制圧するんです。銃撃戦になればあなたたちの方に注目が集まるでしょう。その隙を突いて、少ない人数で収容所のほかの場所を捜索します」

ジュワンは無言のまま、背中の鞘《さや》から苗刀を引き抜き、グレイの計画への同意を示した。

グレイはバイクを指差した。「コワルスキを連れていきます。あと、バイクを二台、貸してください。二手に分かれてできるだけ広範囲を捜索します。セイチャンはここで起きていることに目を光らせているに違いありません。近くまで行けば我々の顔に気づいてくれるでしょう」

グアン・インと短く言葉を交わした後、ジュワンは攻撃チームを準備するために建物から走り出た。グアン・インはグレイの方を向き直り、前腕部をしっかりと握り締めた。

「娘を見つけ出して」

「そのつもりです」グレイは約束した。

〈命を賭けても〉

## 午後九時二十二分

セイチャンは別のバラックの床下から転がり出て、立ち上がった。バラックの床下をくぐり抜けながら、収容所を三分の一ほど横断したところだ。影を選んで移動する。フェンスから離れるにつれて、影の濃さが増していく。

隣のバラックの列へ走ろうとしてセイチャンが顔を向けた時、巨大な爆発音が収容所を揺らした。音が聞こえた方を素早く振り返ると、正面ゲート付近のスポットライトの間に立ち昇る黒煙が見える。

〈いったい何が……?〉

遠くから銃声も聞こえる。

〈グレイだろうか？〉

乗り込んできたグレイを愚かだと思う一方で、ほっとしている自分がいることも否定できない。セイチャンはバラックに沿って走り始めた。この列の端まで行けば、正面ゲートが視界に入るはずだ。

突然、背後が明るい光に包まれた。サイレンの音が鳴り続けているうえに、ほかのことに気を取られていたせいで、新たな脅威に気づくのが遅れてしまったのだ。北朝鮮のジープが一台、バラックの奥の角を曲がって進入してきた。ヘッドライトがセイチャンを照らし出す。ジープの後方には兵士たちが二列になって走っている。

まぶしい光を浴びて一瞬動きが止まったセイチャンは、相手から拳銃が丸見えになっていることに気づいた。

銃を持った囚人が、見逃してもらえるとは思えない。

## 午後九時二十三分

グレイはコワルスキと並走していた。二台のバイクはゲート付近での銃撃戦から離れ、収容所の奥に向かっていく。

迫撃砲の炸裂《さくれつ》で内側のゲートが破壊される様子を、グレイはバックミラーで目撃した。生き残った兵士を始末するため、グアン・インの率いる部隊が突撃していくが、その姿が黒煙にかすむ。煙の中でジュワンの苗刀が一閃《いっせん》した。雷雲に光る稲妻のようだ――だが、やがてそれも見えなくなった。

ゲートの両側の見張り塔に、グレネードランチャーから発射された二発の擲弾が直撃した。二つの塔が炎に包まれて巨大な松明と化し、煙がさらに濃くなる。ライフルの銃声とともにフェンス沿いのサーチライトの明かりが消え、ゲート付近は闇と煙に包まれた。

背後でとどろく銃声を聞きながら、グレイは大きく腕を振り、コワルスキに向かって二手に分かれるよう指示を伝えた。大男は敷地の右半分のバラックを、グレイは左半分を捜索する計画だ。

コワルスキがバイクのハンドルを切って離れていく。グレイは姿勢を低くし、バラックの列の間の深い闇に進入した。ゲートへの襲撃が成功したのは、敵の不意を突くことができたからにすぎない。収容所内の兵士たちが態勢を立て直せば、グアン・インの率いる少人数の部隊では長時間にわたってゲートを維持することなどできないだろう。

グレイは残された時間が少ないことを意識しながら、両側の暗い建物を探した。

〈どこにいるんだ、セイチャン？〉

# 午後九時二十四分

北朝鮮の兵士たちが混乱した隙に乗じて、セイチャンは手近なバラックの陰に頭から飛び込んだ。空中で体を反転させ、ジープに拳銃の狙いを定める。セイチャンは引き金を繰り返し引いた。ヘッドライトの一つが割れ、後ろに続く兵士たちが建物の陰に逃げ込む。

地面に着地すると、セイチャンはその勢いのままバラックの床下の暗がりに転がり込んだ。すぐ近くの地面に銃弾の雨が降り注ぐ。

セイチャンは転がりながら床下の泥の中を抜け、反対側に飛び出した。立ち止まることなくその隣のバラックの列に走り、再び床下に飛び込む。

その間ずっと、セイチャンは兵士たちの動きを目で追っていた。ジープはさっきまで自分がいた場所を通過し、バラックの列の端に達すると、車体の後部を振りながら角を曲がった。先回りして逃げ道をふさぐつもりだろう。二列に並んでいた兵士たちもバラックの建物の間を走り抜け、広く展開しながら退路を断とうとしている。

稼ぐことのできた時間はせいぜい一分か二分がいいところだ。あれだけ大勢の兵士に囲まれたら逃げようがない。しかも、拳銃には弾があと一発しか残っていない。正面から戦って逃げ道を確保できるとは思えない。

脱出のためには別の手段が必要だ。

## 午後九時二十五分

バイクのエンジン音に混じって、グレイの耳は銃声をとらえた。左手の方角からだ。叫び声と命令を下す大声も聞こえる。グレイは一縷《いちる》の望みを託して騒動が持ち上がっているあたりを目指した。

バラックの間の狭い通路を走っていると、目の前に人影が飛び出してきた。泥だらけになった囚人服を着ている。一瞬の間があったものの、グレイはその囚人がセイチャンだと気づいた。

〈よかった……〉

全身が安堵感に包まれるとともに、心の奥深くから温かい思いが湧き上がってくる。

セイチャンはグレイに向かって片手を差し出した。そばに来てほしいと手招きをするかのように。

その時ようやく、グレイはセイチャンの手に拳銃が握られていることに気づいた。

セイチャンは狙いを定めて発砲した。

## 午後九時二十六分

セイチャンはバイクを必要としていた。

ほんの数秒前、バイクの乾いたエンジン音を耳にしたセイチャンは、音のする方に向かった。脱出手段はあれしかない。拳銃には弾が一発しか残っていないので、失敗は許されない。床下から飛び出すと、セイチャンは接近してくる影の中央に狙いを定め、引き金を引いた。

衝撃で運転手が後方にはじき飛ばされ、バイクから転がり落ちる。

運転手を失ったバイクがバランスを崩し、バラックの側面に激突する。セイチャンは拳銃を投げ捨て、バイクに向かって走った。地面に倒れたバイクを起こし、またがり、停止したエンジンを再び高らかに響かせる。エンジンの出力を上げながら、セイチャンはバイクを方向転換させた。

運転手は肘を突いて体を起こしながら、地面に落ちたアサルトライフルに手を伸ばした。

〈あれも使える〉

セイチャンはスピードを上げ、バイクを傾けて片手を伸ばし、ライフルを拾い上げようとした。

運転手が苦痛に歪んだ顔を向ける。

過ちに気づいたセイチャンは息をのんだ。灰色がかった青い瞳のほかは、何も見えなくなる。

〈グレイ……〉

セイチャンはグレイの手前で急ブレーキをかけ、スキッドさせながらよけた。

グレイが立ち上がった。血に染まった肩に手を添えている。「俺のことを撃つのはこれで最後にしてもらいたいよ」そうつぶやきながら、グレイは負傷していない方の手でライフルをつかんだ。「次からはまず挨拶の言葉をかけてくれないか」

セイチャンはグレイを抱き寄せ、唇を重ねた。

「なるほど、挨拶よりこの方がいいかな……もう少し練習する必要はあると思うけど」

すぐ隣の通路を捜索するジープのエンジン音が聞こえてきた。

背後から叫び声が迫る。

「乗って！」セイチャンは促した。

痛みに顔をしかめながら、グレイはバイクの後ろにまたがった。片手をセイチャンの腰に回し、もう片方の手に握ったライフルを後方に向けて発砲する。

セイチャンがバックミラーをのぞくと、数人の兵士があわてて逃げ出し、視界から消えていく。

「行け！」グレイが指示した。

セイチャンはエンジンを全開にした。バイクが驚いたウサギのように急発進する。

セイチャンの腰に回したグレイの腕に力が入る。

無事に逃げ切れるかどうかはわからないが、セイチャンには一つだけはっきりと言えることがあった。〈グレイ、その手を離さないで〉

## 九時二十八分

バイクが揺れるたびに、グレイの肩に焼けるような痛みが走る。熱い血が胸を流れ落ちる。セイチャンの手に握られた拳銃に気づき、とっさによけてたからよかったものの、そうでなかったら胸の真ん中を撃ち抜かれていたかもしれない。

グレイは痛めている方の腕でセイチャンにしがみついていた。体を後方にひねり、もう片方の手でライフルをしっかりと握る。北朝鮮軍の制服姿の人間が見えるたびに、グレイは引き金を引いた。

三十メートルほど後方に、車体を横滑りさせながら、一台のジープが姿を現した。一つだけ残ったヘッドライトが二人の乗ったバイクを照らす。助手席の兵士が立ち上がり、ライフルをフロントガラスの枠に乗せて構えている。

グレイはジープの車体の前部を目がけてライフルを乱射し、もう一つのヘッドライトを破壊した。

着弾の衝撃でジープの車体が揺れ、兵士の狙いが外れた。左手にある木製のバラックの階段に銃弾が命中する。バラックの内部から恐怖に怯えた悲鳴が響いた。

「右！」グレイはセイチャンに向かって叫んだ。

セイチャンが指示に従ってバイクを傾けた。急な動きにグレイの腕が外れそうになる。グレイは両脚で踏ん張りながらライフルを握った腕を伸ばし、ジープの右の前輪に集中砲火を浴びせた。タイヤの破片が飛び散る。

「左！」グレイは叫んだ。

バイクが反対側に傾くと同時に、グレイの耳元を数発の銃弾がかすめる。グレイは左の前輪に狙いを定めて銃弾を浴びせた。タイヤが黒い紙吹雪のように粉々になる。

右の前輪のタイヤを失ってすでに不安定な走りになっていたジープは、もはや制御不能に陥った。左右の前輪のリムが泥を跳ね上げ、フロントガラスが見通せなくなっている。

速度が落ちたジープには見向きもせずに、セイチャンは百メートルほど前方に見える正面ゲートを目指してバイクを疾走させた。グレイはライフルの銃口を後方に向けたまま、敵の反撃意欲をそぐために発砲を続けた。

不意にセイチャンが急ブレーキをかけた。後輪が浮き上がり、バイクが停止する。

グレイが前に向き直ると、一台の戦車が視界に進入してきた。キャタピラーで泥を攪拌《かくはん》しながら、収容所の入口に向かって高速で移動している。重量四十トンの戦車「天馬号《チョンマホ》」だ。戦車の巨体が木造のバラックとコンクリートブロック製の管理用の建物群との間の道路をふさいでしまっている。

戦車はグレイたちに気づいていない。あるいは、味方だと思っているのだろう。しかし、砲身の長い百十五ミリ滑空砲《かっくう》は正面ゲートに向けられていて、反乱軍の息の根を止めようとしている。

「先回りしろ！」グレイはセイチャンの耳元で叫んだ。

脱出できる唯一の可能性は、鋼鉄と砲弾でできたあの化け物との競走に勝ち、先にゲートまで到達し、全員を移動させることだ。

セイチャンはハンドルに体を押しつけるような低い姿勢になると、ハンドルを左に切り、バラックの建物の狭い隙間に進入した。エンジン音をとどろかせながらさっきの道路と平行に延びる隣の狭い道に飛び出し、今度はハンドルを右に切る。バイクはエンジン全開で新しい道を疾走していく。

グレイは右側に目を向けた。バラックの建物が次々に後方へ通り過ぎる向こうに、隣の道路を突き進む戦車の巨体が見える。

〈間に合わない〉

戦車の主砲が火を噴かなかったとしても、前進を続ける巨人ゴリアテが到着する前にゲートから全員を退避させるのは不可能に近い。

そんな危機的状況を救うべく、ダビデが現れた。

ゲート付近に立ちこめた煙の中から小さな影が飛び出し、戦車に突撃していく。バイクに乗ったコワルスキだ。セイチャンを発見した後、グレイはコワルスキに対して撤収するよう無線で指示を出していた。コワルスキはグレイたちよりも先にゲートまで戻っていたに違いない。しかも、迫りくる戦車への解決策を持っていた。

バイクのハンドルから手を離すと、コワルスキはＲＰＧ－29グレネードランチャーを肩に担ぎ上げて発砲した。空中を飛んだ擲弾が戦車の正面に命中する。

大地を揺るがす爆発音とともに、炎と煙が噴き上がり、焦げた鋼鉄の破片が降り注いだ。

コワルスキがバランスを崩した。バイクが横倒しになり、投げ出された体が道路を転がる。

炎上した戦車はなおも前進を続けている。このままではコワルスキが押しつぶされてしまう。

セイチャンはさらにバイクのスピードを上げ、スピードの落ちた戦車を追い抜いた。バラックの建物の隙間をすり抜け、元の道路に戻る。何とかしてコワルスキを助けようとしているのだ。だが、バイクが煙の中を抜けた時には、コワルスキはすでに立ち上がり、ゲートに向かって走り出していた。

不死身の男だ。

戦車の方を振り返ると、前半分は煙を噴き上げる黒焦げの塊と化していた。もはや戦車は脅威ではない。だが、まだ一息つけるような状況ではない。

グレイとセイチャンはコワルスキとほぼ同時にゲートまでたどり着いた。

コワルスキは息を切らしながらもグレイを指差し、次いでセイチャンを指差し、不機嫌そうにうめいた。「今度からは……遅れないでくれよな」

残りの攻撃部隊は撤収の準備をすませ、すぐにでも出発できる状態にある。

急がなければならない理由がある。

収容所内のあちこちから、ジープや装甲兵員輸送車のヘッドライトがゲートに向かって近づきつつある。

「出発だ」セイチャンのバイクの後ろにまたがったまま、グレイは告げた。

三合会の構成員の一人がコワルスキ用に新しいバイクを用意し、大男をねぎらうかのように肩をぽんと叩いた。

ここからの計画は、トラックで平壌に戻った後、車両を乗り捨て、あらかじめ市内に準備してある数カ所のアジトに逃げ込む手筈になっている。アジトには新たな中国のパスポートが用意されているので、それを使えば出国することができる。

一方、グレイたちはバイクで別の経路を取り、平壌から離れる予定だ。

ただし、三人だけではない。

グアン・インが足を引きずりながら近づいてきた。右脚を痛めてしまったらしい。ジュワンが片腕を彼女の腰に回して支えている。もう片方の手には苗刀が握られていた。

母親の姿を目にして、セイチャンが体をこわばらせた。だが、今は久し振りの再会を喜んでいる場合ではない。それを裏付けるかのように、再び銃声が鳴り響いた。それでも、娘と母は煙の立ちこめる中で視線を合わせたままだ。ぎこちなさと気まずさが伝わってくる。すべてを消化するためには時間が必要なのだろう。

二人がそれ以上近づくよりも先に、三合会のリーダーの前に別のバイクが用意された。ジュワンが背中の鞘に刀を収め、バイクのハンドルを握った。グアン・インはその後ろに乗ったが、その間もセイチャンから視線を外そうとしない。

残りの攻撃部隊はトラックの荷台に乗り込んだ。

大きな掛け声とともに、トラックは爆破されたゲートを再び通り抜けた。その後ろから三台のバイクが続く。収容所の敷地を後にすると、一行はすぐに速度を上げた。五百メートルほど進んだ地点で、細い道が幹線道路から分かれ、川沿いに延びている。

グレイの指示を受けて、セイチャンはその道にバイクを乗り入れた。残る二台も後に続く。そのまま平壌へと向かう軍用トラックと別れ、三台のバイクは大同江沿いに広がる湿地帯を疾走した。星明かりと彗星に照らされた川の水は、約五十キロ先で黄海に注いでいる。

グレイはセイチャンがしきりにバックミラーをのぞいていることに気づいた。母親の姿を見ているに違いない。だが、セイチャンは決してスピードを緩めようとしない。先頭を切って湿地帯の中を走り続けている。まるで幽霊に追われているかのように。

実際にそんな気持ちなのかもしれない。

母親の幽霊……実体を伴った幻影。

しかし、過去と現在との和解を試みるのは後回しだ。

グレイは前方に神経を集中させていた。この先にはまだ問題が、しかもかなりの難関が控えている。収容所からの脱出には成功した……けれども、今度は北朝鮮を出国しなければならない。

# 12

## 十一月十八日　キジルオルダ時間午後七時二十二分
## カザフスタン　アラル海

「試してみたいことがあります」ジェイダは告げた。

この旅に出て初めて、吹きつける砂と打ち棄てられたまま錆びついた船しかないこの荒涼とした土地への寄り道に、意味があるかもしれないとの思いが浮かぶ。これまで歴史に興味を持ったことはほとんどない。フン族のアッティラとか、チンギス・ハンの遺物とかの話にも関心はない。けれども、隕石を削って作った十字架の話には……強く興味を引かれた。

「今までのあなたの話を総合すると」ジェイダはタラスコ神父を手で示した。「十字架は災厄を回避するための鍵で、頭蓋骨には災厄の起こる日が記されているということですね」

神父はうなずきながら、壁に貼られた色あせた天球図に目を向けた。図式化された星座や記号が記されていて、コペルニクスの時代から使われていたかのように古びている。

「今から約三日後だ」神父は断言した。

「その通りです」ジェイダはモンクに視線を向けた。「私たちの側にも、別の情報源から同じ日に災厄が起こりうることを示す証拠があります。空に見える彗星と関係するものです」

ヴィゴーとレイチェルがモンクを見た。どんな証拠なのかを知りたがっているのは明らかだが、モンクは腕を組んだまま返事をしない。

モンシニョールがため息をついた。今まで秘密にされていたことに憤慨している様子だ。「続けてくれたまえ」ヴィゴーは促した。「十字架がどうやって世界を救うのかがわかるという話だったが」

「まだ憶測にすぎません」ジェイダは認めた。「でも、その前に試したいことがあるのです」

ジェイダはダンカンの方を見た。

全員の視線が彼に集まる。テーブルに肘を突いて座っていたダンカンは、驚きと困惑の表情を浮かべながら姿勢を正した。「何だ？」

「頭蓋骨と本の保護材を外してもらえる？」ジェイダは依頼した。「テーブルの上に出してほしいの」

ジェイダはダンカンが作業を終えるまで待った。遺物に触れたダンカンが、唇を歪めて不快感をあらわにしたことに気づく。

「その物体から発するエネルギーをまだ感じるのね？」

「確かにある」ダンカンは感覚をぬぐい去ろうとするかのように、ズボンに指先をこすりつけた。

ジェイダは二人の司祭に向き直った。「チンギス・ハンがアッティラの墓でその十字架を発見した後、自分の身に着けていたとは考えられませんか？　お守りのように、肌身離さず持っていたのではないでしょうか？」

ヴィゴーは肩をすくめた。「十字架の重要性を訴えるイルディコの遺書を読んだのであれば、その可能性は高いと思う」

「チンギスは義務感に駆られた」ヨシプも同意した。「自分が生きている間は、十字架を守ろうとしただろう」

「おそらく、死後も守ろうとしたはずだ」ヴィゴーが頭蓋骨と本を指し示しながら付け加えた。

ジェイダを見るヴィゴーの視線が鋭くなる。「十字架が放射線か何かのようにチンギスの身体組織を汚染したというのかね？」

「放射線ではないと思います」そう答えつつも、ジェイダはヘリコプターの機内に置いてある機器を使い、放射線の有無を詳しく調べたくてうずうずしていた。「けれども、十字架の発する何らかのエネルギーが彼の体に影響を及ぼし、おそらく量子レベルで組織を変えたのではないかと考えています」

「それはどんなエネルギーなの？」レイチェルが訊ねた。

「ダークエネルギーです」ジェイダは歴史から科学に話が変わってほっとした。「宇宙の誕生に関係があるとされるエネルギーのことです。ダークエネルギーはビッグバンの後に残った全エネルギーの七十パーセントを占めているのに、私たちはいまだにそれが何なのか、どこが発生源なのか、つかめていません。わかっているのは、あらゆる存在の基本的な特性だということだけです。宇宙の膨張が減速せずに加速しつつある理由も、ダークエネルギーで説明がつきます」

ヴィゴーが片方の眉を吊り上げた。「つまり君は、十字架にそのエネルギーが含まれているというのかね？　電池のようなものなのかい？」

「大ざっぱに言うと、そういうことです。可能性はあります。きちんと検査をしないことには断言できませんけれども。ただ、こうした事柄は私の専門分野ですから。理論上の計算によると、宇宙の全時空を満たす量子の泡の中で仮想粒子が互いに対消滅《ついしょうめつ》し、その結果ダークエネルギーが生まれたことになります」

全員がぽかんとした表情を浮かべているのを見て、ジェイダは簡単な説明に切り替えた。

「つまり、時空の構造そのものです。ダークエネルギーは量子力学において欠かせない要素で、宇宙のすべての基本的な力と関係しています。電磁気力や、弱い力や、強い力とか、物質同士が互いに引き合う際のあらゆる力と関係しているのです」

「重力のような？」ダンカンが訊ねた。

ジェイダはダンカンの肩に手を置き、無言で感謝を示した。「その通りです。ダークエネルギーと重力というのは、密接に絡み合った概念なのです」

レイチェルがモンクに向かって顔をしかめてから、ジェイダの方を見た。捜査官としての鋭い勘を発揮して、明らかにされていない秘密の核心に切り込んでくる。「単刀直入に聞かせてもらうわ」レイチェルが切り出した。「なぜこの十字架がダークエネルギーを放出していると思うの？」

「なぜなら、空にある彗星もまったく同じことをしているからです」

各自がその答えにそれぞれの反応を見せる中、ジェイダはモンクに目を向けた。一線を踏み越えてしまったのは間違いない。けれども、レイチェルには答えを知る資格がある。彼女の持つ優秀な分析力に、ジェイダは一目置くようになっていた。この女性に事実を隠しておくのはおかしい。

モンクは小さく肩をすくめ、そのまま話を進めることを認めた。

ジェイダは説明を始めた。「少なくとも、彗星が通過した後の軌道上に見られるわずかな重力の異常は、私の理論上の計算と一致しています」

「それで十字架は？」ヨシプが訊ねた。

「あなたのお話によると、十字架は空から落ちてきた星で作られたということでした。つまり、隕石です」ジェイダはアラスカからのビデオ映像で見た流星雨を思い返した。「隕石があの彗星のかけらなのではないかと思ったのです。彗星が前回地球に接近した際に、破片が地上に降ってきたのではないかと」

レイチェルが考え込むような表情を見せてから訊ねた。「この彗星が前回姿を見せたのはいつなの?」

「約二千八百年前です」

「紀元前八〇〇年頃ね」レイチェルはヨシプの方に顔を向けた。「十字架に関してあなたが知っていることで、今の年代と関係のある話はありますか?」

ヨシプは顎の下に指先を当てた。その顔に落胆の色が浮かぶ。「イルディコが書き記していたのは、その十字架は使徒トマスが東方を訪れるよりもはるか昔に落ちてきた星から作られたということだけだ」

残念な結果だった。明確な証拠を提示できるかもしれないと思ったのに。

その時、ヨシプの表情が一変した。「ちょっと待ってくれ!」ヨシプはイルディコが残した紙の束に手を伸ばし、何かを探し始めた。「これを見てほしい!」

**午後七時三十八分**

ヨシプが一枚の紙をテーブルの中央に動かすのを見ながら、ヴィゴーは立ち上がってその紙

をのぞき込んだ。

友人は紙の中央に記された絵のようなものを指差している。

「イルディコによると、頭蓋骨と十字架が収められていた箱には、この三つの記号が刻まれていたらしい」

ヴィゴーは老眼鏡の位置を調節した。かなりかすれてしまっているが、書かれているのはどうやら漢字のようだ。三つの文字の下にはラテン語が記されている。

ヴィゴーは紙に顔を近づけて記号を調べ、ラテン語の意味を訳した。

「最初の記号の下には『二本の木』と記されている」確かに、この記号は二本の木に見えなくもない。「その次は『命令』、最後は『禁じられた』だ」

ヨシプは三つ目の文字に指で触れた。「見ての通り、最初の二つの文字が組み合わさって、三つ目ができている。『禁じられた』を意味する文字だ」

ヴィゴーにもそのことはわかっていた。だが、それが何を意味するのだろうか？

「これを読むといい」ヨシプは言った。「記号の下にイルディコの記した文章がある」

文字はさらにかすれて薄くなってしまっている。だが、そこに記されているラテン語の文章は、旧約聖書の創世記の内容だ。

ヴィゴーは最初の一文を訳して音読した。「主なる神はその人に命じて言われた。『あなたはエデンの園のどの木からでも自由に取って食べてよい。しかし、善悪の知識の木から取って食べてはならない。それを取って食べると、きっとその日のうちに死ぬであろう』」

ヴィゴーは次の一文も読み上げた。これも同様に、木から取って食べることを戒める内容だ――ただし、ここで述べられているのはエデンの園の命の木だ。「『見よ、人は我々の一人のようになり、善悪を知るようになった。そして今や、彼は手を伸べ、命の木からも取って食べ、永久に生きるかも知れない……』」

ヴィゴーが最後まで読み終えないうちに、ヨシプは紙を自分の方に引き戻した。「最初期の中国の書記法では、単語や考えを表すために絵を用いた。その際、簡単な記号を組み合わせて、より複雑な概念を表現したのだ」

ヴィゴーはヨシプの手元にあるイルディコの遺書を一瞥した。「しかし、これではまるで昔の中国人が創世記の内容を知っていたかのようじゃないか。二本の木が神の命令により人に対して禁じられたという話を」

「同じような例はほかにもある」ヨシプは立ち上がると隣の机に向かい、積み上げられた書類をかき分け始めた。

ヴィゴーはテーブルの上に残された紙を見ながら、その内容が持つ意味に考えを巡らせた。古代の中国人が創世記に書かれた出来事に関する知識を持っていたということなのか？　そうだとすると、聖書中の今の部分は実在の話なのだろうか？　漢字は現在まで使用され続けているものとしては世界最古の文字で、その歴史は約四千年にも及ぶ。

ヨシプが戻ってきた。「二つしか見つけることができなかったが、ほかにいくらでも例がある」

ヨシプは一枚目の紙をテーブルに置いた。

「人」を意味する漢字が「果実」を意味する漢字と組み合わさって、「裸」の意味を表している。今回はヴィゴーもこれが何を示しているのかすぐにわかった。

創世記の第三章第六節および第七節。

ヴィゴーは声に出してその部分を引用した。「『……女はその実を取って食べ、また一緒にいた夫にも与えたので、彼も食べた。すると二人の目が開け、自分たちが裸であるとわかった』」

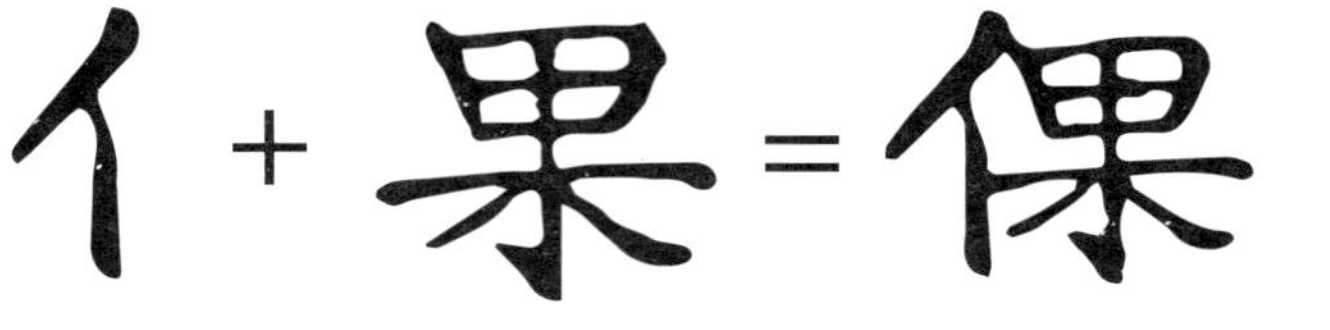

人　　果物　　裸

ノ＋土＋儿＝先

生きた　土　人　先

ヨシプは何度も大きくうなずきながら、その紙をどかして別の紙をテーブルに置いた。「これはもう一つの例だ」　ヨシプが文字に沿って指を走らせた。「ここに書かれている漢字は、『生きた』、『土』、さらに『人』を表す別の形の文字だ。それらを組み合わせると『先』を意味する漢字ができる」ヨシプは期待を込めた目でヴィゴーの方を見ている。

「これも創世記からだ」ヴィゴーは答えた。「アダムは神がいちばん先に造り給うた生きた人だ」

「しかも、土から造られた」ヨシプはその文字を指先で叩きながら付け加えた。「もっと探してこよう」

ヨシプは再びテーブルを離れようとした。その瞳は何かに取りつかれたかのような怪しい輝きを発している。ヴィゴーは片手を上げて友人を制止し、元の話に引き戻した。「この件は深読みをしすぎているような気がしないでもないのだが、それはともかく、このことがドクター・ショウのさっきの質問とどのような関係があるのかね？　ほら、使徒トマスの十字架のもとになった隕石が落ちてきた時期についての話だよ」

「ああ」ヨシプはうなずいた。「これは失礼した。いいかね、使徒トマスの聖遺物――箱、頭蓋骨、十字架は、東方のネストリウス派の司祭の手によって作られたものだ。箱にこれらの文字を刻んだのも彼らなのだよ」

「ネストリウス派?」ジェイダが訊ねた。「昔のキリスト教の宗派にはあまり詳しくないんですけれど」

ヴィゴーはジェイダに笑顔を見せた。「ネストリウス派が生まれたのは五世紀初めのことだ。フン族のアッティラが台頭する直前の頃だな。当時のコンスタンティノープルの総主教ネストリウスが創始した教えで、キリストの人格と神格は別のものだとの考え方を説いたため、教会内に波紋を呼んだ。そのような考え方は異端と見なされ、排斥《はいせき》されてしまったのだ。その細い経緯は重要ではない。肝心なのは、その後ネストリウス派の教えが東に広まったという点だ。ペルシア、インド、中央アジアを経て、七世紀には中国にまで伝播《でんぱ》している」

「私が言いたかったのはそこなのだよ」ヨシプがその先を引き継いだ。「ネストリウス派の司祭が聖遺物に記した漢字から、いくつかのことが読み取れる」

ヴィゴーは友人の方を見ながら説明の続きを待った。だが、ヨシプは心ここにあらずといった様子で、あらぬ方向を見つめている。

数秒後、ヨシプはまるで何事もなかったかのように、指折り数えながら再び話し始めた。

「第一に、漢字が記されていたからには、使徒トマスが実際に中国まで到達したことは間違いない。第二に、ネストリウス派の司祭たちは、はるか東方に存在する中国の漢字が旧約聖書の信憑性に関する手がかりを有していることを示そうとしていたのだろう。古い聖典の中に真実が埋もれていることを主張したかったのだ。さらには、十字架の年代に関してもヒントを与えてくれているように思う」

ヨシプは意味ありげにジェイダの顔を見た。

「どういうことですか？」ジェイダが訊ねた。

「創世記の内容をほのめかす漢字が十字架に添えられていたからだ。このネストリウス派の司祭たちは、中国人から流れ星の話を聞いたのではないだろうか。この隕石がはるか昔に空から落ちてきたと聞かされたのだ。これは十字架の持つ古い起源に敬意を表した、彼らなりの方法なのだよ」

ジェイダは唇をきっと結んだまま、しばらく考え込んでいた。「それでも、彗星が前回地球に接近した日時と一致するという証拠にはなりません。ネストリウス派の司祭たちが十字架をとても古いものだと――創世記級の古さだと信じていたということは認めます。けれども、すべて憶測にすぎません。十字架を詳しく調べてみないことには、彗星との関連性の裏付けを取ることは無理です」

ヴィゴーはうなずいた。「そうなると、大きな問題が残るわけだが、この十字架は今どこにあるのだね？」

# 午後七時五十五分

ダンカンは周囲の議論を半ばうわの空で聞いていた。ほかの人たちが話をしている間、テーブルの上に置かれた遺物をいじり続ける。かさぶたをついつい触ってしまう時のように、遺物から発する奇妙な電磁場の感覚が気になって仕方がない。

「十字架がチンギス・ハンの墓に納められているのは間違いない」ヨシプが主張している。「彼の陵墓を見つけることができれば、十字架も発見できるはずだ」

「たぶん君の言う通りだろう」モンシニョールも同意見のようだ。「チンギスの骨や体の一部が手がかりとして置かれているのであれば、それをたどっていけば彼の陵墓に行き着くという意味のはずだ」

ダンカンは古い頭蓋骨の頭頂部に手を当てた。指先にぬるぬるとした感覚が走る。頭蓋骨から発しているのはダークエネルギーだというジェイダの説を思い出し、ダンカンの両腕に鳥肌が立った。物理学と電気工学の知識があるので、手渡された任務ファイルの中にあったジェイダの推測は楽しく読ませてもらった。文章を書いた女性と同じく、優雅で官能的な内容だった。

不意に寒気を覚え、ダンカンは頭蓋骨を脇にどかすと、本の上に手をかざした。

ヴィゴーがテーブルの周囲を歩き始めた。「君が探し求めていたのはそれなのか、ヨシプ。長年探し続けていたのだな」

「遺物を発見した後、私の精神状態は良好とは言えなかった。羞恥、恐怖、妄想のせいで悪化の一途をたどっていた。考えるための、自分を見つめ直すための、静かな場所が必要だったのだ」

精神病の専門家ではないダンカンでも、この司祭が何らかの慢性的な精神疾患に悩まされているらしいことは察しがついた。自分の感情の制御に苦労していることが見て取れる。

「しかも、姿をくらましてからのここでの暮らしは快適なものだったよ」ヨシプの話は続いている。「心穏やかに作業をすることができた。ここは自らの意志で選んだ亡命先のようなものだ。隠遁《いんとん》生活を送るための修道院とでも言ったらいいかな」

「一人きりになりたかったのなら」モンクが口を挟んだ。「格好の場所を見つけたものですね。ここ以上に辺鄙なところなどありませんよ」

「アラル海に引き寄せられたのは辺鄙だったからだけではない。まあ、最初はそうだったかもしれない。だが、過敏になった私の脳の奥のどこかで何かがずっと語りかけていて、その声が持つ意味をはっきりと認識できたのは後になってからのことだった。過去にも経験があるのだが、躁状態の時のこの病気は恩恵をもたらすこともあるのでね」

〈双極性障害なのか〉ダンカンは納得した。もっと早く気づくべきだった。大学時代に同じ症状を抱える友人がいた。この病気の患者には本人にしかわからない苦しみがある。

「その声は何を語りかけていたのかね？」ヴィゴーは訊ねた。

ヨシプは遺物を指差した。「ここにはチンギスの頭蓋骨がある。福音書の表紙には目があるから、本の装丁に使用されたのは彼の顔と頭部の皮膚だ」

自分の指先が何に触れようとしているかを指摘され、ダンカンは心の中でうめき声をあげた。それでも、怖いもの見たさの好奇心から、どこが目なのかを探してしまう。

司祭の説明は続いている。「言い換えれば、遺物はチンギス・ハンの首から上の部分だけでできている」

ヴィゴーがつぶやいた。「確かにそうだな。そのことは今まで考えもしなかった」

「少し頭がいかれているくらいの方が便利なこともある。躁状態の時に私はこの地を訪れた。その理由がわかったのはしばらくたってからのことだ。私はここを訪れることになっていたのだよ」

「どんな理由なのだね？」ヴィゴーが訊ねた。

「ほかにも遺物があるからだ。この二つだけではない」

「ほかにも手がかりが残されているということなのね」レイチェルが言った。

「ハンガリーでは、チンギスの息子が父親の頭部でできた遺物を残した。そこは父親から受け継いだ自らの帝国の最西端に当たる場所だ。けれども、なぜその二つの遺物だけをその地に残したのだろうか？　それが腑《ふ》に落ちなかったのだ。やがて別の考えが頭に浮かぶようになった。それならばしっくりくる。つまり、チンギスは息子に対して、自らが知る世界のすべてを自分の墓とするように指示したのではないだろうか？　自らの魂が、モンゴル帝国の一方の端からもう一方の端まで行き来できるようにするために」

「いかにもチンギスらしい発想だな」ヴィゴーが同意した。「そこで、自分の頭部を一方の端に……」

「ハンガリーのアッティラの墓に埋めたのだ」ヨシプはうなずいた。「しかし、その次はどこだろうか？」

「ここなのですか？」ジェイダが訊ねた。

司祭は再びうなずいた。「アラル海の周辺は、チンギスが存命中だった頃のモンゴル帝国の最西端に当たる。ここも重要な場所に変わりない。だから捜索を始めるのに当然の場所だと考えたのだよ」

ヴィゴーは周囲を見回した。「君は今までずっと、その失われた遺物を探し続けていたのか？」

「あまりにも範囲が広いものでね。それに湖が干上がってしまって以降、地形が大幅に変わってしまった」ヨシプはテーブルを離れ、地図を手に戻ってくると、その地図をテーブル上に広げた。「これはかつてのアラル海の地図だ」

ダンカンは身を乗り出して大きな湖が記された地図を眺めた――だが、再び本に注意を戻す。奇妙なことに気づいたからだ。

「『アラル海』は『島の多い海』という意味だ」ヨシプは説明した。「かつては湖の中に千五百もの島々があった。チンギスの次の遺物はその中のどれかにあるのではないかと当たりをつけたのだ」

「君は島を一つ一つ調べていたのか？」ヴィゴーが訊ねた。

「手伝ってもらいながらね」ヨシプはサンジャルを見ながらうなずいた。

「でも、そのためのお金はどうしたのですか？」モンクが問いただした。

いい質問だ。

司祭はつま先に視線を落としてうつむいた。どうやらあまり答えたくない質問だったらしい。だが、事情を理解したモンシニョールのおかげで、ヨシプは白状せずにすんだ。「君はさっき、アッティラの墓に泥棒たちの名刺代わりのものが残されていて、ハンガリーの司教がそれを発見したと言っていたな。それにはチンギス・ハンの名前が刻まれていたと。不死鳥と悪魔の姿をかたどった黄金のリストバンドだ」

ヨシプは肩を落とした。「売ったのだよ。モンゴルのある買い手に。大変な資産家で、個人コレクションに加えたいからと言って買い取ってくれたのだ。まあ、そうしてくれれば歴史的に貴重な品がきちんと保管されるわけだし」

レイチェルが顔をしかめた。この女性はイタリア国防省警察で骨董品の不正取引の捜査を担当しているという話だった。「誰にそれを売ったの？」

ヨシプは答えたくない様子だ。

ヴィゴーが助け舟を出した。「今はそのことは重要ではない」

それでも、ヨシプは弁解した。「頼むから、買い手を責めないでもらいたい。売ることを選択したのは私だし、相手も祖国の歴史を守ろうという目的で買い取ったのだから」

モンクが当座の問題に話を戻した。「次の手がかりがここにあるというあなたの説が正しいとしても、間に合うように発見してその手がかりを役立てることができるとは思えません。からからに乾燥した干し草の山の中から一本の針を見つけようとするようなものですよ」

「私がぐずぐずしていたせいだ」ヨシプは認めた。

「それなら、すぐにモンゴルへと向かうべきだと思います」ジェイダが主張した。その声からあまり落胆したような調子はうかがえない。

話し合いがその方向でまとまりそうになったので、ダンカンは意見を述べる前にもう一度だけ本の表紙に手を触れた。

確認を終えると、ダンカンは表紙の一点を指差しながら質問した。「モンシニョール・ヴェローナ……いや、ヴィゴー……さっき話に出た目というのはここのことですか？」

ヴィゴーが近づき、ダンカンの肩越しに本を見た。「そうだな。ちょっとわかりにくいだろう。私も拡大鏡を使ってようやく確認できたのだから」

ダンカンは指先で本の表紙に触れ、エネルギー場の動きをたどった。指先が目の近くに達すると、押し上げるような力を感じる。だが、通り過ぎるとその力が消える。「重要なことなのかどうかはわかりませんが、目のあたりはエネルギーが強くなっています。エネルギー場の隆起を感じるのです。はっきりと感じ取ることができます」

ヴィゴーが眉間にしわを寄せた。「どうしてそんなことが？」

ジェイダがもう片方の肩越しにのぞき込むと、かすかにリンゴの花の香りがする。「ダンカン、あなたはさっき、皮膚よりも頭蓋骨の発するエネルギーの方が強いと言っていたわよね。それは質量を反映しているからだと思うの。質量が大きければ、エネルギーも大きいのよ」

ダンカンはうなずいた。なぜだかわからないが、ジェイダが科学の話をするとうれしくなる。「ということは、表紙のこの部分はほかの部分と比べて質量が大きいということになる」

ヴィゴーの眉間のしわが深くなる。「二人とも、何の話をしているのかね？」

ダンカンはモンシニョールを見た。「目の下にはほかにも何かが隠されています」

ヨシプが息をのんだ。「調べようとも思わなかったよ。本のレントゲン写真は撮ったのだが、特におかしなものは見当たらなかったし」

ジェイダは肩をすくめた。「皮膚のような軟部組織だったら、レントゲン写真でも見落としてしまう可能性が高いです」

モンクが本を指差した。「目を開く必要がありますね」

ヴィゴーがヨシプを見た。

「道具を取ってくる」そう言うと、ヨシプは駆け出した。

ヴィゴーは首を左右に振っている。「もっと早く考えつくべきだったよ。トマスによる福音書が伝えようとしている主な内容は、神への道は探す者すべてに開かれているというものだ。訊ねよ、さらば見出さん」

「目を開けばいいということなのよ」レイチェルが付け加えた。

ヨシプが走って戻ってきた。手にしているのは、先端のとがったX-ACTOナイフ、ピンセット、鉗子《かんし》だ。これからまさに眼科手術が行なわれようとしている。

ダンカンはヴィゴーとヨシプのために場所を空けた。司祭でもあり考古学者でもある二人は、はるか昔に目を縫い合わせた細い腱の切断から作業に取りかかった。水分を完全に失ったまぶたがこびりついてしまって開くことができないため、目の周囲に慎重に円形の切れ込みを入れ、皮膚をそっと剝がしてから横に取りのける。

ヴィゴーの唇から畏怖の念の込められた言葉が漏れる。「ちょっと取って――」

ヨシプが拡大鏡を手渡した。

「ありがとう」

モンシニョールは表紙に切り開いた穴に顔を近づけた。一表面に乾燥した舌乳頭《ぜつにゅうとう》と思われるものが見える。隠されていたのはミイラ化した舌の一部のようだ」

「冗談でしょ」ジェイダがうめき声をあげながら後ずさりした。どうやら彼女の科学的探究心にも限度があるらしい。

「舌の表面に刺青が彫られているぞ」ヨシプが知らせた。「ほら、見てごらん」

ダンカンはヴィゴーの持つ拡大鏡越しに目の中をのぞき込んだ。ざらざらとした組織の表面に、黒いインクではっきりと絵が描かれている。

「これは地図だ」ダンカンは声をあげた。さっきヨシプに見せてもらった地図と似ている。「アラル海の地図だ」

レイチェルはジェイダと同じく嫌悪感をあらわにしている。「舌を使って保存していたの?」

レイチェルの方を見るヨシプの顔は、熱に浮かされたような表情に満ちていた。「どこに行けばいいか、チンギスは我々に告げてくれているのだ」

次のヴィゴーの言葉でそれが確かなものとなった。「島の一つが赤く記されていて、その下にequusという単語が書いてある。エクウス――『馬』を意味するラテン語だ」

「モンゴル人の間で馬は特に大切にされていた」ヨシプが応じた。「彼らにとって馬は生きていくうえで欠かすことのできない存在だった。騎馬部隊の戦士たちは、長い旅路の際には水の代わりに馬の生き血をすすり、馬の乳を発酵させて『アルヒ』と呼ばれる強い酒を造った。馬がいなければ――」

部屋の入口の方から物音が聞こえたため、全員が視線を向けた。

ヨシプは傍目にも気の毒なほどに怯えた様子を見せたが、背の高い人物がお辞儀をしながら部屋に入ってくると、緊張が見る見るうちにほぐれ、満面の笑みを浮かべた。「戻ってきたのか！　しかも、ちょうどいい時に。素晴らしい知らせがあるのだよ！」

司祭は駆け寄って若者を抱き締めた。若者はサンジャルの兄弟のような外見で、シープスキンのジャケットや幅広のズボンという服装も同じだ。ただし、家に置き忘れてきたのか、ハヤブサを連れていないことが唯一の違いだ。

ヨシプは若者をテーブルに招いた。「みんな、聞いてくれ。ここにいるのは私のよき友人で、発掘チームのリーダーだ」ヨシプは若者の肩を叩いた。「紹介しよう、アルスランだ」

# 13

## 十一月十八日　ウランバートル時間午後十時十七分
## モンゴル　ウランバートル

バトゥハンは厚手のローブとスリッパ姿で、自宅にある展示室の中央に立っていた。この十五分ほど、自らのコレクションを眺めながら室内を歩いている。考え事をしたい時の習慣だ。

ここにはモンゴルの黄金時代の財宝が揃っている――宝石、葬送の仮面、楽器、陶磁器などだ。一つの壁面には、かつてモンゴルの戦士が手にしていた数々の古い弓が飾られていた。短くて湾曲した形状の武器は騎馬戦士用で、動物の腱と角で作られている。大型の三連式の弩《ど》は、城郭《じょうかく》都市の攻撃に使用されたものだ。そのほかに、戦斧《せんぷ》、三日月刀、槍など、戦闘の際に欠かせなかった武器もある。

けれども、このコレクションは単なる鑑賞用ではない。

バトゥハンはこれまで多くの時間を、「蒼き狼」のメンバーの訓練に費やしてきた。昔ながらの戦い方を学ばせるための訓練だ。市の郊外の草原地帯で馬を駆り、絹の服、漆に浸した革、鉄製の兜《かぶと》といった伝統的な装備で行なう。バトゥハン自らも、部下たちと同じように、小型・大型を問わずモンゴル伝統の弓の扱いには長《た》けている。

バトゥハンは自身の膨大なコレクションを眺めた。増え続ける収蔵物の置き場を確保するために、マンション最上階にある自室のロフト部分を個人博物館として改装してある。窓からはまばゆい照明を浴びたスフバートル広場と、夜空に輝く星と彗星の絶景を一望にできる。

しかし、バトゥハンは小さなケースに収められた黄金のリストバンドに注意を戻した。悪魔に囲まれた不死鳥がかたどられていて、片側には蝶番が付いている。この精巧な作品はヨシプ・タラスコ神父から購入した。あの司祭のことを骨董品の密売人で、砂漠で暮らす変人としか見ていなかった頃の話だ。

けれども、あの男は見た目の印象よりもはるかに役に立ってくれた。

ほかのコレクションと同じように、このリストバンドも単なる鑑賞用ではない。グループのメンバーの前に姿を見せる時には、このリストバンドを装着する。同じものがかつてチンギス・ハンの手首にも巻かれていたと考えるだけで、祖国への誇りで胸がいっぱいになる。

その特権を手に入れるため、バトゥハンは黄金の遺物に多額の金を支払った。だが、司祭はその金を使って砂と塩の大地に何百もの穴を掘っているという。大金を砂漠にばらまいたも同然の行為だ。

〈もったいないことを〉

ようやくポケットの中の携帯電話の呼び出し音が鳴った。バトゥハンは携帯電話を取り出し、挨拶抜きで本題に入った。

「タラスコ神父のところに着いたのか？　イタリア人たちもいたか？」

無愛想な応対に慣れている相手も、それに対して手短に答えた。バトゥハンは人目につかない場所で衛星電話を握り締めている若者の姿を思い浮かべた。「二人ともいます。あと、三人のアメリカ人も」

「そいつらも考古学者なのか？」

「そうではないと思います。少なくとも、二人の男は軍人のようです」

「問題になりそうか？」

「いいえ。仲間には彼らの存在を考慮して作戦を進めるように指示してあります。ほぼ準備は完了しました。ただ、お知らせしておいた方がいいことが一つあります。タラスコ神父は偉大なるハンの陵墓を指し示す重要な手がかりを得たと考えているようです。全員が興奮した様子で、今夜のうちに調査に出かけようとしています」

〈重要な手がかり……〉

バトゥハンは再び自身の膨大なコレクションに目を向けた。チンギスの失われた陵墓内にあるとされる富や財宝に比べれば、このコレクションなど物の数にも入らない。

「その手がかりが何かを突き止めよ」バトゥハンは指示を与えた。「連中に捜索させるといい。

何かが発見された場合は、それを必ず確保するように。そこから先は——あるいは、何も発見できなかった場合は、計画通りに進める。全員をあの錆びついた船もろとも砂に沈めてしまえ」

「そのようにいたします」

バトゥハンはその答えに全幅の信頼を寄せた。

これまでアルスランが期待を裏切ったことはない。

# 14

## 十一月十八日　韓国標準時午後十一時二十二分
## 北朝鮮　大同江

グレイはヘッドライトを消したバイクで川沿いの道を走っていた。同じようにヘッドライトを消した二台のバイクが後方に続く。湿地帯に茂る丈の高い草と道路沿いのヤナギの立ち木が、平壌から黄海に向かって西へと逃げる三台のバイクの姿を隠してくれている。月はすでに沈み、明かりとして頼りになるのは夜空の星と彗星だけのため、思うようにスピードを出すことができない。

肩に焼けるような痛みがあるから余計に始末が悪い。三十分ほど前、セイチャンはバイクを停止させて短い休憩を取り、バイクに備え付けのバッグの中から救急箱を取り出した。ほかの三人が前方と後方で見張りに就く中、グレイの傷を消毒し、肩に包帯を巻き、鎮痛剤と抗生物質を注射してくれた。

自分が撃ったのだから、それくらいはしないと気がすまなかったのだろう。

傷はやや深かったものの、銃弾は運よく肩をかすめただけだった。鎮痛剤のおかげで痛みが少しは治まったし、寒さのせいで腕がこわばってしまってもいけないので、その先はグレイがバイクのハンドルを握ることにした。海岸まで無事に到達できたとしても、そこで何が待ち構えているかわからないからだ。

左手には星明かりを反射して輝く大同江の川面が広がっていた。北部の高い山間部に源を発する大同江は、首都の平壌市内を流れ、黄海に注いでいる。グレイたちは川沿いにある工場地帯をなるべく避け、目立たない道を選んで進んでいた。

前方に南浦《ナムポ》の街の明かりが見えてきた。大同江の河口近くに位置する都市だ。グレイは街の明かりを頼りに現在地を確認した。轍《わだち》の付いた農道が一本、川沿いの道から分岐している。

グレイはバイクの速度を落とし、手首に巻いたGPSをチェックした。平壌から海岸までは直線距離なら約五十キロだが、ライトを消したバイクで曲がりくねった泥道や砂利道を走っていると、その十倍の距離があるように感じられる。

それでも、ようやく目標地点が見えてきた。だが、海岸での集合時間に遅れるわけにはいかない。北朝鮮から出国するための扉はほんの少し開いているだけだ。しかも、チャンスは一度きりしかない。

グレイは脇道を指差した。腕を動かした拍子に傷が痛む。グレイは顔をしかめながら、ほかの二台のバイクに向かって声をかけた。「この道に間違いない！　海岸まで通じているはずだ」

エンジン音を鳴り響かせながら、グレイはバイクのハンドルを切って脇道に入った。道路というよりも、窪みと突起の連続から成る地面と形容する方がふさわしい。それでも、一行はできる限りバイクの速度を上げて疾走した。道の端を選んで走ると比較的路面が安定している。トラクターなどの農業用車両のタイヤの跡が残っていないからだ。

冬が迫っているため周囲の畑では作物が栽培されておらず、霜に覆われた畝《うね》が広がっている。道の両側には鉄条網のフェンスが設置されているだけだ。

遮るものがないため、これでは敵から丸見えになってしまう。

バイクのエンジン音までもが、両側に広がる畑にこだまして、さっきまでと比べると大きくなったように感じる。だが、残りはあと数キロの距離のはずだ。

その時、新たな音が聞こえてきた。ローターの回転音だ。嫌な予感がする。

グレイはバイクの速度を落とし、空を見上げた。

後ろに座るセイチャンが痛めていない方の肩をつかみ、南東方向を指差した。一点の暗い影が畑の上空の低い位置を移動していた。南浦の市街地の明かりを背にして、小さな影がかすかに浮かび上がっている。

ライトを消して飛行する一機のヘリコプターだ。

そんな飛び方をしている理由はただ一つ。すでに目標を捕捉しているからだ。暗いままで飛行し、相手に気づかれる前にできるだけ距離を縮めようとしている。

つまり、すでに発見されてしまっているということだ。

平壌で捕まった誰かが逃走経路を漏らしたのか、あるいはこのあたりの農民が夜中にヘッドライトを消して走る三台のオートバイのことを通報したのか。いずれにしても、もはや隠れることはできない。

ヘリコプターにはどうせ暗視機器が装備されているはずだと判断し、グレイは行く手の道を照らすためにヘッドライトを点灯させた。ここから先はスピード勝負だ。

「俺から離れるなよ！」グレイは叫びながらスロットルを全開にした。

後続の二台のバイクのヘッドライトも点灯する。

南東の空がヘリコプターの航空灯で明るくなった。サーチライトが農地を照らす。その光がグレイたちの方に近づいてくる。

グレイは轍の付いた道の端に沿ってバイクを走らせた。コワルスキが反対側の端を走り、そのすぐ後ろをジュワンとグアン・インの乗ったバイクが追う。ヘリコプターを撃ち落とせるような武器は持っていない。擲弾は収容所で使い果たしてしまったし、そのほかの重火器は軍用トラックの中にある。大型のトラックが追っ手を引きつける計画だったので、そちら側に防御用の武器が必要になると想定していたからだ。

バイクの後ろに座るセイチャンが、体をひねってアサルトライフルを構えた。両脚でバイクを挟みつけてバランスを取りながら、農地の上空に狙いを定めて数発発砲する。

ヘリコプターの進路が大きく揺れる。だが、突然の発砲音に驚いただけだ。

それでも、グレイたちはそのわずかな隙にヘリコプターとの距離を開くことができた。

コワルスキが右手に見える大きな農場を指差した。道の両側には鉄条網があるため、このままではハンドルを切って上空からの攻撃を回避するだけのスペースはない。もっと広い場所に出ることができれば、まだ可能性がある。

グレイはうなずいた。「行け！」

鉄条網が途切れて入口が現れると、三台のバイクは農場内へとハンドルを切った。キャトルガードを乗り越え、砂利の敷かれた広大な敷地内に進入する。片側には搾乳《さくにゅう》用の建物が並んでいる。反対側にあるのは作業者の宿泊施設や機械の修理工場だ。建物の先には牛用の囲いや農地が広がっている。どうやらかなり規模の大きな農場らしい。

宿泊施設の部屋の明かりがつき、窓から外をのぞく顔が見える。バイクの轟音に目を覚ましたのだろう。しかし、近づいてくるのがバイクだけではないことに気づくと、すぐに顔が見えなくなり、ブラインドが下ろされる。

バックミラーに上空から迫るヘリコプターの明かりが映った。機影がバイクを目がけて急降下してくる。数秒もあればバイクの真上に到達するだろう。

「こっちだ！」叫びながらグレイは左にハンドルを切った。

一棟の搾乳場の扉が開いている。グレイはその扉を目指した。ヘリコプターから隠れなければばならない。その必要性を強調するかのように、機銃掃射の音が鳴り響いた。次第に近づいてくる。操縦士は獲物が穴に逃げ込もうとしていることに気づいたのだろう。

セイチャンが応戦し、それに合わせてジュワンのバイクの後ろにまたがるグアン・インも、アサルトライフルの引き金を引いた。母と娘は迫りくる攻撃にまったくひるむことなく、ライフルをフルオートで乱射しながら一歩も引こうとしない。

次の瞬間、グレイのバイクが搾乳場の入口を抜け、暗い建物内に飛び込んだ。その左右から二台のバイクも続く。

ヘリコプターは高度を上げて搾乳場の上を越え、反対側に旋回した。向かい側の扉も開いている。

長方形の建物は長さも幅もある。大規模経営用に建築されたいかにもソヴィエト風の設備だ。左側には自動搾乳機と仕切りがずっと奥まで続いている。その向かい側には牛舎が並んでいて、一つの囲いの中に四、五頭の牛が詰め込まれていた。牛たちは大きな目で突然の侵入者たちをにらみながら、不満そうな鳴き声をあげた。

この建物内には百頭以上の牛がいるに違いない。向かい側の扉の外の両側には牛用の大きな柵囲いがあり、その中でも大勢の牛がひしめき合っている。あまりの悪臭にヘリコプターの攻撃を受けるより先に窒息死しそうだ。

グレイは搾乳場内を半分ほど進んだところでヘッドライトを消し、バイクを停止させた。ほかの二台のバイクもグレイにならう。ヘリコプターは不気味な音を響かせながら、上空を旋回し続けている。逃げ場を失った獲物がどちらかの扉から飛び出すのを待ち構えているのだ。

いずれはそうしなければならない、グレイはそう覚悟を決めた。ずっとこの搾乳場の中にとどまっているわけにはいかない。連絡を受けた地上部隊がすでにここに向かっているはずだ。

しかし、グレイが最も憂慮しているのはそのことではなかった。

腕時計を確認する。もうすぐ日付が変わる。それまでに海岸へたどり着けなければ、これまでの苦労が水の泡だ。

「これからどうするつもりだ?」コワルスキが訊ねた。

グレイは説明した。

コワルスキの顔面が蒼白になった。

## 午後十一時四十一分

〈ほかに選択肢があるわけではない〉グレイはそう思いながらほかの四人に準備をさせた。

双眼鏡を使って農場のだだっ広い畑の先に目を凝らす。五百メートルほど離れたところに木々が見える。何とかそこまでたどり着ければ、海岸林に紛れてその先の砂浜へと抜け、合流地点に達することができる。

しかし、そのためには搾乳場の外に出なければならない。

「始めるぞ」グレイは指示した。

グレイたちはバイクを降り、一列に並んだ牛舎の扉を次々に開けた。真ん中の扉から始め、両端へと作業を進めていく。尻を叩くと、牛たちが中央の通路に出てきた。毎日の搾乳作業の繰り返しで慣れているために、牛たちは大人しく指示に従ってくれる。

通路が大きな牛の体でいっぱいになると、グレイは全員をバイクに呼び戻した。各自がバイクにまたがり、搾乳場の真ん中でエンジン音を鳴り響かせる。驚いた牛たちは通路の両端へと動き始めた。牛たちをさらに駆り立てるために、セイチャンがライフルの銃口を上に向け、金属製の屋根に向かって乱射した。搾乳場内に鳴り響いた轟音が、狙い通りの効果をもたらした。

大きな鳴き声をあげながら、牛たちは通路の両側の出口に向かって逃げ出した。仲間の牛とぶつかることで恐怖が広がり、混乱に拍車をかける。

グレイのバイクは建物の裏手の扉へと向かう群れの後を追った。二台のバイクもグレイに続く。ヘッドライトを消したまま、グレイたちは暴走を始めた牛の群れに紛れて搾乳場の外を目指した。

大きな音とともに搾乳場の両側から突如として出現した牛の群れに不意を突かれ、ヘリコプターに納屋の上空を旋回しながら右往左往している。何が起きているのか判断できずにいるようだ。

その混乱に乗じて、三台のバイクが建物の外に飛び出した。うまい具合にヘリコプターは搾乳場の反対側の出口の上空に位置している。だが、すでに旋回を始めており、サーチライトで地上を照らしながらこちら側に戻ってくる。

表に出るとすぐ、グレイとジュワンはそれぞれ反対の方向にハンドルを切った。二台のバイクの後ろから母と娘が同時に飛び降り、両側にある大きな柵囲いの扉を開ける。

恐怖に怯えた仲間の牛が目の前を走り抜けていく姿に、柵の中の牛たちもすでに盛んに鳴き声をあげており、落ち着きなく動き回りながら蹄《ひづめ》で地面を叩いていた。ひしめき合う牛たちの間で恐怖が募り、枯れ草に引火した炎のように、瞬く間に広がっていく。

柵囲いの扉が開くと、中にたまっていた圧力が解放された。扉の近くにいた牛たちが、暴走する仲間の牛を追うかのように外に飛び出す。それを見て、ほかの牛たちも後に続く。群集心理には逆らうことができない。

ほんの数秒のうちに、暴走する牛の流れは群れ全体を巻き込んだ大洪水となった。

セイチャンとグアン・インがそれぞれのバイクに戻ってくる。バイクのエンジンをかけたまま待機していたコワルスキは、ライフルの銃口を空に向け、肩に担いで狙いを定めた。

ヘリコプターの轟音が間近に迫る。ローターの巻き起こす風と大きな音で、牛たちはさらなるパニックに陥った。搾乳場の上空を越えたヘリコプターのサーチライトのまばゆい光が、その恐怖に拍車をかける。

バイクにまたがったまま、コワルスキが引き金を引いた。

サーチライトのガラスが割れ、再び暗闇が訪れる。

突然の銃撃を浴び、ヘリコプターは旋回した。

セイチャンとグアン・インが戻ると、三台のバイクは牛たちとともに走り出した。姿勢を低くしてライトを消したまま、暴走する群れに紛れて広々とした草地に出ると、彼方に見える木々を目指す。

グレイは新しい仲間たちにぶつからないよう注意しながらバイクを走らせたが、牛たちの側はそんなことはお構いなしだ。グレイは何度か牛に体当たりされ、しっぽで体をひっぱたかれたが、何とか姿勢を維持しながら冷たい草地を疾走し続けた。

二台のバイクも後ろをついてくる。

ヘリコプターはいまだに搾乳場の上空で旋回を続けていた。獲物がどこへ逃げたのかつかめていない様子だ。自信なさげな動きで、ヘリコプターはゆっくりと草地の上空に飛来した。だが、すでに群れは大きく広がっており、牛たちはあらゆる方角に向かって逃げている。

それでも、相手は敗北を認めようとしなかった。草地の上空で旋回を開始すると同時に、機銃の銃口が火を噴く。ヘリコプターの動きに合わせて、銃弾を浴びた牛たちが次々と倒れていく。

グレイは巻き添えにしてしまった牛たちに申し訳なく思った。しかし、狭い囲いの中で劣悪な飼育環境に置かれ、まともに世話をされていなかったことを考えると、この方がむしろよかったのかもしれない。少なくとも、短い時間ながら自由を満喫することができたのだから。

木々のもとまでたどり着いてスピードを落とすと、コワルスキは惨殺された牛の死体を見ながら独自の感想を述べた。「もったいないことをしやがる」

牛たちの犠牲を無駄にしてはならない。

暗い海岸林の中を走るうちに、やがて一本の道路に出た。グレイは猛スピードで飛ばし、GPSで確認しながら指定された座標へと向かった。一分後、バイクは海岸林を抜け、岩がちの広い海岸に達した。

グレイは弧を描いた入江の海岸線を見回した。平らな岩肌に波が打ち寄せる。星明かりが海岸線に冷たい光を投げかけている。

何も見当たらない。

「この場所で確かなのか?」コワルスキが訊ねた。

グレイはうなずいた。だが、遅すぎたという可能性もある。グレイはバイクのバッグから閃《せん》光《こう》弾を取り出し、火をつけると海岸に向かって投げた。

緑色の光が輝き、海面に反射する。

グレイは誰かがその光を見てくれていることを祈った。

その期待とは別の相手が光に気づいた。

右手の海岸林の方角から北朝鮮のヘリコプターが姿を現した。ローターの回転音を響かせながら上空を通過し、海上に出てから旋回すると、閃光弾の光に引き寄せられるかのようにグレイたちの方に戻ってくる。

ヘリコプターの機銃が火を噴く。

その時、入江の先の暗がりで、一瞬光が輝いた。甲高い口笛のような音がそれに続く。ヘルファイアミサイルがヘリコプターの側面に命中し、爆発した機体が炎に包まれた。

耳をつんざくような轟音に首をすくめたグレイは、炎上した機体の破片が海岸林に降り注ぐのを目撃した。一方、黒く焦げたヘリコプターの残骸の塊は、海面に向かって落下していく。

爆発音がまだ鳴りやまないうちに、小さな機体が煙の間を縫って飛来し、海岸の上空でホバリングの態勢に入った。軍用ヘリコプターのブラックホークの小型版ともいうべき新型のステルス機で、レーダーから逃れるために鋭角と平面から成る機体からできている。

しかし、炎と爆発はレーダーがなくても探知できる。

ミサイルポッドから煙を吐き出しながら、ステルスヘリは海岸に向かって降下し、グレイたちを収容するために扉を開いた。

この脱出手段は、グレイとキャットが打ち合わせて手配したものだ。ステルスヘリは韓国領海内に停泊した米軍の艦船から飛び立ち、低空を飛行してこの海岸まで到達していた。キャットからは、この作戦が使えるのは一回限り、それも完璧にタイミングを合わせなければ成功しないとの警告を受けていた。二度と同じ手は使えない。北朝鮮はそこまで愚かではない。

グレイたちが機内に乗り込むと、乗組員が扉を閉めた。ヘリコプターはすぐに離陸し、朝鮮半島を後にして、水面すれすれを高速で飛行し始めた。夜の静けさの中でも、ローターの回転音はほとんど聞こえない。

シートベルトを締めながら、グレイは海岸線に目を向けた。この国で冒した危険と、流された血に思いを馳せる。機内に視線を戻すと、グアン・インがセイチャンに向かって手を伸ばしていた。

二十年振りに、母親の指先が娘の頬に優しく触れる。

グレイは視線を外し、正面を見据えた。

危険を冒しただけのことはあった。

（下巻に続く）